La ciudad de la piel de plata

Novela

Félix G. Modroño

La ciudad de la piel de plata

DESTINO

Ediciones Destino, un sello editorial de Editorial Planeta, S. A.
Avda. Diagonal, 662-664, 08034 Barcelona (España)
www.planetadelibros.com
www.edestino.es

Diseño de la cubierta: Booket / Área Editorial Grupo Planeta
Fotografía de la cubierta: © Mark Owen / Trevillion Images y © Jorge Fernández Salas / unsplash
Primera edición en Colección Booket: noviembre de 2024

Depósito legal: B. 17.847-2024
ISBN: 978-84-233-6618-7
Impresión y encuadernación: CPI Black Print
Printed in Spain - Impreso en España

Biografía

Félix G. Modroño es un escritor vizcaíno, de orígenes zamoranos, afincado en Santander. Licenciado en Derecho por la Universidad de Salamanca, trabajó durante más de dos décadas en el sector financiero, que decidió abandonar para dedicarse en exclusiva a la literatura. Es autor de la saga detectivesca protagonizada por el doctor Zúñiga, así como de la exitosa serie de novelas que homenajean a la ciudad de Bilbao: *La ciudad de los ojos grises*, *La ciudad del alma dormida* y este último libro, *La ciudad de la piel de plata* (Destino, 2023). En *Sol de brujas* (Destino, 2022) retomó la novela negra, con la que ya destacó en *Secretos del Arenal* al obtener el Premio Ateneo de Sevilla. Su obra se caracteriza por el mestizaje de géneros, una cuidada ambientación y el uso de una prosa evocadora, que le han valido el reconocimiento de los lectores.

@FelixModrono

@FélixG.Modroño

@felix_g_modrono

www.felixmodrono.com

Para Bilbao, cuya belleza eterna
le brota de su alma por la piel.
Para Bilbao, mi amante de ojos grises

Hoy te gocé, Bilbao. Por la mañana
topé con un paisano,
como yo, por su dicha, un hijo tuyo.
En sus ojos la luz del Ibaizabal
y en el acento de su hablar el alma,
febril en su sosiego,
que te anima, mi villa.
Era el tonillo, el aire en que vibraron
cuando era mi alma virgen,
vírgenes las palabras
en ella entrando.
Te respiré, Bilbao, y nos sentimos
yo y tu otro hijo hermanos
en bilbainía.
Tuve un rato en mis manos
su mano abandonada,
y al despedirnos, para mí, me dije:
hermanos somos todos los humanos,
el mundo entero es un Bilbao más grande.

MIGUEL DE UNAMUNO

Prólogo

Las inundaciones

26 de agosto de 1983

Cobijado bajo un enorme paraguas gris, Alberto Cepeda caminaba ensimismado hacia el lugar donde su primer amor le ahogó el corazón casi diez años atrás, el mismo día que Bilbao también quedó anegada bajo las aguas de una riada traicionera. Durante ese tiempo, el joven ingeniero se había negado a regresar, resentido por las circunstancias que le empujaron a marcharse cuando se disponía a empezar sus estudios universitarios. Ahora, una atractiva oferta de trabajo le obligaba a enfrentarse con sus incertidumbres y sus miedos si pretendía reconciliarse con la tierra que le vio nacer.

Desde que se fuera, a finales de aquel agosto aciago de 1983, su memoria había recreado tantas veces la escena en la que Arantza daba por concluido su noviazgo adolescente que ese pensamiento jugaba con su cordura. Bilbao celebraba Aste Nagusia, su semana de fiestas; y, después de unos días lluviosos de jolgorio culminados con fuegos artificiales, en los que apenas se separaron más que para dormir, ese viernes Arantza le decía que se estaba enamorando de otro. Aquella revelación bajo los soportales de la iglesia de San Nicolás le noqueó. En ese momento se sintió incapaz de reaccionar, de preguntarle nada. La conocía de sobra como para saber que, por mucho que le suplicara, la decisión era irrevocable. Y mientras ella le animaba a contestar en busca de una respuesta que aplacara su conciencia, Alberto se limitaba a dejarse hipnotizar de nuevo por aquellos ojos azules, inundados por las lágrimas, con la certeza de que jamás los olvidaría. A sus oídos seguían llegando palabras que se amontonaban desordenadas en su cerebro, sin ánimo de procesarlas. Los dime algo, Alberto, por favor; los lo siento; los eres la persona más buena que he conocido o los nunca te voy a dejar de querer conformaban una nebulosa de sonidos huecos, carente de significado.

Aún tuvo arrestos para acompañarla en silencio los escasos metros que separaban la iglesia de la estación de cercanías desde la que partían los trenes con destino a Las Arenas. Antes de marcharse, ella le acarició las mejillas con ambas manos y él se dejó besar con dulzura los labios por última vez.

Lo que ocurrió a continuación le resultaba confuso. Acaso se quedara en el andén con la mirada perdida en unas vías ya vacías cuyo horizonte desdibujaba una lluvia furibunda. A medida que avanzaban los minutos parecía que el cielo se quisiera desplomar. Justo antes de decidirse a abandonar la estación, recordaba haber mirado su reloj, un viejo Citizen que constituía todo el legado material de su abuelo materno, fallecido cinco años atrás sin poder disfrutar apenas de su merecida jubilación. Se extrañó de que solo fuesen las cuatro y diez de aquel insólito día de agosto, en el que caía la noche de una forma inquietantemente prematura.

Todavía quedaban casi dos horas para reunirse con su cuadrilla en una de las *txosnas* instaladas en el Arenal. Lo cierto es que no tenía ganas de juerga y menos de dar explicaciones a sus amigos sobre lo que acababa de ocurrir con Arantza. Claro que la alternativa de tomar el tren de Portugalete y aparecer en casa demasiado pronto, en plenas fiestas, tampoco le seducía porque necesitaba una excusa ante su madre con que justificar su repentino regreso. No contempló la posibilidad de decirle una mentira piadosa que ella fingiría creer, habida cuenta de la fe ciega depositada en su hijo mayor.

El diluvio decidió por él.

Caminó sin aparente rumbo fijo, dejándose empapar por la lluvia, como si quisiese renacer por la fuerza purificadora del agua, sin ser consciente de que aquel temporal procedía del mismísimo infierno. Y eso que las elevadas temperaturas que venía padeciendo la ciudad a lo largo de la semana podrían haberle alertado de aquella anormalidad climatológica, más propia de países tropicales. Pero ni él ni sus paisanos se imaginaban el desastre que se les avecinaba.

Nunca estuvo seguro del recorrido exacto de esa tarde. Supo que había cruzado el puente del ayuntamiento porque le costó abrirse paso entre la maraña de gente arremolinada junto a las barandillas que contemplaba la crecida inusitada de la ría, un espectáculo que terminaría en tragedia. También recordaba haberse fijado en la cartelera del teatro Buenos Aires y luego en la del cine Trueba, atraído por su desmesurada afición al séptimo arte. Sus pasos le condujeron a los jardines de Albia, su rincón favorito de Bilbao, un oasis de árboles frondosos que competían en altura y en señorío con los edificios circundantes y que constituía el último reducto de aquel Abando poblado de caseríos, entre riachuelos y alamedas, que tuvo que claudicar ante la imperiosa necesidad de crecimiento de la ciudad.

Alberto continuó con su paseo sin preocuparle su destino, aunque tampoco le importaba demasiado. A medida que transcurrían los minutos, azuzado por el duelo, pensaba en que ya le resultaba absurdo comenzar sus estudios universitarios en Bilbao, según lo previsto desde siempre. Su familia estaba a punto de mudarse fuera del País Vasco, empujada por el miedo a los atentados terroristas que habían rondado a su padre, y eso que solo ejercía un cargo directivo de nivel medio en el departamento financiero de una empresa constructora. Pero algunos de los trabajos ejecutados por Entrecanales y Távora, como la central nuclear de Lemóniz y la autovía vasco-aragonesa, habían sufrido los ataques de ETA, empeñada en frenar el progreso con argumentarios ecologistas. Y de no ser porque un operario descubrió un paquete bomba en los lavabos de las casetas de obra situadas en Pobes minutos antes de que estallara, Alberto hubiese sido un adolescente huérfano.

Desde aquel día, su padre, junto a un amigo policía que le esperaba todas las mañanas en el portal para acompañarlo hasta el garaje, situado en los sótanos de un bloque de viviendas colindante, miraría debajo de su vehículo antes de arrancarlo para cerciorarse de que no había ningún objeto sospechoso. Cosa que Alberto desconocía entonces.

Por desgracia, él mismo se convirtió en testigo del asesinato de un joven guardia civil, novio de una vecina, al que ametrallaron en el coche aparcado delante de su edificio justo cuando él salía hacia el colegio. Casi cuatro años después, le seguía sorprendiendo la parsimonia con la que actuó aquella tarde, en la que acudió a clase como si se negase a asimilar lo que acababa de presenciar, fruto del grado en que la violencia estaba interiorizada en la vida cotidiana de los vascos, incluida la de Alberto. Aun así, las imágenes de aquel muchacho moribundo, con la cabeza apoyada sobre el volante haciendo sonar la bocina, le asaltaban con frecuencia. Sin embargo, lo que más pánico le produjo fue que dos policías de paisano lo sacaran del aula, delante de todos sus compañeros, para interrogarle a solas en el despacho del director. Se preguntaba cómo demonios sabían de su presencia en el lugar del atentado si no se había atrevido a contarle nada a nadie. Tampoco las tenía todas consigo con la pareja de policías, a la que miraba receloso, porque igualmente aquellos individuos podían ser terroristas en busca de información. Por suerte para su conciencia, las dos personas que habían cometido el crimen llevaban pasamontañas, por lo que solo consiguió describir su vestimenta y la furgoneta que los aguardaba con el motor en marcha. Además, le aterraba que sus compañeros le acusaran de chivato, a causa de las simpatías que los componentes de la banda terrorista generaban entre muchos de ellos. Hasta aquel momento, incluso él se dejaba seducir por las supuestas hazañas de los activistas de ETA, a los que consideraban sucesores de los héroes carlistas, alentado por los monitores del grupo Scout al que pertenecía, quienes les inducían a odiar todo lo que sonase a español. Entre las canciones juveniles que se cantaban en los autobuses que los llevaban a los campamentos nunca faltaban soflamas en forma de melodías que nada tenían de inocentes, como la de «Rojo y amarillo, cagada de Caudillo; rojo, blanco y verde, la bandera más alegre» o «Que se vayan, se vayan, se vayan, que se vayan de una puta vez; que se vayan, se vayan, se vayan, que se vayan para no volver. Adiós, amigos; *goodbye*, *my friends*; idos *pa* España, idos *pa* España, que allí estáis bien. Que se queden, se queden, se queden; que se queden sin respiración...», haciendo alusión a la policía. Los monitores también les enseñaron canciones en euskera, que los muchachos aprendían de memoria sin saber lo que decían. Algunas eran reivindicativas y otras, la mayoría de ellas, simplemente festivas; pero como todas llevaban la palabra *eta*, Alberto pensaba que cantaban las proezas de la banda terrorista, sin saber que *eta* era la conjunción copulativa vasca, equivalente a la i griega en castellano. Todavía resultaba más paradójico que mientras su padre trabajaba en Lemóniz él llevara en su cazadora una chapa amarilla con un sol rojo sonriente en la que podía leerse en euskera: «¿Nucleares? No, gracias». Lo veía tan natural que ni siquiera aquellas situaciones le producían desasosiego. Al fin y al cabo, sus padres eran una pareja de zamoranos que un día llegaron a aquella próspera tierra en busca de un futuro mejor para ellos y para los hijos vascos que tuvieran, igual que tantos otros cientos de miles procedentes de las dos Castillas, León, Galicia, Extremadura o Andalucía.

Por aquel entonces, Alberto aún era demasiado joven para asimilar el marco contradictorio en el que había ido forjando su personalidad. Por un lado, se hallaba influenciado por un ambiente *abertzale*; pero, por otro, se sentía muy orgulloso de sus raíces y le encantaba pasar las vacaciones en el pueblo de sus ancestros, un pueblo que también era el suyo. Asumía con absoluta naturalidad que su padre, antes de emprender esos viajes que los llevaban hasta Villalpando, cubriese la I de la placa de su vehículo, de modo que una simple tira de cinta aislante blanca convertía un coche alavés en uno valenciano, para evitar cualquier percance provocado por la animadversión que despertaban los vascos más allá de su territorio en esos tiempos, tan plagados de atentados que fueron conocidos como *los años del plomo*. Aunque, en verdad, había algo que sí le irritaba a Alberto: que cuando decía que era vasco, *ipso facto* le llamaran etarra de manera burlona, si bien él se limitaba a responder con una sonrisa indefinida en la que solo los más avezados leían la palabra *gilipollas*, por lo cual pocos podían leerle el pensamiento.

Porque si de algo estaba seguro era de sentirse orgulloso de haber nacido en esa tierra montañera, que conocía al detalle gracias a las excursiones de su grupo Scout, pintada de una miríada de verdes por la lluvia. Esa lluvia que habitualmente caía amorosa en forma de sirimiri y que ahora se ensañaba con un ímpetu desaforado sobre las calles de Bilbao, ahogando todos los sonidos de la ciudad con su salvaje repiqueteo.

No pensó en resguardarse en ningún momento. Mientras el agua resbalara por su cara, arrastraría las lágrimas que se atreviesen a aparecer. Hasta ese día, no recordaba haber llorado por un dolor que no fuera físico. Ni las numerosas veces que la pandilla de quinquis de su barrio le buscaba para agredirle por empollón, ni con las muertes de su abuelo o de su hermano pequeño, ni siquiera con la de Fofó, el idolatrado payaso de la tele de su infancia. Quizás porque aún no conocía los efectos de las heridas en el alma. Así que, al secarse de vez en cuando los ojos con las palmas de las manos, quería creer que solo se trataba de lluvia, a pesar del ligero escozor de sus lagrimales.

Ahora que su relación con Arantza acababa de concluir y su familia se marchaba, sopesaba por primera vez no quedarse él tampoco y buscar otro lugar lejos del País Vasco donde seguir con sus estudios universitarios. No es que tuviese excesiva vocación de ingeniero. Desde niño le había llamado la atención cursar Periodismo y poder dedicarse a la radio; pero sabía que matriculándose en una escuela de ingeniería haría feliz a su padre, quien sentía una profunda admiración por los técnicos de nivel superior que conocía en las obras en las que trabajaba. Y, de algún modo, tenía que corresponderle por el sacrificio que él y su madre habían llevado a cabo, proporcionándole una educación en uno de los mejores colegios de su entorno, administrando cada peseta que entraba en casa. No en vano sería el primer universitario de su familia; al igual que ocurría con muchos de sus compañeros, hijos también de emigrantes sin oportunidades en sus localidades de origen.

Caminaba con la vista al frente, sin apenas elevar la cabeza. Como si en aquella ciudad careciese de sentido mirar hacia arriba más que por las noches en las que el fuego de las chimeneas de Altos Hornos de Vizcaya teñía de rojo un cielo tan contaminado que, de día, vestía siempre de un aburrido gris amarronado, muy diferente de esa otra bellísima gama de grises conformada por la danza permanente que el sol y las nubes bailaban en alguna parte, más allá de una polución que tiznaba los edificios hasta convertirlos en la homogeneidad parduzca en que se habían convertido tanto Bilbao como los pueblos y villas que la rodeaban, ocultando su personalidad. Además, en los últimos años, la recesión económica dejaba herida de muerte a gran parte de la industria pesada ligada al acero, a la energía y a la fabricación de grandes bienes de equipo, por lo que numerosas fábricas y talleres auxiliares, enclavados en el propio casco urbano del Gran Bilbao, estaban siendo abandonados a su suerte, sembrando de fantasmas oxidados de hormigón las márgenes de la ría, donde se adentraban las aguas saladas del mar Cantábrico para confundirse con los caudales abrazados de los ríos Nervión e Ibaizábal.

A medida que pasaban los minutos, las calles se

mostraban cada vez más desiertas y la gente se dividía entre los que celebraban las fiestas dentro de los bares y los que se acercaban expectantes a las orillas de una ría a punto de desbordarse.

Poco antes de llegar al puente del Arenal, Alberto tuvo que esquivar la tapa de una alcantarilla que saltó por los aires justo delante de él, permitiendo la salida incontrolada de un agua embarrada e iracunda que le manchó los vaqueros. Al otro lado de la ría, las *txosnas* acababan de cerrar ante lo que se avecinaba. Y en pocos minutos, los integrantes de las comparsas pasaron de disfrutar del jolgorio y de servir talos con chistorra a ejercer de voluntarios para tratar de persuadir a los cientos de curiosos que se hallaban en las inmediaciones de que regresaran a sus casas, avisándolos del peligro que suponía permanecer allí, ya que el ayuntamiento les había informado de que las aguas que estaban a punto de llegar a Bilbao venían arrasando con todo lo que se encontraba a su paso, ya fuesen árboles, coches, vagones de trenes e incluso bombonas de butano que podían estallar. Sin embargo, la muchedumbre no quería perderse el espectáculo y se resistía a dejarse convencer por unos jóvenes festeros que, poco a poco, consiguieron su propósito de despejar de mirones los aledaños de la ría, de modo que evitaron, aun sin saberlo, una tragedia mayor.

Al percibir la situación, Alberto consideró que había llegado el momento de regresar a casa, pero ya era demasiado tarde porque el servicio de trenes en la estación de Portugalete, situada junto a la ría, llevaba un rato suspendido. Sin pensárselo dos veces, cruzó el puente del Arenal en dirección a la parada de autobuses que se hallaba al otro lado. Enseguida se dio cuenta de su error de cálculo por no haber sabido vislumbrar la magnitud de lo que estaba por venir. Apenas llegó a la margen derecha, las aguas se salieron de su cauce y, poco a poco, le ganaron terreno al muelle hasta alcanzar las aceras. En ese lapso de tiempo, la poca gente que quedaba en los alrededores comenzó a desperdigarse rápidamente con el fin de refugiarse. Alberto, perplejo, optó por adentrarse en la calle Correo, una de las arterias del Casco Viejo que desembocaban en el Arenal, en busca de algún bar en el que poder esperar a que el temporal amainara. Sin dejar de mirar atrás, caminó raudo hasta llegar al Café Lago justo en el momento en que un joven espigado de pelo largo y rostro afable se disponía a cerrar la puerta para evitar que el agua se colara dentro en la medida de lo posible. Al verlo en la entrada, absolutamente empapado y con el susto en la cara, el hijo del propietario del local le animó a pasar.

—No está la tarde para paseos —le dijo Boni, con esa retranca cántabra, heredada de su padre, quien también miró al recién llegado con amabilidad.

El Café Lago era un establecimiento afamado por su buena cocina casera, al que Alberto acudía con Arantza para tomar chocolate con churros, aunque no con la frecuencia suficiente como para tener confianza con los dueños. Estaba instalado en una casa que había pertenecido a la duquesa de Alba, estrecha, con poca fachada pero con bastante profundidad. Tenía un mostrador alargado a la izquierda, habitualmente repleto de pinchos y de tortillas, donde ahora Boni, su padre y un camarero apilaban mercancía para ponerla a salvo de la inminente riada. A la derecha, enfrente de donde finalizaba la barra, arrancaba una escalera que conducía a la planta superior, en la que se ubicaban las oficinas.

Alberto los ayudó en la labor mientras el local se iba inundando sin remisión. Cuando acabaron, sin importarles que el agua les llegara ya por las rodillas, se sentaron para contemplar el curso de los indefectibles acontecimientos. El hecho de que estuviesen agotados, después de casi una semana calurosa de fiestas, contribuyó a incrementar el estoicismo con que esperaban a que se calmase la tempestad.

Desde su fundación, allá por 1300, el Casco Viejo de Bilbao había tenido que lidiar con los aguaduchos. Por su peculiar enclave, rodeada de montañas, los bilbaínos vienen denominando *botxo*, de manera cariñosa, a su querida villa. Y es esta particularidad orográfica, unida al estrecho trazado medieval de sus calles, construidas en esa coqueta cavidad entre los meandros de la ría, lo que la hace propensa a sufrir frecuentes crecidas de agua como las de aquel desgraciado viernes de agosto de 1983, en el que las noticias que llegaban a través de la radio sonaban desalentadoras, porque insinuaban que la situación estaba más descontrolada que nunca.

A medida que avanzaba la tarde, comenzaron a sentir un frío intenso, aunque prefirieron seguir contemplando la calle sin abandonar la planta baja, a pesar del medio metro de agua que inundaba el local. Al padre de Boni, un hombre que había tenido que buscarse la vida desde niño, cuando llegó a Bilbao para trabajar de chicuco al servicio de los estudiantes de Deusto más adinerados, no se le ocurrió otra cosa que cortar jamón y abrir una botella de manzanilla para entrar en calor.

—A mal tiempo, buena cara —se limitó a decir, con el cuajo suficiente como para brindar.

Para Alberto luego vendrían otras muchas manzanillas, sobre todo en las Ferias de Abril de Sevilla, si bien jamás olvidaría aquella primera vez.

Fuera, el agua se escapaba a borbotones por las alcantarillas, seguía lloviendo torrencialmente y no había visos de que fuese a escampar, pero tampoco aumentaba la crecida en la cafetería. A eso de las nueve de la noche, todavía sentados en la planta inferior, vieron perplejos cómo era arrastrado, ahora por la fuerza de la corriente, un Ford Escort azul, lo que indicaba que la inundación ya no solo procedía de los sumideros, sino que la ría se había desbordado por todo el Casco Viejo, convirtiéndolo en un enorme entramado medieval de canales de aguas cenagosas.

—¡El coche del de calzados Muro! —exclamó el padre de Boni, sorprendido.

En ese preciso momento el nivel del agua subió otro medio metro de manera repentina y fue entonces cuando comenzaron a tomar conciencia real de la magnitud de la catástrofe.

—¡Para arriba! —gritó Boni, casi empujando al resto.

Subió primero el camarero y luego Alberto.

A Boni y a su padre los detuvo por un instante el estallido de la cristalera de la fachada, seguido de los chispazos que se sucedían descontrolados en las luces del techo, adonde acababa de llegar el agua, en forma de ola furibunda, con la intención de arrastrar hacia fuera todo cuanto encontrara a su paso. De no ser por la rápida intervención de su padre, que le tiró por el pelo hacia arriba al verle caído sobre la escalera, el agua también se hubiese llevado a Boni.

Todavía con el susto en el cuerpo y ateridos de frío, llegó el apagón. Les sorprendió escuchar el sonido del teléfono en la oficina. Por suerte, funcionaba. Era Carlos Pérez, preocupado por su taller de joyería en la calle Bidebarrieta, interesándose por la situación.

—No lo quieras saber —le dijo el padre de Boni al propietario de Perodri.

Cuando concluyó la escueta conversación, se dirigió a Alberto para preguntarle si tenía que hacer alguna llamada. Este asintió, con educación, y marcó el número de la casa de Arantza. Al darse cuenta de que era ella quien contestaba, se tranquilizó y, por unos segundos, consideró colgar el auricular sin decir nada.

—¿Sí? ¿Quién es? —volvió a preguntar ella.

—Hola, Arantza. Solo quería saber que habías llegado bien.

—¡Alberto! Sí, por poco. Espero que tú también.

—Sí... Claro. Bueno, ya nos vemos... —respondió, con un nudo en la garganta.

—Sí, ya nos vemos. Cuídate. *Agur*, Alberto.

El muchacho agradeció que estuvieran totalmente a oscuras para no tener que disimular su tristeza. Aunque en esas circunstancias, resultaba complicado distinguir la tristeza de la preocupación. Ese «Cuídate» de Arantza le resonaría durante toda su vida en la cabeza. «Cuídate.» Una de las palabras más traicioneras que conocía. En sus labios, le sonó a «Quiero que creas que te aprecio, pero no tengo intención de verte nunca más». Él mismo la emplearía posteriormente cada vez que daba por concluida una relación, a sabiendas de su significado. Un «Cuídate» tras otro que le serviría para engañar a su conciencia, ya que aplacarla se le antojaba un milagro.

—¿Puedo hacer otra llamada? —preguntó Alberto.

—Las que quieras —respondió Boni, que iba recuperando la compostura después de haber visto la muerte demasiado cerca—. Aprovecha que todavía tenemos línea.

Procurando serenar la voz, esta vez el muchacho marcó el número de su casa. Fue su madre quien cogió el teléfono sin que apenas le diese tiempo a sonar.

—¿Alberto?

El joven aspirante a ingeniero se sonrió ante las dotes adivinatorias de su madre; similares, supuso, a las del resto de las madres.

—Sí, mamá. —Alberto la llamaba así, al contrario que la mayoría de sus amigos, que empleaban el *ama* vasco.

—¡Ay! ¡Gracias a Dios! ¿Estás bien?

—Claro, mamá. No os preocupéis. Es solo que me he quedado atrapado en el Casco Viejo. Estoy a salvo en la primera planta de una cafetería. No hay peligro —sentenció, intentando parecer lo más convincente posible, sin tenerlas todas consigo—. Y vosotros, ¿estáis en casa?

—Sí. No hemos salido en todo el día. Creíamos que iba a ser más fácil preparar la mudanza. Tenemos el salón hasta arriba de cajas —respondió ella, sin un atisbo de reproche.

—Bueno, mamá. Tengo que colgar, que hace falta que deje libre el teléfono. No sé cuándo voy a poder volver, pero no os preocupéis, que estoy fenómeno —insistió.

—Un beso, hijo. Llámanos si pasa cualquier cosa.

—Claro. Un beso, mamá.

Efectivamente, el teléfono no dejó de sonar a lo largo de toda la noche. Se había corrido la voz entre los propietarios de los comercios vecinos de que Boni y su padre estaban allí, y quienes aún tenían línea en sus domicilios los llamaban para saber de primera mano lo que iba ocurriendo más allá de lo que fuese diciendo la radio, convertida ya en el único noticiero. En el Café Lago se escuchaba la voz de Alfonso Amézaga desde los micrófonos de Radio Nacional, que aparcaba por unas horas sus controversias deportivas para contar la mayor catástrofe natural de Bilbao en una de las peores noches de su historia, con el agua corriendo desbocada por encima de los puentes, provocando un colapso total.

Lo que llegaba del exterior era el estruendo de grandes objetos arrastrados por la riada golpeando contra las paredes de los edificios y el repiqueteo incesante de la lluvia.

A eso de las cuatro de la madrugada, por arte de magia, el nivel de las aguas descendió vertiginosamente, de modo que incluso se podía transitar con cuidado por unas calles cubiertas de lodo. Boni, acompañado de Alberto, decidió dar una vuelta para comprobar el estado de los comercios de los alrededores para así poder informar a sus dueños. La mayoría de ellos se encontraban arrasados, incluidos sus propios locales, tanto los bajos del Lago como los de la cafetería Brasil, que se hallaba casi enfrente y que acababa de ser reformada por completo. Y los que, por suerte, por su estructura o por un milagro, habían conseguido evitar la furia del agua, sucumbían ahora al pillaje de los desaprensivos que se aprovechaban del caos para llevarse cuanto podían, empezando por el taller de joyería Perodri. Boni amagó con enfrentarse a los saqueadores, pero Alberto se lo impidió.

—Ya has esquivado una vez a la muerte esta noche. No tientes a la suerte —le susurró, asiéndole con suavidad del brazo, con una madurez impropia de sus dieciocho años, como si fuese el protagonista de uno de esos cómics de aventuras que leía de niño.

Sin embargo, no se habían terminado los sustos. Igual que si de una maldición bíblica se tratara, las aguas volvieron a crecer a toda velocidad, con un ímpetu desaforado, lo que provocó la huida general. Pero no a todo el mundo le dio tiempo a ponerse a salvo. Justo en el momento en que Boni y Alberto entraban en el Café Lago, vieron como la riada se llevaba a un joven que tenía pinta de haber intentado saquear la sastrería de Rafael Matías, ubicada en los bajos de la vecina casa palacio de Allende Salazar.

No volvieron a salir de su refugio en el resto de la madrugada; aunque, al menos, pudieron ir respondiendo a las llamadas telefónicas de quienes se resignaban a escuchar lo evidente: que no quedaba rastro de sus negocios. El último en interesarse fue José Miguel Gorbea. Quería averiguar si la puerta de su tienda de moda estaba intacta. El padre de Boni echó un vistazo por el lucernario para constatar lo que ya sabía, que lo único que había respetado la inundación era la puerta, pero el resto del local se encontraba devastado.

—Hombre, José Miguel, lo que se dice la puerta está cerrada de puta madre. Eso sí, no ha quedado ni el aire —le soltó a bocajarro.

A medida que clareaba, la lluvia iba cesando, hasta que a las diez de la mañana el cielo vizcaíno fue dominado por un sol cegador que disipó todas y cada una de las nubes, exhaustas después de haber arrojado casi seiscientos litros por metro cuadrado en las últimas veinticuatro horas. Las aguas de la ría volvieron a su cauce, dejando tras de sí un infierno de casas arrasadas, edificios destruidos, vehículos destrozados e infraestructuras inservibles. Las inundaciones no solo habían afectado a Bilbao, sino al resto de la provincia, a Álava e incluso a Cantabria. Además de los cuantiosos daños materiales, hubo que lamentar la pérdida de una treintena de vidas humanas.

Alberto abrazó a Boni antes de marcharse con el propósito de recorrer a pie los trece kilómetros que le separaban de su casa en Portugalete. En cuanto llegó al puente del Arenal contempló los efectos de aquella pesadilla de barro que había anegado los ya maltrechos pulmones de una ciudad en decadencia, sumergiéndola en una brutal catarsis.

En los aledaños de la ría no quedaba nada intacto: mercados y estaciones inundados, centenares de coches enfangados, vagones convertidos en chatarra, puentes que apenas conservaban su esqueleto... y absolutamente todos los comercios arruinados.

Sin embargo, Alberto pudo comprobar cómo comenzaban a llegar los primeros voluntarios, que pronto se convertirían en un ejército armado de katiuskas, palas y cepillos, decididos a recuperar su ciudad en una quijotesca cruzada contra los escombros y el fango que los salpicaba hasta las cejas, con las comparsas al frente.

Tres horas más tarde, llegaba exhausto a Portugalete, sin dejar de pensar en su futuro y en Arantza. Le resultó inevitable elucubrar sobre la identidad del tipo del que decía haberse enamorado. ¿Cómo le habría conocido? Sus cuadrillas apenas se separaban, por lo que su vida social no transcurría mucho más allá de ellas. El imaginar que pudiera tratarse de alguno de sus amigos llegó a inquietarle y le incitó a decidirse. Sonaba cobarde, y máxime en aquellas circunstancias, pero sabía que terminaría marchándose. Nada más entrar en su calle vio a su madre asomada al balcón de aquel quinto piso sin ascensor que había constituido su hogar desde que tenía uso de razón. Un hogar que, a pesar de todo, siempre llevaría en el corazón.

El regreso

I

Tendría que ver la ciudad con otros ojos. Alberto rememoraba que ir a Bilbao, de niño, era todo un acontecimiento. Algo parecido había sentido cuando visitó Nueva York, recién acabada la carrera. Normalmente, lo hacía con su madre para comprarle algo de ropa en los almacenes Urcelay o en La Meca de los Pantalones, a costa de que ella tuviera que vestirse con las prendas que se confeccionaba en casa con su máquina de coser y que tanto le favorecían. Le encantaba ir a la parada de General Castaños, próxima a su casa de Portugalete, y subir a la parte superior de uno de esos autobuses rojos de dos pisos de la línea 15, comprados en Londres, que hacían la ruta desde Santurce a Bilbao, como la famosa canción popular. Si sonreía la suerte y podían ocupar los primeros asientos, frente a las ventanas, no cabía más felicidad provocada por esa sensación de ir conduciendo en las alturas. A pesar de que solo tenía cuatro años, mantenía nítida la imagen de aquella primera vez en la que subió las escaleras mecánicas de El Corte Inglés, a los pocos días de su inauguración en la Gran Vía, junto a la recién estrenada Torre Vizcaya, la edificación más alta de la villa, en la que también había trabajado su padre. Agarrado de la mano de su madre, no veía el momento de poner el pie en alguno de esos peldaños metálicos que nacían del suelo y enseguida se escapaban. Con el tiempo, nunca perdería esa inseguridad bien disimulada cada vez que utilizaba una escalera mecánica. Aunque quizás fuese que echaba en falta la mano materna que le aupara en el instante preciso en el que debía adentrarse en aquel artilugio.

No sabía a ciencia cierta cómo enfrentarse a su regreso, tras casi diez años de ausencia. Hacía apenas una hora que había llegado a la estación de Abando, con la tranquilidad relativa de conocer el suelo que pisaba, pero con la incertidumbre de lo que le aguardaba. Por eso no se entretuvo en el hotel y salió a la calle sin ni siquiera abrir la maleta.

Se imaginó a su padre, con sus dieciocho años recién cumplidos y cien pesetas en una caja de cerillas, apeándose de su tren procedente de Valladolid en aquella misma estación, completamente desorientado, aunque con la ilusión de ponerse a trabajar en lo que fuera para poder crear algún día una familia con aquella preciosa chica de su pueblo, de la que estaba tan enamorado que había decidido abandonar el seminario en el que se formaba para ordenarse sacerdote, más para poder acceder a unos estudios vetados para las clases humildes que por vocación. Paradójicamente, ahora la situación económica del País Vasco era bastante peor que la de entonces, pero sus condiciones laborales le conferían cierto privilegio. Claro que ello también le obligaba a estar a la altura, no ya de lo que se esperaba de él, sino de su propia exigencia.

Intuía que la mano de su padre se encontraba detrás de aquella oferta para participar en la construcción de un moderno museo en una ciudad tan deteriorada, que poco había mejorado desde las inundaciones, más allá de que se acababan de construir nuevos edificios en los terrenos antaño ocupados por otros cuya estructura no resistió los embates de la riada. Sin embargo, el tejido industrial continuaba en declive, poblado de solares resignados, convertidos en infectos albergues de circunstancias para toxicómanos, en gigantescos aparcamientos al aire libre o, simplemente, abandonados a su suerte sobre las márgenes degradadas de la ría. Una ría igual de sucia que siempre por culpa de los residuos que se seguían vertiendo en sus espesas aguas, confiriéndole un característico color marrón chocolate, de una toxicidad tan elevada que no cabía vestigio alguno de vida. Y eso que las autoridades locales ya trabajaban en un plan de saneamiento para combatir su contaminación, con el propósito quimérico de incluso recuperar a medio plazo algunas especies marinas. En tanto no se llevara a cabo, parecía lógico que los vizcaínos evitasen su insalubridad y viviesen de espaldas a ella. Pero, al menos, se habían apagado las voces de quienes pedían soterrarla.

Esa decadencia, apenas conocida por aquellos lares desde que a finales del siglo XIX se descubriese que poseían el mejor hierro del mundo para fabricar acero sin combustible, de acuerdo al método Bessemer, conllevó un brutal crecimiento del paro, que sobre todo afectó a una ingente cantidad de jóvenes nacidos en el *baby boom* de los años sesenta, muchos de los cuales cayeron atrapados en las garras de la heroína, una droga que resultaba demasiado fácil de conseguir y que, a su vez, provocó el contagio masivo, a través de las jeringuillas que se compartían, de una enfermedad mortal hasta entonces desconocida: el sida.

Con cierto aire de desolación, tras sortear las obras del metro de un irreconocible Arenal, Alberto caminaba junto a los antiguos tinglados portuarios, ahora refugio de autobuses, muy cerca de los terrenos otrora ocupados por la legendaria fábrica de Recalde, de la siderúrgica S. A. Echevarría, ya demolida, y de la que no quedaba más que una de sus cinco chimeneas como símbolo de un pasado de esplendor. Para su desazón, observó cómo las paredes de algunas lonjas seguían cubiertas con los mismos carteles de siempre, que nadie se atrevía a quitar, con soflamas de la izquierda *abertzale* e incluso amenazas directas sobre algunos concejales constitucionalistas, cuyas fotografías aparecían en el centro de una diana junto al dibujo de una serpiente enroscada en un hacha, emblema de ETA.

Bajo un sirimiri intermitente y perezoso, cruzó por delante del ayuntamiento para llegar al Campo del Volantín y dirigirse hacia el lugar donde se preveía construir ese museo que tantas controversias estaba suscitando antes de iniciarse, ya que numerosos colectivos se quejaban de que se gastase un dineral en su creación cuando existían demasiadas necesidades, mucho más urgentes, que cubrir.

Desde luego, no veía exagerada la letra de la canción *Ratas en Bizkaia*, en la que Eskorbuto, un conocido grupo de punk fundado por dos jóvenes de Santurce que acababan de fallecer por culpa de la heroína, protestaba por la suciedad de las nubes, por las fachadas llenas de mierda y por los excrementos del Nervión.

Buena parte de esa contaminación procedía de la increíble cantidad de coches que transitaban por todas y cada una de las calles de Bilbao, empezando por las del Casco Viejo. Entre esa marabunta de vehículos que esquivaban a duras penas el caos causado por los cortes de tráfico provocados por las obras y por las manifestaciones, Alberto echó en falta a los *azulitos*, unos microbuses que eran más rápidos que los autobuses, que no admitían pasajeros de pie y que realizaban las paradas a petición del usuario. También se les llamaba *cielitos*, por su color y porque se decía jocosamente que solo cabían los justos. No es que los hubiese usado con frecuencia, porque cubrían un servicio que él no solía necesitar, resultaban más caros y, además, olían demasiado a tabaco; pero le parecía entrañable verlos circular por el *botxo*.

A pesar de su evidente degradación y de tener fama de ser fea y sucia, raro era el bilbaíno que no estaba enamorado de su ciudad. Una Bilbao que daba nombre a toda Vizcaya entera. Cuando a algún vizcaíno se le preguntaba fuera del País Vasco por su procedencia, solía contestar que era de Bilbao, ya fuese de Guecho, Baracaldo, Portugalete o de cualquier otro municipio cercano. Al fin y al cabo, todos formaban la conurbación del Gran Bilbao. No obstante, existían marcadas diferencias entre los moradores de la Margen Izquierda y la Margen Derecha de la ría. En tanto que la primera era una zona de tradición proletaria, con una elevada densidad de población, de origen eminentemente emigrante; la segunda, sobre todo a medida que se distanciaba de la capital en dirección al abra, albergaba a una clase con más poder adquisitivo, en su mayoría nativa, que vivía de manera desahogada en chalets y edificios bastante más lujosos que los de sus vecinos de enfrente. Sin embargo, los habitantes de la Margen Izquierda se sentían muy orgullosos de pertenecer a esa comarca con tanto carácter. Estos, a su vez, se distinguían entre los que renegaban de su lugar de procedencia y apenas habían regresado al pueblo, y entre los que anhelaban volver cada verano. En ello pensaba Alberto Cepeda aquel enero de 1993, apostado bajo el puente de la Salve, después de haber disfrutado junto a sus padres y sus dos hermanos de las fiestas navideñas en Villalpando, mientras observaba con la mirada perdida la vieja fábrica de la Compañía de Maderas construida en los terrenos conocidos como la Campa de los Ingleses por haber albergado un cementerio británico desde el siglo XVII hasta principios del XX. Aunque había sido denominado oficialmente puente Príncipes de Asturias desde su inauguración en 1972, todo el mundo lo llamaba la Salve porque estaba construido en la zona de la ría desde la que los barcos que llegaban a Bilbao divisaban por primera vez la basílica de la Virgen de Begoña, momento en el cual los marineros locales interrumpían sus labores para cantarle la *Salve* a la Amatxo en agradecimiento por haberlos devuelto a su casa.

Más allá, todavía permanecían en pie algunos almacenes del puerto y, justo al otro lado del puente de Deusto, las destartaladas instalaciones de los Astilleros Euskalduna, a la espera de su inminente demolición. A su mente llegaron las imágenes de televisión de los salvajes enfrentamientos entre los trabajadores y la policía durante las protestas por evitar un cierre inevitable. En aquellos meses de 1984, los obreros se excedían en sus manifestaciones, utilizando cohetes y lanzando tuercas con tirachinas a una policía que les respondía con contundencia en forma de pelotas de goma desde el puente de Deusto, convertido en un campo de batalla en el que cada día tenían que jugarse el tipo los estudiantes que acudían a la universidad y el resto de los bilbaínos obligados a cruzar, ya fuese en coche o andando.

No le resultaba fácil ordenar las sensaciones que le invadían. Su percepción de Bilbao había ido cambiando con los años. Tras la visión infantil, junto a su madre, llegarían esos viajes en tren con sus amigos en su temprana adolescencia para ver los partidos del Athletic, su idolatrado equipo a pesar de que no le interesara demasiado el fútbol. Pero el Athletic era una religión que proporcionaba días mágicos de comunión, como el de su última visita a San Mamés antes de marcharse. Aquel 17 de abril, su equipo le ganó el derbi a la Real Sociedad, su eterno rival, por lo que se jugaba el campeonato dos semanas después, en la última jornada, con un poderoso Real

Madrid al que le bastaba con superar al Valencia. Sin embargo, el equipo blanco perdió contra todo pronóstico y la victoria del Athletic en Las Palmas le dio una liga que no conseguía desde hacía veintisiete años, generando la euforia unánime de todos los vizcaínos, orgullosos de su jovencísimo equipo, formado solo por chavales de la tierra, de acuerdo con la filosofía del histórico club, que quizás no fuese el mejor, pero sí único en el mundo. La celebración de aquella proeza rebasó todas las expectativas y cientos de miles de personas abarrotaron ambas márgenes de la ría para aplaudir a sus jugadores, que saludaban felices y perplejos desde la gabarra que navegaba triunfal desde Guecho hasta el puente de San Antón en Bilbao en aquella tarde de martes en la que incluso se suspendieron las clases. Por supuesto, los componentes de la cuadrilla de Alberto, vestidos con sus camisetas rojiblancas, se desgañitaron gritando y cantando, muy cerca del Puente Colgante que unía Portugalete con Las Arenas. En aquel instante, mientras Alberto se abrazaba con su mejor amigo, poco podía sospechar que su novia se estaba enamorando de él.

Los últimos recuerdos que conservaba de Bilbao, antes del día de las inundaciones, procedían precisamente de sus paseos con Arantza, bien a solas o bien con sus respectivas cuadrillas. No obstante, le resultaban más nítidos los anteriores, los de su infancia. Quizás porque su memoria llevaba intentando desterrar los más recientes desde entonces. Aun así, a veces le asaltaban flashes de una Coca-Cola en la plaza de Unamuno, de un sándwich compartido en el bar Eme, de una partida de comecocos en algún salón recreativo, de una caricia furtiva mientras observaban los fuegos artificiales, de un pincho moruno en Iturribide entre risas por los efectos del picante o de un beso robado bajo el arbolado romántico del Arenal, muy cerca de donde se habían despedido por última vez.

Ahora se enfrentaba a una nueva Bilbao. Aunque, en realidad, el renovado era él. Bilbao aparentaba ser la ciudad que él conocía, todavía más desvencijada a causa de las obras del metro que se estaba construyendo. Sabía que debía mirarla con ojos nuevos, pero le costaba abstraerse de sus recuerdos. Por eso, quiso dirigirse en aquella primera tarde hacia el lugar elegido para edificar un museo vanguardista del que Alberto poco había podido averiguar. Sin duda, se trataba de un buen punto de partida. Quería ver la vieja fábrica ubicada al lado del puente de la Salve antes de encontrarse al día siguiente con la persona responsable de su contratación, un antiguo jefe de su padre con el que se acababa de entrevistar en Madrid a principios de esa misma semana y que formaba parte de sus recuerdos de la infancia porque algún que otro domingo había convidado a toda su familia a comer en su chalet de Las Arenas, frente al abra. No podía evitar sentir cierta responsabilidad por ser él ahora el único invitado de Fernando Segurola, aunque no albergaba duda alguna de que haría cuanto estuviese en su mano para corresponder a su confianza.

Quería creer que, además de la buena relación que mantenía con su padre, traducida en un intercambio de felicitaciones cada Navidad con sus correspondientes papeletas de lotería, su Proyecto Fin de Carrera también había influido en la decisión de Segurola de haberle contratado para IDOM, la empresa de consultoría, ingeniería y arquitectura encargada de la gestión del proyecto del nuevo museo. En su trabajo, Alberto proponía una regeneración de los terrenos industriales de Bilbao cercanos a la ría al estilo de la realizada en los muelles de Londres, a sabiendas de que por aquel entonces ese anhelo solo constituía una quimera.

Apoyado en una barandilla, bajo el puente, con la mirada puesta en la chimenea *art nouveau* de la Compañía de Maderas, se preguntaba si se conservarían algunos de los elementos de aquella vieja fábrica que habría de sucumbir para abrir paso al futuro. Se imaginó el espacio que resultaría tras su demolición. Y con esa imagen en la cabeza regresó al hotel en que se alojaba, frente al teatro Arriaga, con el propósito de reconciliarse con Bilbao. Aunque para ello tuviera que enfrentarse con los recuerdos más dolorosos de su infancia y de su adolescencia, que ya creía enterrados en lo más profundo de su memoria, pero que al volver habían aflorado como si despertara la primavera de sus emociones. Entre ellos, el abandono de su primer amor o las lágrimas de su madre al regresar del hospital tras dar a luz a un niño que falleció durante el parto, cuando él tenía nueve años, mientras le abrazaba para decirle que su hermanito estaba en el cielo.

2

Aunque tenía la prensa en el regazo, Alberto contemplaba el paisaje a través de la ventanilla del tren que le llevaba a Las Arenas por unas vías que discurrían próximas a la ría, que se dejaba ver fugazmente; primero, entre almacenes y fábricas, y luego entre edificios. A esas horas, en la Margen Izquierda, miles de personas se manifestaban contra el proceso de desindustrialización, que les quitaba el empleo y les ensombrecía el futuro.

Sus dedos acariciaban al descuido la tira cómica de Don Celes. Aquella contraportada de *El Correo* constituía otro de sus primeros recuerdos de la infancia, cuando a la hora de la cena escuchaba el sonido de la puerta y corría presuroso a recibir a su padre por aquel pequeño pasillo que entonces se le antojaba interminable y, tras abrazarle, regresaba a la misma velocidad hasta la mesa de la cocina con el periódico en sus diminutas manos, deseoso de ver las desventuras mudas de aquel pobre hombre que le iniciaron en su amor por la prensa, antes incluso de aprender a leer. Posiblemente, Don Celes fuese el responsable de su costumbre de comenzar a hojear los periódicos por la última página.

En su cabeza los destellos de la ría se confundían con aquellos otros en forma de noticias del corazón que le llegaban casi siempre a través de Agus, uno de los pocos compañeros de colegio que aún le felicitaba por teléfono cada cumpleaños. Este, si bien no pertenecía a su cuadrilla, se había convertido en el único nexo con una información que se limitaba a comunicar de manera lacónica, sin extenderse en ningún tipo de detalles, como si se viese obligado a poner al día a Alberto de la evolución de su antiguo microcosmos a costa de su pudor: «Begoña y Josu han roto», «Karlos se ha ido a estudiar a Estados Unidos», «La *ama* de Miren tiene cáncer», «Iñigo y Arantza se casan a finales de este mes. Van a vivir en Portu»...

No por esperarlo, dejó de dolerle. Muy a su pesar. De algún modo, año tras año, cada 3 de abril esperaba que Agus le dijese que Iñigo y Arantza habían roto, igual que Begoña y Josu. Sin embargo, estos últimos eran una excepción. Prácticamente todas las parejas formadas en los últimos cursos del colegio seguían juntas porque en el País Vasco, al igual que en Navarra o en Cantabria, ligar no resultaba una tarea fácil para los chicos, tan fanfarrones entre ellos como apocados ante la presencia femenina. Y no es que ellas ejercieran su poder de manera impositiva, pero la fidelidad a las tradiciones flotaba inconsciente en los hábitos de los muchachos vascos, acostumbrados durante siglos a un matriarcado contra el que no sentían la necesidad de rebelarse. Una de las lecciones más tempranas para los amigos de Alberto de cómo iban a funcionar las cosas en el futuro se la habían impartido las chicas del colegio del Carmen en su primera cita. Por aquel entonces, a sus catorce años, la unión de cuadrillas masculinas y femeninas se realizaba de modo más o menos oficial. Eso después de haberse cruzado miradas furtivas en los paseos durante los fines de semana por el muelle, que provocaban cuchicheos nerviosos entre ellas y sonrisas desconcertadas entre ellos. Transcurridas varias semanas, e incluso meses, de jugar al perro y al gato, el más arrojado de los muchachos se acercaba a la chica que le gustaba y les *pedía salir* en nombre de todos. Algo así ocurrió cuando aquel sábado de mayo Iñigo le dio un empujón a Josu para que hablara con Begoña; la cual, tras un paripé de cónclave con sus amigas, entre las que se encontraba Arantza, respondió con un «Vale» desdeñoso, al que añadió que irían al día siguiente a la misa de diez en la capilla del colegio Santa María, en el que ellos estudiaban. El hecho de que fuesen citados en territorio conocido los tranquilizó, por lo que decidieron quedar un cuarto de hora antes para así poder coger un buen sitio y observarlas cómodamente durante la eucaristía. A las 9:45 estaban todos risueños y puntuales en la puerta del colegio. Pronto se les heló la sonrisa al comprobar que la capilla no se hallaba vacía porque ellas se les habían adelantado. Desde la última fila, las chicas les sonreían con cara angelical mientras ellos ocupaban cabizbajos uno de los bancos delanteros, mirando tanto para atrás que acabarían con tortícolis. Luego, sabrían que ellas llevaban allí desde las nueve.

Con el traqueteo del tren sonando en sus oídos, Alberto se preguntaba qué habría sido de las cartas y de aquellos poemas tan torpes que le había escrito a Arantza, nunca a la altura de los de ella; y de las casetes que él le grababa en ocasiones especiales con las canciones de alguno de sus cantautores preferidos, añadiéndoles su propia voz. Se sentía ridículo al pensar que hubiesen podido caer en los oídos de Iñigo, quien solía bromear cuando, en las noches de campamento, alrededor del fuego, Alberto interpretaba con la guitarra la parte de su repertorio que reservaba para las ocasiones en que tenía público femenino, compuesto por temas de Silvio Rodríguez, de Pablo Milanés y, por supuesto, de Luis Eduardo Aute, su favorito. Para la soledad de su cuarto, influenciado por sus amigos, por aquel entonces prefería la música que hacían las nuevas bandas de rock irlandesas y británicas como U2, The Cure, Police, The Jam o The Smiths; no sin cierto remordimiento por haber renegado de sus antecesores: Pink Floyd, Supertramp, Genesis, Queen o Jethro Tull, los grupos que se escuchaban en los últimos guateques que se organizaban en el colegio, mientras tomaban *jariguays*, antes de trasladar con el tiempo sus fiestas a alguno de los garitos de la villa, donde se pasaban al calimocho, a los *torombolos* o a los *cerebritos*, llamados así por la forma que adoptaba el Baileys al echarlo sobre la granadina en los vasos de chupito. Hasta en eso se diferenciaba Alberto de sus amigos, porque con la excepción de los vinos quinados que tomaba de niño, la manzanilla de Boni y de un cubata a los catorce años, que tuvo que beber por fuerza mayor para no parecer un crío delante de una coqueta quinceañera que acababa de pedir un ron con limón, no había probado el alcohol hasta su segundo curso de carrera, e incluso evitaba participar en los *kinitos*, los juegos en los que los amigos se jugaban a los dados quién iba dando los tragos a una jarra de cerveza o de calimocho comprada entre todos.

Si bien nunca se lo reprocharon directamente, Alberto albergaba la sensación de dar una imagen de pardillo ante sus compañeros de aventuras y desventuras adolescentes cuando, llevado por su honestidad, no bebía de las botellas que a veces alguno hurtaba del camión de Coca-Cola, se negaba a tirar globos de agua a las chicas o prefería no jugar al futbolín en el local de Santos, un viejecito apacible que no solía darse cuenta del truco que empleaban los chavales para no pagar las partidas.

Tras apearse en la estación de Las Arenas, aunque podía acercarse a la casa de Fernando Segurola sin pasar por la ría, prefirió dar un pequeño rodeo para contemplar Portugalete desde enfrente. Al llegar a la altura del majestuoso Puente Colgante, miró su reloj. Tenía margen suficiente para subirse a la barquilla transbordadora, pisar el suelo de su niñez y volver. Sin embargo, no se sintió preparado. No llovía, por lo que los portugalujos paseaban por el muelle antes de tomar un vermú en el Txiki o en alguno de los bares de la Canilla; y la idea de encontrarse con Iñigo y Arantza no le seducía en absoluto. Así que optó por sentarse en un banco a leer el periódico mientras llegaba la hora de llamar al timbre de su anfitrión. Al ser domingo, *El Correo* se vendía con un suplemento de cuarenta y ocho páginas, la mitad de las cuales estaban dedicadas a publicar anuncios por palabras y ofertas de empleo que hojeó casi por inercia, porque ahora tenía un trabajo apasionante que comenzaría al día siguiente. Lo que no sabía aún era dónde instalarse, considerando que la solución del hotel resultaba transitoria, por lo que se detuvo en los anuncios inmobiliarios en busca de un piso asequible en buenas condiciones que poder alquilar, a ser posible en el Casco Viejo de Bilbao. Pero, tras leerlos todos, se dio momentáneamente por vencido.

De vez en cuando, elevaba la vista para fijarse en Portugalete, como si le costara creer que se encontraba allí después de tanto tiempo. Ante él se mostraba de nuevo el kiosco de la música de la plaza del Solar, el vetusto palacete donado por un rico indiano a los pobres de la villa y las casas señoriales del muelle, que delataban los pretéritos días de esplendor, en la época en que la localidad se erigía en balneario de la burguesía bilbaína antes de la llegada de la industrialización que, con el paso de los años, la convertiría en una ciudad dormitorio con la mayor densidad de habitantes y de viviendas del País Vasco.

A falta de un cuarto de hora para la una y media, Alberto decidió encaminarse hacia la playa de Las Arenas, en la desembocadura de la ría, donde se prohibía el baño por la pésima calidad de sus aguas. Al llegar a la altura del club náutico, uno de los más selectos de la cornisa cantábrica, aceleró el paso ligeramente, sabedor de que se trataba de uno de los objetivos tradicionales de ETA, que ya lo había destruido dos décadas atrás. Le invadió de repente esa sensación olvidada en la que su instinto de supervivencia le obligaba a no acercarse a lugares que pudieran ser susceptibles de sufrir un atentado desde que en mayo de 1978 estallara una bomba en el cuartel de la Guardia Civil, muy próximo a su domicilio de Portugalete, colocada por la banda terrorista, la cual también lo ametrallaría a los pocos meses.

Llamó al timbre que vio a la derecha de una gruesa puerta metálica colocada entre muros de piedra, lo suficientemente elevados como para que no se vislumbraran desde el exterior más que los amplios aleros de los tejados de una coqueta casa de estilo regionalista vasco. Al mirar por instinto hacia los lados, vio a un hombre de unos cuarenta años sentado en un Seat Córdoba blanco, aparcado unos metros más allá, que simulaba hojear un ejemplar de *La Ría del Ocio* mientras hablaba desde uno de esos incipientes teléfonos móviles que necesitaban una maleta para transportar su pesada batería, al alcance de muy pocos bolsillos por su descomunal precio.

Fue el propio Fernando Segurola quien le abrió el portón y, tras darle un efusivo abrazo, le hizo un breve gesto a su guardaespaldas con el dedo pulgar hacia arriba, indicándole que todo estaba en orden.

Ya en el interior del jardín, al contemplar la mansión, se dio cuenta de que la recordaba perfectamente a pesar de las escasas veces que la había visitado. Y si aún le impresionaba, podía imaginarse la sensación que le habrían causado de niño aquellos torreones entre los que se asentaba una impresionante balconada de forja sobre los soportales por los que se accedía a la vivienda.

—Me encanta verte por aquí de nuevo, Alberto —afirmó Fernando Segurola, exhibiendo una sonrisa franca—. ¿Cuándo fue la última vez que viniste?

El muchacho aparentó dudar unos instantes; sin embargo, ya conocía la respuesta desde que forzara la memoria tras recibir la llamada de su anfitrión, invitándole y dándole la dirección exacta con la petición de que no la apuntara en ninguna parte.

—En la primavera del 79.

Segurola se quedó pensativo por un momento.

—No me cuadra. Aunque yo me marché de Entrecanales en el 81, juraría que tus padres vinieron algún que otro domingo hasta que os fuisteis en el 83.

—No se lo cuestiono. —Alberto se dio cuenta de que no sabía muy bien cómo tratarlo—. Pero por aquella época, como buen adolescente atolondrado, yo prefería pasar el domingo con la cuadrilla.

—Tutéame, por favor —le rogó Segurola, poniéndole la mano en el hombro de modo paternal—. ¿Cómo está tu *aita*?

—Trabajando mucho, igual que siempre, incluso los fines de semana.

—No me cabe la menor duda —rio Segurola—. Félix era incombustible. Estará deseando jubilarse.

—Todavía no ha cumplido los cincuenta y cuatro.

—Bueno... Tal y como están las cosas, imagino que Entrecanales no podrá aguantar demasiado sin fusionarse. Y lo mismo tiene la oportunidad de irse antes de lo previsto. ¿Sigue jugando al frontón?

—Sigue, sigue. Ni mi hermano ni yo hemos sido capaces de ganarle nunca... ¡los dos juntos!

—Era un fenómeno. De habérselo propuesto, podía haberse dedicado profesionalmente a la pala. Claro, que aquellos eran otros tiempos... Venga, que te voy a presentar a la familia. Por lo general, Ane y yo estamos solos, pero hoy han venido mis *aitas*. Es un día triste para ellos y no he querido que se quedaran en su casa.

Durante un instante, la mente de Alberto basculó entre la prudencia y la educación. Hasta que, finalmente, se atrevió a preguntar.

—¿Algo que se pueda saber?

—¡Bah! Cosas familiares —respondió Segurola, con el afán de quitarle hierro al asunto. Sin embargo, tras unos incómodos segundos de silencio, decidió darle una escueta explicación a su invitado, quizás para ganarse su confianza y demostrar que era la franqueza personificada—. A mi *ama* le robaron un bebé al nacer cuando estuvo presa en la guerra. De eso hace hoy justo cincuenta y cinco años —aclaró sin que Alberto pudiera evitar sentirse un poco torpe por no saber cómo reaccionar.

—Lo siento —se limitó a decir, sin llegar a sospechar en ese momento lo que esa revelación cambiaría su vida.

—Bueno... aquellos no fueron buenos tiempos tampoco. Y nos quejamos ahora. Pero, por favor, no le comentes nada —zanjó Segurola antes de adentrarse en la casa.

Un sabroso olor a marmitako los recibió en el hall. También una graciosa perrita *iletsua*, que se acercó a olisquear al recién llegado, quien se sorprendió de que no le ladrara tal y como estaba acostumbrado. De crío, un pastor alemán amagó con morderle, posiblemente para jugar; pero la única relación que mantenía entonces con los perros era el recuerdo de su agresividad con Bambi, el cervatillo que daba nombre a la primera película que vio en el cine y que le traumatizaría, al igual que a otros muchos niños de su generación, por la muerte de la mamá del protagonista a manos de un cazador y su jauría. Quizás por ello, en su memoria, su antebrazo acabó en las fauces de aquella bestia, lo que le provocó tal miedo a los perros que tenía la certeza de que ellos se lo olían y, por eso, le ladraban. Con los años, aquel pánico inicial se fue convirtiendo en recelo, aunque le seguían inspirando respeto. Por eso le sorprendió que la perrita de la casa se mostrara tan cariñosa con él, y más aún que le agradara acariciarla.

—¿Cómo se llama? —quiso saber.

—Dama. Es toda una señorita —contestó Segurola, sonriente.

Enseguida, Alberto se dio cuenta de que aquella visita era poco protocolaria, porque no tardaron en hacerle pasar a la cocina, donde faenaban dos mujeres y un hombre, de porte elegante, ataviados con mandiles impolutos. Se trataba de una amplia estancia, de tonos blanco y canela, con una isla en medio; una de esas cocinas que, hasta ese día, Alberto únicamente había visto en las películas.

—¡Ya está aquí nuestro invitado! —saludó Ane, con sincera alegría, como si no estuviese acostumbrada a recibir a ningún extraño, mientras se le acercaba para darle un abrazo que le supo a madre.

El padre de Fernando, un hombre de unos ochenta años bien llevados, dejó la cuchara de madera con la que estaba trajinando en la cazuela y se dirigió a Alberto sin necesidad de que se lo presentaran:

—*Ongi etorri*. Soy Ignacio Segurola. Ni se te ocurra tratarme de usted, que me haces mayor —le dijo, estrechándole la mano con firmeza.

—Y yo, Irene. No sé a qué viene tanto apellido —recriminó con dulzura a su marido, al tiempo que le clavaba su mirada miope al muchacho, antes de plantarle dos besos—. Anda, quítate la cazadora, que estás en tu casa.

—*Eskerrik asko*... —agradeció Alberto, adivinando restos de lágrimas en los bonitos ojos grises de Irene Lasa, que transmitían una grata sensación de serenidad y melancolía detrás de sus gafas redondeadas. Quizás porque la cicatriz que se le apreciaba en la mejilla derecha le dulcificaba un rostro que al muchacho le pareció vagamente familiar. Ahora que conocía una parte ínfima de su doloroso pasado, él no pudo por menos que admirar el coraje que escondía aquella apacible dama tras su aparente fragilidad.

—Bueno, vamos a lo importante —terció Fernando—. ¿Te gustan las gildas? —le preguntó a su invitado.

—¡Me encantan! Hará unos diez años que no las pruebo.

—¡Fenómeno! Porque he preparado unas cojonudas —respondió Fernando.

—¿Por qué no vais al salón a tomar el vermú? —sugirió Ane—. Seguro que tendréis cosas de que hablar hasta que comamos.

Le resultaba inevitable detener los recuerdos, que le asaltaban repentinos. También en su casa de Portugalete se tomaba el vermú los domingos. Y siempre acompañado de unas aceitunas con anchoa y de una lata de berberechos, que su padre abría con la parafernalia de quien está elaborando un suculento menú, cuando solo la aderezaba con un chorrito de limón. Pero su cara de satisfacción indicaba que disfrutaba del mayor acontecimiento de la semana, consciente de que sus dotes culinarias se limitaban a aquel ceremonial y a batir huevos, eso sí, con una energía asombrosa.

Normalmente, el día comenzaba con la misa en la capilla del colegio o en la iglesia de los Agustinos. Y si no llovía demasiado, proseguía con una visita al parque Doctor Areilza, al que todo el mundo llamaba el parque de los Monos por los dos macacos africanos machos encerrados en una jaula, que mataban el aburrimiento entre ellos ejecutando acrobacias, a veces difíciles de explicar a los ojos inocentes de los niños. El recinto, convertido en un pequeño zoológico, también albergaba dos jabalís, tórtolas, palomas, cernícalos, una pareja de pavos reales que se paseaba a sus anchas y algunas carpas, patos y tortugas en el estanque, donde los protagonistas eran dos cisnes negros, que morirían estrangulados por unos desaprensivos en el 79.

Antes de volver a casa, otro de los rituales consistía en comprar caracolillos, entonces al alcance de cualquier bolsillo, en Casa Polvorilla, el único bar que Alberto recordaba haber pisado con su familia en Portugalete, con la excepción del que se encontraba en su calle, Ortuño de Alango, donde solo acudían a comprar tabaco. Su padre alegaba que no le gustaban los bares y que en casa las cosas sabían mejor. Más tarde descubriría que ese rechazo paterno a la hostelería tenía relación directa con la economía familiar, donde se priorizaba la educación de sus hijos. El hecho era que, indudablemente, disfrutaban juntos de ese momento en que su padre servía un vermú para su madre y otro para él; y dos culines de Quina Santa Catalina o de Kina San Clemente para Alberto y su hermano, que se relamían con aquel vino dulce quinado, con quince grados de alcohol, que se anunciaba como bebida medicinal para niños inapetentes. Tal era así que Kina San Clemente contaba con Kinito, la mascota animada de un niño achispado que hacía las delicias de los pequeños en la tele y en los tebeos que dibujaba el mismísimo Ibáñez, el creador de Mortadelo y Filemón. Con el paso de los años, las autoridades se dieron cuenta de que publicitar alcohol para niños quizás no fuese una buena idea, y la carrera de Kinito acabó cuando el Ministerio de Gobernación decidió aplicarle la Ley de Peligrosidad Social.

Mientras Fernando Segurola preparaba el vermú al más puro estilo bilbaíno, Alberto se sonreía pensando en el escándalo que supondría en los nuevos tiempos darle a los niños como reconstituyente un vino de quince grados por muy dulce que fuese.

—*Txin-txin!* —dijo Segurola, ofreciéndole un vaso a su invitado—. Espero que te guste. Me enseñó Txompa, el del Xukela.

—¡Salud! —respondió este al brindis, para a continuación darle un sorbo al combinado—. Sí que está bueno, sí.

—¡Por el nuevo museo! —prosiguió el anfitrión, separándose de la mesa adornada con muy buen gusto, en la que ya estaba dispuesta la vajilla para los cinco comensales.

Alberto suspiró para sus adentros mientras dirigía una mirada fugaz al amplio ventanal que daba al jardín.

—¿Se sabe cuándo empiezan las obras?

—No hay fecha fijada aún. No te preocupes. Tendrás tiempo antes de ir haciéndote a la empresa. Además, irás de la mano de ingenieros sénior. En cuanto al museo, todavía hay que derribar la fábrica de la Compañía de Maderas.

—Sí, pasé por allí ayer. ¿Se va a conservar la chimenea?

—Buena apreciación, pero no lo creo. Más que nada porque tiene una grieta a consecuencia de una bomba que pusieron hace años en el puesto de aduanas de la Guardia Civil, ubicado muy cerca.

—¿Y cómo lleva el proyecto el arquitecto?

—Sigue trabajando en él. Sin pausa, aunque no sé con qué prisa —bromeó Segurola—. Imagino que no empezaremos hasta después del verano. Desde luego, el enclave es perfecto. ¿Sabes que la Diputación tenía intención de construirlo en la Alhóndiga? Había incluso un principio de proyecto para respetar la fachada y construir dentro un enorme cubo.

—No lo sabía.

—Bueno, en principio, podía ser una buena idea porque es un edificio fantástico, que ahora mismo está bastante abandonado y no tiene utilidad.

—Imagino también que con muchos problemas arquitectónicos; sobre todo, porque no es lo suficientemente alto como para soportar una obra de envergadura sin dañar los elementos externos.

—Sí. Gehry lo desechó solo con verlo —contestó Segurola, haciendo referencia al prestigioso arquitecto, encargado del proyecto.

—¿Fue él quien eligió el emplazamiento definitivo? —preguntó, ilusionado por empezar a sentirse integrado en tamaña empresa.

—Entre él y Krens, el director de la fundación.

La fundación a la que se refería Segurola era la Solomon R. Guggenheim, llamada así por el nombre de su creador, un coleccionista de arte y filántropo estadounidense, de origen judío, fallecido en 1949. Que la más prestigiosa promotora de arte moderno del mundo hubiese elegido Bilbao para construir su nuevo museo había tenido mucho que ver con la intermediación de la española Carmen Giménez, conservadora de arte del siglo xx de la Fundación Guggenheim de Nueva York, que se encargó de usar sus contactos para presentar a Thomas Krens, el director de la misma, a las autoridades vizcaínas interesadas en la creación de un moderno centro cultural en la Alhóndiga, un antiguo almacén de vinos que se encontraba muy deteriorado.

Por aquel entonces, se estaba acometiendo una profunda reforma en el museo neoyorquino, que obligó a cerrarlo. Y para que su colección permanente pudiera seguir siendo contemplada, se organizó una exposición itinerante cuyo primer destino fue el incipiente museo Reina Sofía de Madrid, a donde acudieron representantes de las instituciones vascas para hablarle de Bilbao a Thomas Krens, que en aquellos días había manifestado su deseo de buscar una sede de primera línea en Europa para construir un nuevo Guggenheim. Y, sin demasiado convencimiento por no considerarla una ciudad apropiada para albergar el museo, el director de la fundación viajó hasta Bilbao con el fin de conocer la Alhóndiga, el espacio ofrecido por los vascos, que buscaban darle una salida digna a ese histórico edificio, salvado milagrosamente de la demolición.

Ahora bien, una vez vencidas las reticencias iniciales tras un vuelo sobre la costa vizcaína en un helicóptero de la Ertzaintza y una comida en el Baserri Maitea, al visitar la Alhóndiga con la sola luz de una linterna, Krens no vio claro que aquel fuera el sitio más adecuado y le pidió opinión a su amigo Frank Gehry, uno de los arquitectos más reconocidos del mundo, que después de acudir a la capital vizcaína el 20 de mayo de 1991 convino con aquel en que la propuesta de la Alhóndiga no resultaba viable. Esa tarde, antes de cenar en el restaurante Rogelio, ambos subieron al monte Artxanda, desde el que se divisa toda la ciudad, en busca de una ubicación alternativa para el museo. Y coincidieron en que el lugar ideal se hallaba en el entorno de la ría, en la que barajaron varios emplazamientos. Al día siguiente, se acercaron a algunos de ellos para verlos de cerca, pero al descubrir el edificio de la antigua Compañía de Maderas desde la otra orilla, junto a la Universidad de Deusto, se dieron cuenta de que se trataba del sitio perfecto.

Una vez que la administración vasca solucionó por las bravas el problema de la adquisición de los terrenos, sacó a concurso el proyecto, invitando a tres prestigiosas firmas internacionales de la confianza de Krens, cada una de un continente distinto: el arquitecto japonés Isozaki, el equipo vienés de Wolf D. Prix y Helmut Swiczinsky y, por supuesto, Frank Gehry, cuyo atrevido diseño sería el elegido por un comité de expertos en julio de ese mismo año.

Mientras la conversación entre Fernando Segurola y su invitado transcurría en torno a la escasa información que tenían del museo, Alberto no podía dejar de pensar si aquel proyecto sería también objetivo terrorista. Pero no se atrevió ni siquiera a plantear la cuestión a su anfitrión, del que imaginó que bastantes problemas tendría. El hecho de que llevara guardaespaldas evidenciaba su necesidad de protección. Posiblemente porque ETA le hubiese exigido el impuesto revolucionario, como a muchos empresarios vascos, para financiar sus actividades.

El sonido del teléfono interrumpió la charla. Fue Ane la que respondió desde el aparato instalado en la cocina.

—Claro que sí, hija. ¡No faltaba más! —se la oyó decir, ilusionada, antes de colgar el auricular.

—¿Era la niña? ¿Qué quería? —le preguntó su madre, impaciente.

—¡Sí! ¡Acaba de aterrizar en Sondika! Ha llamado desde una cabina del aeropuerto. La muy tonta preguntaba que si llegaba a tiempo de comer.

—¡Ay! Si ya lo sabía yo... —susurró Irene, abrazándose a su marido, sin que ninguno de los dos fuera capaz de retener las lágrimas.

Fernando Segurola se conmovió al entrar en la cocina y contemplar la emoción de sus padres.

—Ya siento que tengamos que hacerte esperar, Alberto —le dijo Ane al verlo llegar a él también.

—No hay ninguna prisa —respondió el muchacho, con educación.

—¿Te acuerdas de nuestra hija?

—Sí, claro —contestó, haciendo memoria—. Pero la última vez que la vi era muy pequeña.

Después de media hora lenta en la que el ritmo de la casa se había acelerado, entraba por la puerta Izarbe, una elegante joven de pelo moreno, ataviada con un coqueto uniforme de auxiliar de vuelo que acentuaba la longitud de sus piernas, con unos ojos grises tan bonitos como los de su abuela, exhibiendo una enorme sonrisa, que enamoró a Alberto desde el primer instante.

3

Le costó conciliar el sueño aquella noche, a pesar de que solía dormir con placidez. Y eso que una de sus preocupaciones parecía haberse solucionado con el ofrecimiento de los padres de Fernando Segurola de su vieja vivienda en la calle Iturribide, junto a la plaza de Unamuno. Hacía tiempo que no habitaba nadie en ese tercer piso sin ascensor porque no querían que entrara cualquiera en aquel hogar de su juventud, que habían tenido que abandonar por culpa de la guerra civil. Así que, al surgir la conversación en los postres, mientras degustaban una deliciosa *goxua* elaborada por Irene Lasa, su marido se comprometió a alquilárselo a un precio muy por debajo del mercado, dados los inconvenientes que a buen seguro le ocasionarían las obras del metro, no sin antes ordenar que alguien se encargara de darle una mano de pintura y adecentarlo.

En honor a la verdad, tampoco le preocupaba estar a la altura en el trabajo, al que se incorporaría al día siguiente, sabedor de que formaría parte de un excepcional equipo de profesionales; aunque debía dominar su miedo callado para aparentar normalidad en una sociedad que trataba inútilmente de vivir de espaldas a la violencia instalada en sus calles y en sus conciencias. Si bien la actividad de los GAL, un grupo parapolicial que practicaba terrorismo de Estado contra ETA, había cesado; y la propia ETA parecía haber disminuido su lucha armada, cada año todavía seguía matando a decenas de personas.

Lo que en realidad desasosegaba a Alberto era enfrentarse a los sentimientos que le provocaba volver a caminar por los lugares de antaño, de esa tierra que le vio nacer y en la que, de algún modo, se sentía un extraño después del paréntesis de esa última década en que había mirado al País Vasco desde lejos, en un intento vano de distanciarse de una situación que le dolía. Al menos era consciente de lo que le ocurría. Sabía que en cualquier ocasión tendría que ir a Portugalete. Y el temor a toparse con Arantza y con Iñigo constituía una mera excusa de aquella demora. Pero, por el momento, prefería esperar.

Por suerte, no se había encontrado a nadie conocido en el estadio, al que aún le dio tiempo a acudir una vez finalizada la sobremesa. Una de las cosas que más anhelaba era volver a ver al Athletic en San Mamés. Y más ahora que contaba con Julen Guerrero, un chaval portugalujo de diecinueve años recién cumplidos, convertido en el nuevo ídolo de la hinchada rojiblanca, que no sentía tanta admiración por un jugador desde la retirada de Iribar, ya convertido en leyenda. El joven futbolista ese día marcó dos goles ante el Zaragoza y Alberto, con una sensación agridulce, regresó caminando al hotel tras cruzar el ambiente festivo de Pozas, la calle donde los *athletic-*

zales bebían para celebrar las victorias de su equipo o para olvidar las derrotas, sin dejar de entonar su alegre himno en euskera, que cumplía diez años y que Alberto ya se sabía de memoria, al igual que otras canciones aprendidas de crío, como *Guk euskaraz* o las primeras estrofas de *Aupa, gizona*, la composición patriótica tan popularizada tras la muerte de Franco. Estaba feliz por haber visto triunfar a su paisano, con el que posiblemente hubiese coincidido en el colegio Santa María. Se imaginó que sería uno de esos pequeñajos que le daban patadas al balón en los mismos campos en los que él lo intentaba con pésima fortuna. Tan torpe había sido como futbolista que los capitanes de los equipos escolares ni siquiera se molestaban en decir su nombre después de elegir al resto, porque siempre se quedaba el último. A veces, hasta se negaban a dejarle participar en las pachangas en el recreo. Cuando eso sucedía, Imanol, un niño pecoso huérfano de padre, vencía su timidez e imponía su criterio para decir que si Alberto no jugaba, no había partido. Y a los chavales no les quedaba más remedio que acatar la orden; entre otras cosas, porque Imanol era el dueño del balón. Aun así, Alberto pronto se pasó al baloncesto, donde sí consiguió destacar a pesar de su limitada estatura. Eso sí, con un salto prodigioso, que entrenaba cada día en su piso de Portugalete, donde era capaz de tocar el techo con la muñeca doblada, ante la mirada orgullosa de su madre. No obstante, tenía la espina clavada de que su padre trabajaba tanto, incluso los sábados, que nunca tuvo la ocasión de verlo jugar. Lo que sí debía agradecerle era que le llevara, de vez en cuando, al pabellón de la Casilla para disfrutar de los partidos del Águilas.

Mientras se abría paso entre los aficionados del Athletic por una calle atestada de gente, sentía cierta desazón. Por un lado, le ilusionaba reconocer algún rostro de antaño para dejar de sentirse forastero; aunque, por otro, le inquietaba tener que dar explicaciones de su ausencia en los últimos años. Sin embargo, no se engañaba. Podría haber evitado el gentío sin asomarse al descuido en el Muga o en el Ona e intentado llegar al hotel por zonas menos transitadas; pero, por alguna extraña razón que se le escapaba, no lo había hecho. Quizás porque necesitaba experimentar esa sensación de pertenencia. Eso sí que le hacía removerse en su cama. La batalla contra sus sábanas, en realidad, era una lucha contra sus contradicciones. Tampoco le ayudaban las declaraciones de algunos políticos, como las de Xabier Arzalluz, presidente del Partido Nacionalista Vasco, que temía que «los de fuera», refiriéndose a los hijos de la inmigración española, provocasen que se perdiera la personalidad inherente a las particularidades sanguíneas autóctonas. Alberto no podía alcanzar a comprenderlo porque creía que ocurría lo contrario: que todos los nacidos en aquella bendita tierra, cualquiera que fuese su origen, ya no es que adoptaran sus costumbres y su forma de ser, sino que les resultaban naturales. Y se sentían orgullosos de ser hijos también de esa patria, aunque no hablasen euskera —en la inmensa mayoría de los casos a causa de su complejidad—. Pero consideraba que la única seña de identidad de un pueblo debía ser su propia idiosincrasia y su único idioma, el entendimiento. Aun así, entre sus eternos propósitos se encontraba el de apuntarse a un *euskaltegi*, más por adentrarse en la belleza de aquella lengua milenaria que por imposición política o social. Claro que bastantes problemas tenía ya con el inglés, a pesar de llevar estudiándolo toda la vida. Su dificultad en el aprendizaje de los idiomas se la achacaba a un posible fallo en las conexiones de su fascículo arqueado, el haz de fibras cerebrales que condiciona el aprendizaje de nuevas palabras; por sistema, siempre trataba de buscar una explicación lógica a las cosas que le costaba entender, a riesgo de parecer que fabricaba excusas piadosas a la medida de su conciencia.

Y luego estaba aquella chica a la que acababa de conocer y que no conseguía quitarse de la cabeza. Enamorarse a primera vista de la hija de su jefe, *a priori*, no parecía una idea demasiado inteligente. Y, sin embargo, allí andaba dando mil vueltas en su cama, sin poder dormir, recordando cada momento de esa comida en la que Izarbe, sentada frente a él, se mostraba pendiente de su abuela, sin dejar de hacerle carantoñas mientras ella le susurraba con dulzura palabras en su lengua materna.

Por lo que le había contado su jefe, sabía que aquella era una fecha triste para la familia por la tragedia sufrida por su madre durante la guerra, y aun así, la sensación de intrusismo se disipó pronto gracias a la amabilidad de sus anfitriones. En el transcurso del encuentro, mientras los miraba, no podía por menos que imaginarse la cantidad de medios y de energías empleados por ellos durante tanto tiempo para averiguar lo sucedido con aquella niña, al parecer, sin éxito.

Ni siquiera se sintió incómodo cuando Izarbe se presentó por sorpresa al haber doblado turnos para poder tener casi una semana libre. Muy al contrario, la espontaneidad de la chica le encandiló enseguida. Fernando Segurola le explicó que su hija trabajaba como auxiliar de vuelos internacionales en Lufthansa y que su aeropuerto base se encontraba en Múnich, por lo que solía aparecer a verlos una o dos veces al mes, a lo sumo. Y que le encantaba que ese día estuviese en casa porque seguro que lo había hecho por sus abuelos.

Si bella le había parecido al verla entrar con su uniforme azul, un pañuelo anudado a su cuello infinito y el moño recogido bajo un gracioso gorrito, arrastrando su maleta, cuando volvió de darse una ducha rápida antes de sentarse a comer, en vaqueros, una camisa larga con dos botones desabrochados y la melena mojada sobre los hombros, por poco se atraganta con la aceituna que se estaba llevando a la boca durante la espera. Luego, al escuchar las bromas que le decía a su abuela para hacerla reír, acabó por sucumbir. Solo deseaba haber sido capaz de disimular lo suficiente como para que no se hubiese notado.

No obstante, sabía que carecía de sentido fijarse en Izarbe. Se quiso convencer de que la diferencia de cuna no supondría inconveniente, pero la realidad era que le faltaban dos semanas para cobrar su primer sueldo; y, para afrontar los gastos iniciales de su nuevo destino, estaba tirando de los escasos ahorros que le quedaban tras no haber dejado nunca de trabajar durante su etapa universitaria de camarero o impartiendo clases particulares de matemáticas a chavales de bachillerato. Al hecho de que ella fuese la hija de Fernando Segurola se unía su inseguridad para acercarse a una chica tan atractiva y que, además, era azafata. Con la aversión que él tenía a volar. Solo de pensarlo le comenzaron a sudar las manos, como le sucedía cada vez que se subía a un avión, aunque no estaba dispuesto a que el pánico a las alturas le impidiese viajar.

Desde luego, lo más sensato parecía olvidarla.

4

Al cruzar por primera vez el umbral de la sede de IDOM experimentó una extraña sensación hasta entonces desconocida, fruto de la responsabilidad, la satisfacción y el orgullo. Las oficinas estaban ubicadas muy cerca del puente de Deusto, en un edificio sobrio y discreto, sin un solo letrero que diera pistas de la intensa actividad ejercida entre sus paredes por cientos de empleados, que trabajaban en proyectos repartidos por medio mundo. Alberto asumía que, en aquella época convulsa, resultaba más seguro tratar de pasar desapercibido. Por eso hasta le agradó tener que firmar una cláusula de confidencialidad en su contrato.

Tal y como le había comentado Fernando Segurola, aún pasarían algunas semanas antes de que se pusiera a las órdenes de Luis Rodríguez Llopis, el joven ingeniero que asumiría la dirección del proyecto del museo Guggenheim. Mientras, se le asignó colaborar en el estudio de ubicación y orientación de una pequeña acería adecuada a las nuevas tecnologías, que se construiría en una diminuta parte de los terrenos ocupados por Altos Hornos de Vizcaya, cuya escasa actividad todavía alimentaba alguna llama a pesar de que su declive había comenzado años atrás y se hallaba en un doloroso proceso de desmantelamiento.

Durante aquellas visitas a las viejas instalaciones de la otrora mayor empresa de España, Alberto experimentaba un inquietante sentimiento de traición por estar participando en la reconversión de una industria de la que apenas quedaba nada, pero que había dado de comer a muchos miles de familias, incluida la suya. Muy cerca de allí, en Luchana, se encontraba el muelle de la Robla, el primer destino de su padre, al que se incorporó de peón de albañil haciendo hormigón, aunque pronto empezó a ejercer de listero. Poco a poco, su capacidad infatigable de trabajo y sus estudios en el seminario le permitieron ir ascendiendo en el escalafón de su empresa, a la que se había mantenido fiel desde su primer día.

Y ahora, de forma casi clandestina, Alberto se movía por las entrañas de aquel monstruo moribundo, sabedor de que tenía los días contados, contribuyendo de alguna manera a su fin, con la paradoja de que la nueva fábrica prescindiría del noble hierro vizcaíno como materia prima para alimentarse de chatarra; eso sí, fundida por modernos hornos de arco eléctrico.

Lo que más recordaría de aquellos días serían los efluvios fétidos procedentes de la planta de desulfuración, que se impregnaban de tal modo en el cerebro que resultaba imposible desprenderse de ellos, ni siquiera con la distancia ni con el tiempo. Desde entonces, cuando le asaltaban episodios de desasosiego, regresaba a su memoria aquel olor a azufre, inmisericorde, con tal intensidad que parecía estar inhalándolo de nuevo.

En aquella primera semana, apenas dispuso de horas libres para pasear por Bilbao salvo en sus recorridos a pie desde el hotel Arana hasta las oficinas de Deusto. Además de su cometido en los terrenos de Altos Hornos de Vizcaya, Fernando Segurola le dejó algunas instrucciones para trabajar en el diseño conceptual del futuro museo antes de emprender su viaje a la sede que la empresa tenía en Venezuela, por lo que enseguida se dio cuenta de que no iba a aburrirse en ningún momento. Al llegar la noche a la habitación del hotel, tras tomar algún pincho en el trayecto, se limitaba a hojear el periódico y a encender la televisión. Reconocía su punto de masoquismo, porque estar enterado de la actualidad llevaba consigo el conocimiento de un cúmulo de desgracias que, a veces, se hacía preferible ignorar. Pero tampoco quería engañarse. Había pasado demasiados años de espaldas a la realidad, con la excusa de estar centrado en su carrera, y ahora sentía la obligación de estar al corriente de cuanto acontecía en el País Vasco, donde predominaban las malas noticias, como las de aquel primer viernes de su regreso a Bilbao. En esa misma semana, ETA volvía a cometer dos asesinatos en San Sebastián, disparándole un tiro en la nuca a un empresario, antiguo jugador de la Real Sociedad, y otro a un funcionario de prisiones. A su mente volvió el «algo habrán hecho» con el que los simpatizantes de la banda terrorista justificaban sus crímenes, que tantas veces había escuchado en el pasado. Un pasado que no necesitaba de otra palabra para convertirse en un oxímoron, porque por sí misma resultaba contradictoria. Un pasado que se negaba a marcharse y del que permanecían sus peores desechos, con el propósito de impedir pasar página.

Se estaba quedando dormido cuando, desde la recepción del hotel, le pasaron una llamada telefónica.

—¿Hola?

—*Gabon*, Alberto. Perdona las horas. Aunque aún no son las diez, ¿verdad? —se justificó la voz femenina al otro lado de la línea.

Al muchacho le pareció identificarla; sin embargo, prefirió no arriesgarse.

—No, no son las diez —respondió, mirando nervioso su reloj—. ¿Quién eres?

—¡Oh! ¡Qué decepción! Me viste hace poco y ya has olvidado mi voz —dijo ella, entre la broma y el coqueteo.

—¿Izarbe?

—¡Uf, qué susto! A punto estabas de tumbar mi autoestima.

—Hola, Izarbe. ¿Todo bien?

—¡Sí! —exclamó, llena de jovialidad—. Mi *aita* ya ha aterrizado en Valencia del Rey. Supongo que sabes que se ha ido por unos días a Venezuela.

—Sí, claro. Se encargó de darme un regalito de despedida. —Al escuchar la risa de Izarbe, se dio cuenta de que quizás se acababa de exceder—. Quiero decir que... —trató de justificarse, atribulado.

—No te preocupes. Ya sé qué es lo primero que le diré cuando vuelva: que el brillante novato de

IDOM se está quejando del trabajo antes de empezar —afirmó, jocosa.

—Yo no...

—¡Claro que lo has dicho! —le interrumpió ella, martirizándole.

Con el ceño fruncido, pero con el resto del semblante risueño, a Alberto no le quedó más remedio que continuar la broma de aquella muchacha que parecía curtida en demasiadas batallas para su edad. Posiblemente, por verse obligada a lidiar a menudo con pasajeros pelmazos en sus vuelos. El muchacho se la imaginó poniéndolos firmes sin perder la sonrisa. El tono de sus palabras no tenía nada que ver con la dulzura empleada con su familia durante la comida del domingo anterior y, no obstante, le agradaba esa mezcla de seguridad y sorna que empleaba con él.

—Está bien, lo reconozco. Me han esclavizado tanto esta semana que el lunes presento mi renuncia.

—¡Sabía que eras un blando! —atacó, divertida—. Pues es una pena. Hemos puesto bonito el piso de Iturribide en un tiempo récord. Aunque, bien pensado, me haces un favor. Ahora que ya no lo necesitas, lo mismo me lo quedo yo.

—¡Izarbe! —protestó Alberto.

—¿Eso es que has cambiado de opinión? ¡Uf! ¡Cuánta volubilidad!

—¿Te diviertes? Ya veo que manejas fenómeno el vocabulario.

—Bueno, técnicamente soy auxiliar de vuelo, o lo que viene a ser lo mismo: una camarera con ínfulas —bromeó—, pero estoy estudiando Periodismo.

—¡Qué casualidad! También a mí me habría gustado. ¿Piensas ejercer?

—Es una posibilidad. Quizás... Si algún día me aburro de volar.

—¡Por lo que veo eres una caja de sorpresas!

—¡Uh! El ingenierito es un aprendiz de donjuán.

—Me rindo. ¿Me has llamado para tomarme el pelo?

—¡Por supuesto! Y para decirte que mi *aitite* me ha encargado que te dé las llaves. Que ya habrá ocasión de firmar el contrato. Que, de momento, le basta con el apretón de manos que os disteis.

—¡Genial! —respondió él, invadido por una doble alegría: la de tener un hogar y la de ver a Izarbe.

—Mañana todavía estoy aquí. El domingo vuelo a Múnich. ¿A qué hora te viene mejor?

—¿Las doce?

—¡Perfecto! A las doce en el Muga, que está a la vuelta. ¡Nos vemos mañana! Que sueñes con los angelitos.

—*Gabon*, Izarbe —se despidió Alberto, negándose a sí mismo el deseo de sus sueños.

Esa chica le gustaba de forma inevitable; pero no podía permitirse coquetear con ella. Ya no solo porque le daba pánico el fracaso, sino porque además resultaba improcedente en sus circunstancias. Le había costado demasiado llegar hasta allí como para fastidiarlo todo por una aventura pasajera. ¿Y si no lo fuera? Su peculiar escudo contra el amor volvió a activarse. Así que intentó dormir buscando la mejor ubicación para la acería. Sin embargo, con la mente puesta en el trabajo le llegaban los efluvios de azufre. O acaso fuese que intuyese la deslealtad hacia sí mismo. No se había vuelto a sentir tan atraído por una chica desde que Arantza le rompiera el corazón, casi diez años atrás. Le costó mucho tiempo superar aquello, si es que alguna vez lo había conseguido. Se pasó meses llorando en silencio en su habitación del piso que compartía en Malasaña con otros compañeros de la Escuela Politécnica, en la que consiguió matricularse a última hora, quienes tras numerosos intentos infructuosos para sacarle de fiesta para que se aireara terminaron por dejarle tranquilo. Por eso, Alberto no tenía buen recuerdo de aquel primer trimestre en Madrid, que terminó con la colisión de dos aviones en el aeropuerto de Barajas que dejó noventa y tres muertos y numerosos heridos que necesitaron transfusiones de sangre. Alberto fue una de los cientos de personas que acudieron al llamamiento de donación y colapsaron los hospitales de Madrid. En el de La Paz, después de ver las lágrimas de los familiares de las víctimas, secó las suyas en una nueva lección de vida. Claro que el modo en que se produjo tampoco ayudaba a paliar su aprensión a volar.

Desde aquel día, sin ser plenamente consciente de su propósito, trataría de evitar que una mujer volviera a hacerle daño, aunque ello implicara refrenar sus sentimientos.

5

El Muga era mucho más que un local donde tomar pinchos y escuchar música. El ambiente roquero del Casco Viejo languidecía con el cierre en cascada de los garitos de la movida bilbaína, surgida en los años ochenta, tras las inundaciones, como refugio de los jóvenes que bailaban hasta altas horas de la madrugada en una ciudad dominada por la crisis, el paro, el terrorismo, las drogas y la contaminación; y aquella taberna se erigía en el último bastión de esa época de esplendor musical, coincidente con el ocaso industrial de la capital vizcaína.

Apenas hacía unos meses que se había desalojado el *gaztetxe* de la calle Banco de Bilbao, un centro social okupado convertido en reducto del rock radical vasco. También el bar Gaueko había tenido que cerrar sus puertas en la calle Ronda, dejando huérfana a toda una variopinta generación de jóvenes vizcaínos, unida por su afición a la música. En aquel templo de la movida bilbaína, decorado a modo de un gigantesco retrete, se daban cita roqueros, punkis, pijos, *abertzales*, homosexuales, intelectuales, progres, artistas..., que disfrutaban en total armonía, ajenos a sus diferencias ideológicas y sociales, aparcadas en la puerta.

Y ahora el Muga acogía a una parte de aquella fauna perdida que se alejaba de la degeneración del Casco Viejo, cada vez más invadido por traficantes de drogas mezclados entre la chusma. Que las tradicionales tascas de chiquiteros se fueran convirtiendo en locales de pastilleros y que empezase a ponerse de moda el salir de litronas por culpa de la brutal caída del poder adquisitivo de la chavalería a causa de la precariedad laboral en sus hogares no había contribuido a preservar el ambiente nocturno, que hasta hacía poco representaba un auténtico emblema de la zona antigua de Bilbao. Las nuevas normas de seguridad y las restricciones horarias impuestas por las autoridades locales habían terminado por apuntillarlo.

Cuando Izarbe llegó al Muga, Alberto ya la estaba esperando junto a su enorme escaparate decorado con las figuras de cómic Pedro Pico y Pico Vena, el skinhead y el punk creados por Azagra para la revista *El Jueves*. Al verla acercarse desde la plaza de Unamuno, ataviada con una cazadora negra de cuero, una camiseta blanca y unas botas altas, se sintió incómodo con su aséptico chambergo, abotonado casi hasta el cuello. Y pensó en que debía renovar su fondo de armario en cuanto su economía se lo permitiese. Lo cierto era que no recordaba haber visto a nadie vestir con tanta elegancia.

—*Eguerdi on!* —saludó ella, acercando sus mejillas, risueña, usando esa expresión tan apropiada para esa hora en que en castellano no se sabe muy bien si decir buenos días o buenas tardes.

—*Kaixo*, Izarbe. —Alberto se dio cuenta de que por primera vez pronunciaba su nombre mirándola a los ojos, por lo que cuidó que la zeta sonara de manera correcta, entre su homóloga inglesa y la ese latinoamericana. Al oírse, reprimió sus ganas de repetirlo—. Te habrán dicho que tienes un nombre muy bonito.

—*Eskerrik asko!* —agradeció la joven en su idioma materno porque, a pesar de que la conversación tenga lugar en castellano, hay ciertas palabras que se emplean siempre en la lengua vasca.

—No lo había oído nunca hasta este domingo.

—Es que no es muy común.

—¿Qué significa?

—Pues... —dudó durante unos instantes, como le solía ocurrir cuando trataba el tema con desconocidos; pero, al final, se decidió por elegir su respuesta más simple—. Es el nombre de una Virgen de Huesca; en euskera significa algo similar a «nacida bajo las estrellas».

—¡Qué curioso! He leído algo sobre las afinidades lingüísticas entre el País Vasco y el Alto Aragón; sin embargo, hasta ahora no había conocido ningún ejemplo en persona.

Aquella respuesta sorprendió gratamente a Izarbe.

—Pero no eres euskaldún, ¿no?

—No, no hablo euskera; eso sí, me encanta la historia.

—Creía que a los ingenieros solo os interesaban

las fábricas, los puentes y esas cosas —dijo Izarbe, sonriente, tentada de contarle por qué se llamaba así.

—Pues ya ves.

—¿Vamos dentro? —propuso ella.

—Claro —respondió Alberto, disimulando su satisfacción al intuir que de su charla inicial había dependido que Izarbe no se hubiese limitado a entregarle las llaves y a darle las instrucciones pertinentes sobre el piso allí mismo.

Al verlos entrar, desde el otro lado de la barra, les sonrió un tipo alto de edad indefinida, frente despejada, barba poblada y escaso bigote. Llevaba un pequeño aro en la oreja y una camiseta corporativa que tenía impresa la fotografía de un bebé con unos enormes auriculares. A Alberto le llamó la atención la abigarrada decoración de las paredes y de las columnas del local, recubiertas de portadas de fanzines, grandes dibujos de cómic y carteles de conciertos, junto a las pizarras coloridas con una oferta gastronómica que se distinguía por tener opciones veganas, algo que resultaba poco habitual. De fondo, sonaba un disco de Elliott Murphy.

—*Eguerdi on*, Juankar! —le saludó ella, en un tono familiar.

—*Eguerdi on*, Izarbe —respondió él, aún con cara de haber trasnochado—. Me alegra que los vientos te hayan traído de vuelta a casa.

—Ha sido el avión, Juankar —matizó ella, risueña, mientras su acompañante saludaba cortés con un movimiento de cabeza, sin tener claro cómo intervenir.

—¿Qué os pongo?

—Para mí un café solo, ¿y para ti, Alberto?

El muchacho miró su reloj de manera instintiva, porque de sobra conocía la hora: esa en la que ni sabía qué saludo emplear ni qué tomar. Con la excusa de ver a Boni, acababa de desayunar un chocolate con churros en el Café Lago, y lo cierto era que no le apetecía nada más. Además, únicamente tomaba un café al despertarse como reconstituyente, porque no le terminaba de convencer su sabor, nunca a la altura de su maravilloso olor.

—Pues... un zurito.

—¿De rubia o de tostada? —preguntó Juankar.

Mascullando para sus adentros, a Alberto le fastidió no haberse acordado de matizar el tipo de cerveza, porque fuera del País Vasco la afición por las maltas tostadas no estaba tan extendida.

—De tostada, por favor —respondió, como si quisiera readaptarse a las costumbres locales, si bien no recordaba haberla probado antes.

—¿Os vais a sentar? Yo os lo llevo —se ofreció Juankar, ya que aunque era el único camarero, el local todavía estaba casi vacío, quizás resacoso de la noche anterior.

Los dos jóvenes se sentaron en un banco corrido de madera, junto a una mesa con mosaicos al estilo de Gaudí.

—Me sorprende que mi *aitite* se ofreciera a alquilarte el piso de Iturribide. No creo que necesite el dinero. Eso es que le gustaste —reconoció Izarbe.

—Y yo que me alegro. Tu abuelo me ha quitado un peso de encima.

—Bueno, te advierto que la zona es ruidosa, por los bares.

—No querrás convencerme para que no me lo quede...

—¡No! —exclamó ella, sonriente—. Solo pretendía advertirte.

—No me molestan los ruidos para dormir. Suelo caer en la cama desmayado —bromeó él, tras agradecer a Juankar que depositara las bebidas en la mesa.

—¿Contento de estar en Bilbao? —quiso saber ella, dando un sorbo a su café humeante, sin esperar a que se enfriara. Al darse cuenta de que Alberto la observaba atónito, se echó a reír—. ¡Me encanta que queme!

—Estoy contento, sí...

—¡Uh! Eso no ha sonado demasiado convincente.

—Bueno, cosas mías... Tengo que reaprender a vivir aquí.

—Creo que te entiendo —dijo Izarbe—. Este sitio sigue sin ser demasiado amable. Yo me ahogaba aquí. Por eso elegí mi profesión. Necesitaba conocer mundo.

—¿Cuánto tiempo llevas volando?

—Más de dos años. Lo suficiente como para haberme despegado de esto.

—Nunca mejor dicho —respondió Alberto, jocoso.

—¡Sí! —confirmó Izarbe—. Y me gusta esa sensación de desarraigo, de no pertenecer a ningún lugar. ¿A ti no?

—Es curioso que siendo tan joven, lo tengas tan claro —admitió.

—¡Oh, venga! Tengo veintidós años. Hace tiempo que dejé de ser menor de edad. ¿De verdad que a ti no te pasa?

—No estoy seguro.

—No irás a decirme que eres de ese tipo de personas que se resiste a encontrar su camino y que siempre está insatisfecho con su vida.

Alberto dio un sorbo lento a su cerveza, apreciando su sabor, para meditar qué decir. La charla iba tomando una derrota demasiado personal y dudaba si merecía la pena adentrarse en su propia intimidad.

—Yo diría que exigente conmigo mismo, más bien.

—¿Eres enamoradizo? —le soltó a bocajarro, con voz aparentemente inocente, como si no le hubiese convencido la contestación.

—¿Enamoradizo? ¿A qué viene eso?

—¡Lo eres! —conjeturó Izarbe, igual de feliz que si acabase de resolver un acertijo—. El amor es un eterno insatisfecho, a diferencia del deseo, que muere al satisfacerse. Es cosa de Ortega y Gasset, que quede claro, no mía.

Lo que menos le apetecía a Alberto en aquel momento era autoanalizarse ni revelarle a Izarbe los motivos de su conducta, no fuese que ella se espantara. Claro que tampoco podía mostrarse esquivo.

—¡Vaya! No imaginaba ese tipo de lecturas.

—Elegante forma de eludir el tema —comentó ella, sin perder la sonrisa—. Leo de todo. Tenemos muchas horas ociosas en los aeropuertos y en los vuelos, sobre todo en los largos. Además, te recuerdo que soy universitaria.

—No pretendía escaquearme. Es solo que me sorprende la pregunta —aclaró él, después de sopesar la respuesta. Lo cierto es que ella tenía razón. Se enamoraba con frecuencia, pero nunca de manera intensa; posiblemente, por ese temor a entregarse sin reservas y sentirse vulnerable. De ahí que en los últimos años hubiese mantenido unas cuantas relaciones destinadas a extinguirse desde el comienzo. Y no se había querido plantear si ese desapego procedía de aquel primer desengaño amoroso o de sus raíces desperdigadas—. Entiendo que hablas por experiencia propia. Equiparas desarraigo con insatisfacción y con descreimiento en el amor.

—¿De dónde has sacado eso?

—¡Lo has dicho tú! Opino que una persona enamoradiza, al contrario de lo que pueda parecer, no cree en el amor. O lo confunde con los afectos. De ahí que vaya acumulando relaciones sucesivas... o simultáneas.

—Ahora eres tú el que habla por experiencia propia —elucubró ella.

—Nuestros pensamientos son consecuencia de lo que vivimos, de lo que leemos y de lo que viajamos.

—La conclusión final es que ninguno de los dos ha reconocido nada —afirmó Izarbe, divertida.

Al ver la sonrisa en sus preciosos ojos grises, Alberto supo que acababa de salir indemne de una complicada batalla. Aun así, procuró no bajar la guardia.

—Reconozco que me ha gustado conocerte.

—No pretenderás ligar conmigo... —dijo con sorna la muchacha.

—Jamás se me ocurriría —respondió él, frunciendo el ceño de manera cómica.

—¡Anda, vamos!, que te enseño el piso. Oye, que lo mismo no te gusta.

—Pues mira, eso sí lo tengo claro. Estoy seguro de que me gustará.

Después de pagar la cuenta y despedirse de Juankar, abandonaron el Muga, ya más concurrido. Doblaron la esquina y caminaron los escasos metros que los separaban del portal en el que se hallaba la vivienda de los abuelos de Izarbe, al principio de la calle Iturribide, conocida como la senda de los elefantes porque lo normal era salir trompa tras el recorrido por sus bares. Se trataba de un viejo edificio en cuyos bajos se encontraban los locales fragmentados tras el desmantelamiento en los años sesenta del legendario café Gayarre, ahora ocupados por un par de garitos y por un estanco. Un hall sombrío, pero limpio, daba acceso a las plantas superiores a través de una escalera de peldaños bajos y madera barnizada. Subieron con agilidad hasta el tercer piso y la muchacha abrió la puerta tras hurgar en la cerradura con unas cuantas llaves.

—Bienvenido a Iturribide.

Quien se hubiese encargado de la limpieza no había bajado las persianas y el apartamento aparentó ser luminoso; al menos en ese día en que las nubes clareaban. Se dividía en un pequeño vestíbulo a la entrada, una cocina, un aseo con bañera y cortinas de baño transparentes, un cuarto interior y las dos estancias que daban a la calle: un dormitorio y una salita con una reducida biblioteca y una galería acristalada, a la que Alberto se acercó para comprobar que veía gran parte de la plaza de Unamuno, desvencijada por las obras del metro. Le pareció que ni la cama ni el sofá estaban estrenados. Enseguida ella se encargó de darle instrucciones sobre las llaves de paso de los suministros y el modo de encender el calentador de gas.

—Me gusta mucho —dijo él con sinceridad.

—Sí, está genial. He de decirte que mis *aitites* me lo ofrecieron a mí primero.

—¿Y por qué no te viniste? No me digas que a tus padres no les agradó la idea.

—¡Tal cual! Protestaron. Me dijeron que los pocos días que paso en Bilbao preferían tenerme en casa. Y les sobra razón. La verdad es que tampoco me falta independencia aquí.

—Bastante tendrás fuera. —Su respuesta le brotó de tan dentro del alma que provocó la risa de Izarbe.

—No me quejo, aunque no vayas a creer que nuestra vida es tan glamurosa como en las películas. A veces llegamos a un aeropuerto y no tenemos tiempo más que para tomar un sándwich pestoso deprisa y corriendo.

—Y otras podéis recorrer la ciudad de destino y conocer sus restaurantes.

—¡Eso sí! Pero solo los baratos. Podría escribir una guía de los mejores sitios económicos para comer del mundo. Por suerte, *radio galley* funciona de vicio.

—¿Eso qué es? ¿Radio macuto versión aérea?

—¡Sí, chico listo! El *galley* es la pseudococina, donde están los carros de servicio. Es el mejor lugar del avión para los cotilleos.

—No lo sabía —reconoció Alberto—. No he volado demasiado.

—¿No te gusta viajar?

—Me encanta, pero... —dudó— prefiero el tren.

—¡Tienes miedo a volar! —exclamó ella, con cierta guasa.

Como le ocurriera las dos únicas veces en que se había subido a un avión, comenzaron a sudarle las manos.

—No es miedo, si acaso respeto —trató de justificarse, sin ningún convencimiento.

—¿No has volado nunca?

—Estuve en Nueva York. Y el vuelo de ida fue tan malo que no disfruté del viaje, solo de pensar que debía volver. Si hasta miré hacerlo en barco. Eso sí, me he recorrido Europa en Interrail.

—Jamás lo habría imaginado —dijo ella, divertida—. Bueno, es cuestión de tiempo... o de que te pegues un par de lingotazos de whisky antes de despegar la próxima vez. Porque habrá una próxima vez, ¿verdad? No tienes pinta de dejarte amilanar.

Alberto agradeció que ella le infundiera ánimos a su peculiar modo.

—Claro. La habrá. Tengo previsto ir este verano a California.

—¡Te va a encantar! —afirmó con entusiasmo, mientras miraba su reloj—. Tengo que irme. Me espera una amiga para comer. No me han cundido nada estos días.

—Y mañana a Múnich. —Alberto quiso confirmar que se iba sin saber muy bien cómo preguntarle si volverían a verse. Y tampoco tenía mucho sentido que le pidiera el teléfono ni la dirección de su casa. Primero, porque ya los sabía. Y, sobre todo, porque le sería imposible contactar con ella sin que su familia se enterase. Aun así, procuró que su semblante no demostrara la contrariedad que sentía.

—¡Sí! Pero apenas estaré unas horas. Me toca un turno movidito esta semana —aclaró ella, preparándose para marcharse.

Al entregar las llaves al nuevo inquilino, Izarbe miró brevemente hacia la habitación y se puso seria de repente, como si estuviese pensando en algo que le entristeciera. Alberto, que observaba cada gesto de ella, se dio cuenta.

—¿Te da pena que me quede con el piso? Puedes visitarlo cada vez que quieras —se atrevió a decir.

—No es eso, bobo. ¿Sabes por qué me llamo Izarbe?

—Por la Virgen de Huesca.

—¡Uf! El motivo real.

—Pues no sé.

—¡Ya sé que no lo sabes! Era una pregunta retórica.

—A ver, dime.

—Te pido discreción.

—Puedes confiar.

—Mi *amama* se quedó embarazada de mi *aitite* durante la guerra. A él lo perseguían y se exilió sin saber que iba a ser padre. Ella se quedó aquí, creyéndose a salvo. Sin embargo, la detuvieron y la encarcelaron en Saturraran. Allí nació su hija, en enero del 38. Las monjas mercedarias, que regentaban el penal, se la quitaron esa misma noche mientras dormía y a la mañana siguiente le dijeron que estaba muerta. Nunca más volvió a saber de ella. Cuando acabó la guerra, la estuvieron buscando sin suerte. De hecho, yo creo que todavía lo siguen haciendo —relató la muchacha. Era la primera vez que Alberto no le adivinaba ningún rastro de jovialidad en el rostro.

—Vaya... —balbució Alberto, en tanto intentaba recordar dónde había oído antes el nombre de Saturraran—. Y esa niña se llamaba Izarbe, deduzco.

—Así es. De alguna manera, tengo la responsabilidad de perpetuar su recuerdo, pero lo llevo bien. Además, me gusta cómo me llamo —reconoció, con cierto aire de tristeza.

—Tu padre me contó algo el otro día, cuando estuve en vuestra casa.

—¿Algo de qué? —preguntó ella, perpleja, recuperando el ánimo.

—De lo del robo de la niña.

—¡Joder! Sí que tiene confianza mi *aita* contigo. No es que sea el tema favorito de la familia.

—No entró en detalles —trató de defenderle, manifestando la verdad—. Supongo que sabe que soy de fiar.

—¿Aprovechas para venderte? ¡Eres tremendo!

—¡Que no, coñe! Lo cierto es que lamento lo que les pasó a tus abuelos.

—Me da mucha pena por ellos. Sé que es una espina que tienen clavada. El domingo pasado, mi tía Izarbe hubiese cumplido... cincuenta y cinco años. Por eso quise acompañarlos.

—A lo mejor los ha cumplido.

—Ya..., pero de nada nos sirve si no conocemos su paradero. Bien, ya sabes por qué me llamo Izarbe. La historia de por qué mi *amama* eligió ese nombre para su hija tal vez te la cuente otro día. Aunque a lo mejor lo descubres tú solito —afirmó en tono misterioso, dirigiendo una mirada fugaz a la pequeña biblioteca que no pasó desapercibida para el muchacho—. Y entenderás que me haya extrañado que, después de tanto tiempo vacío, mis *aitites* te permitan vivir en este piso, con el significado que tiene para ellos.

—Queda en buenas manos. Ya lo pensaba cuidar bien. Y ahora, que conozco parte de la historia de estas paredes, mucho más.

—Lo sé. Bueno, Alberto, me tengo que ir —se despidió, dándole esta vez un único beso en la mejilla, para a continuación salir por la puerta.

—Ya sabes dónde estoy, Izarbe —dijo él, mientras la veía descender por la escalera, sin saber cuándo volvería a verla.

Dedicó la tarde a trasladar sus cosas desde el hotel y a escuchar música en su nuevo hogar. Curioseando entre los libros de la estantería de la salita se llevó una sorpresa mayúscula al descubrir que algunos estaban firmados por Irene Lasa. Con avidez, tomó uno de los títulos para ver la fotografía de la solapa y comprobar que se trataba de la abuela de Izarbe. ¡Con razón su rostro le parecía familiar! No hacía mucho que había leído su última novela. Entonces comprendió el tono nostálgico de su prosa —marcada por sus vivencias, sin duda—. También le llamó la atención el título de un viejo libro, colocado al final de la fila: *La ciudad de los ojos grises*, de un autor desconocido para él, Alfredo Gastiasoro. Y pensó que sería una de sus próximas lecturas, por lo que se lo llevó a la mesilla de noche.

Se sentía realmente perturbado por el rato compartido con esa chica. A su indudable encanto se unía la revelación de aquel secreto familiar, protagonizado por una de sus escritoras favoritas.

Desconocía por completo la historia de Saturraran, por mucho que acabara de acordarse de qué le sonaba ese nombre. Un compañero gallego de la carrera le contó en su día, al enterarse de que él era vizcaíno, que la única relación de su familia con Euskadi se limitaba a que su abuela estuvo presa en una cárcel vasca durante la guerra. Y ahí quedó esa conversación que, por aquel entonces, no tuvo mayor importancia para él. Pero ahora no albergaba la menor duda de que si hallaba alguna pista que ayudara a averiguar qué había sido de aquella niña, le serviría de excusa para no perder el contacto con Izarbe. Sabía que no se trataba de una empresa fácil; no obstante, a medida que su vida transcurría, se iba acostumbrando a lidiar con numerosas casualidades que le hacían la vida más curiosa; y que, a pesar de ser casi cotidianas, no eran capaces de menoscabar su asombro más íntimo. Por eso, estimó que no tenía nada que perder si tentaba un poco a la suerte.

Al pensar en la hija de Irene Lasa se le cruzó una

idea extraña en la cabeza que le provocó un escalofrío. En su casa nunca se había tratado el tema de su hermano muerto, al menos delante de él. Parecía que fuese un episodio que no hubiese ocurrido, quizás por no hurgar en la herida. Pero, en ese instante, su imaginación le estaba jugando una mala pasada porque fantaseaba con que también a su hermano lo hubiesen robado del hospital donde nació sin que sus padres lo supieran. De buena gana les habría preguntado en ese mismo momento por teléfono si habían llegado a ver el cadáver del bebé. Sin embargo, frenó enseguida su impulso por evitarles el dolor del recuerdo. Sobre todo a su madre, que estaría en casa. Aunque no descartó llamar al día siguiente a su padre a la oficina.

Lo que sí le pediría a su madre la próxima vez que viajara a Villalpando sería que hablara con su prima Coral, monja mercedaria en una residencia de ancianos en Salamanca, para comentarle que tenía interés en saludarla en persona. Sabía que no le resultaría fácil averiguar gran cosa de lo ocurrido, cincuenta y cinco años atrás, en el penal de mujeres de Saturraran, pero estaba decidido a interesarse. Y se le ocurrió que una charla con Coral podía ser un buen punto de partida.

6

Caminaba bajo un cielo plomizo en dirección al cementerio de San Vicente, en Baracaldo, sin estar preparado para enfrentarse a pasajes de su pasado que hasta aquella semana desconocía y que, de repente, le dolían.

Conservaba un vago recuerdo de los preparativos en el hogar previos a la llegada de su nuevo hermanito. Hizo un esfuerzo para rebuscar en su cabeza algunas imágenes inconexas de su padre armando la vieja cuna, guardada en el camarote, y de su madre vistiéndola con ropajes inmaculados, sobre los que descansaba un oso de peluche dispuesto para la bienvenida. Alberto hasta casi tenía olvidado el abrazo con que ella se aferró a él al venir del hospital con los brazos vacíos. También con el alma. Al día siguiente ya no estaban ni la cuna ni el osito, al que nunca volvió a ver.

Pero la llamada realizada a su padre no solo le había despertado sentimientos dormidos, sino que le había provocado otros desconocidos hasta ese momento. Era probable que si Izarbe no le hubiese contado los pormenores de la desaparición del bebé de su abuela, él no habría rescatado aquel episodio de las entrañas del olvido. Tan triste que nunca había vuelto a hablarse de ello, al menos en su presencia. Simplemente, parecía no haber sucedido. Y, sin embargo, ahora imaginaba la pena de sus padres, callada desde siempre con la intención de proteger al resto de su familia.

Jamás se le habría ocurrido que le hubieran dado sepultura a aquel hermano muerto al nacer. Es algo que ni siquiera se podía plantear porque era como si lo hubiese devorado el pasado. Pero la escueta conversación mantenida con su padre el día anterior le descubrió una realidad velada hasta entonces. Sin saber muy bien cómo enfocar la llamada, le comentó que con el regreso a Bilbao se le venían a la cabeza recuerdos confusos de la infancia. Y le preguntó por algunos detalles irrelevantes, en tono jocoso, para a continuación formularle, aparentando descuido, esa pregunta que le inquietaba:

—Me he acordado también del bebé que tuvisteis.

—¿De qué te has acordado? —respondió su padre a la defensiva, tras unos segundos de silencio.

Tentado estuvo de contarle la historia de que se sentía atraído por una muchacha perteneciente a una familia a la que le habían robado una niña, pero consideró que podía ahorrarse aquel exceso de franqueza.

—De nada en concreto. Solo que lo tenía casi olvidado. ¿Tú lo llegaste a ver?

—¡Pues claro, joder!

Por un instante, Alberto se arrepintió de remover el dolor de su padre, pero necesitaba saber más y debía aprovechar la ocasión que estaba provocando.

—¿Y qué pasó con el cuerpo?

—Le dimos sepultura en el cementerio de San Vicente, al que pertenecía el hospital de Cruces, donde nació. ¿A qué viene eso?

Ahora fue a Alberto a quien le costó hablar. Ni por lo más remoto se hubiera imaginado que el cadáver de su hermano estuviese enterrado en ninguna parte. Lo cierto es que ni siquiera se había cuestionado qué sucedía con los niños que morían al nacer y si se seguía el mismo protocolo con ellos que con los que ya nacían muertos. Tenía entendido que los que vivían menos de veinticuatro horas no podían ser inscritos en el Registro Civil, por lo que le resultó sorprendente el descubrimiento de la existencia física de los restos del bebé de su madre.

—Solo curiosidad, papá... Debió de ser muy duro para vosotros.

El silencio al otro lado de la línea fue más largo de lo habitual.

—Si vas, ponle flores —respondió con la voz entrecortada—. Está en un pequeño jardín, al final del todo.

—Claro, papá —contestó, con los ojos humedecidos.

Y allí estaba al día siguiente, con dos rosas en la mano, a las puertas del cementerio, procurando dominar la congoja. Iba a ser la primera vez que entrara en alguno. A lo largo de su vida, los había evitado, quizás por su rechazo a pensar en la muerte. Como si por no pensarla no fuese a llegar. O acaso fuese por su ridícula superstición en lo referente al más allá. A pesar de no ser creyente, sentía un respeto casi cómico por los espíritus y consideraba que era mejor no alterarlos... en el supuesto de que existiesen. Por eso no participaba de niño en las travesuras de sus amigos cuando saltaban el muro que rodeaba el camposanto de Villalpando para pasear de noche entre las tumbas mientras se daban sustos y él los esperaba fuera. Porque, desde luego, Alberto no disfrutaba con el miedo. Tanto era así que ni siquiera veía películas de terror.

A primera vista, le entristeció el diseño del cementerio de Baracaldo. Contra lo que esperaba, las lápidas no se encontraban en el suelo sino en un sinfín de nichos ubicados en unos enormes bloques de hormigón construidos a modo de edificios en unas desangeladas avenidas asfaltadas. Apenas había jardines ni arbolado. Tampoco gente. Por mucho que miró a su alrededor, no se topó más que con dos gatos que hacían las veces de guardianes del lugar.

Caminó sin rumbo fijo por aquel lúgubre laberinto, guiado por la mera indicación de su padre y por su instinto. Resultaba complicado imaginar la existencia de un pequeño jardín en aquel entramado de calles sin alma. Sin embargo, tras atravesar todo el recinto, descubrió una tapia disonante con el entorno, con una oquedad descuidada a modo de puerta tras la cual se vislumbraban cuatro árboles que crecían apacibles sobre un manto de césped. La cruzó, dejándose llevar por un recogimiento exacerbado. La casualidad, vestida de lazarillo invisible, guio sus ojos hasta un pequeño nicho en el que, detrás de una ventanita de cristal que no tenía candado, había una lápida blanca adornada con un querubín esculpido sobre el propio mármol. Leyó la inscripción, invadido por la tristeza, mientras pasaba sus dedos por ella a modo de una caricia imposible.

EL NIÑO
GERMÁN CEPEDA GONZÁLEZ
28-05-1974

No supo si le impresionó más ver sus apellidos en una tumba o descubrir que su hermano tenía nombre. Algo que tampoco se había planteado nunca.

Le inquietó uno de esos pensamientos que a veces le ponían a prueba. Tenía entendido que el cerebro procesaba unos sesenta mil al día, por lo que se consolaba intentando convencerse de que no todos podían ser sanos. Se imaginaba un pequeño ataúd blanco al otro lado de la lápida. Y conjeturó con la idea de que estuviese vacío.

Tras recuperar la sensatez, depositó las dos flores en la cavidad, desconcertado por las emociones que lo sacudían.

—Una por mamá. Y otra por papá, Germán —musitó.

A continuación, salió raudo del cementerio en busca de una ferretería en la que compró un candado. Media hora después, con el declinar del atardecer, lo estaba colocando en la ventanita que protegía el nicho de su hermano. Allí mismo, introdujo la diminuta llave en su llavero, decidido a llevarla siempre consigo.

7

Febrero comenzó con satisfactorias noticias laborales para Alberto. Después de más de dos semanas analizando la ubicación de la nueva acería en los terrenos de Altos Hornos, todo su trabajo se centraría a partir de ese momento en la preparación de las obras del museo. Así que salió a celebrarlo a su manera. Tenía intención de ver la ópera prima de Álex de la Iglesia, un cineasta bilbaíno de su misma edad, pero al llegar al Capitol se enteró de que no la estrenaban hasta el fin de semana, por lo que se decidió a dar un paseo para encontrarse con las cuadrillas de chiquiteros, incluso con el coro de Arratia, cantándole a santa Águeda en la víspera de su festividad en los lugares más emblemáticos del Casco Viejo. No pudo por menos que pensar que quizás algún día lo harían en el propio museo, cuya construcción seguía siendo objeto de controversia en los mentideros intelectuales vascos por el desvío de partidas presupuestarias públicas hacia aquel moderno macroproyecto en menoscabo del teatro, las artes plásticas, la literatura o la música; de ahí que los miembros de los colectivos más modestos acusaran a las instituciones de defender una política cultural de escaparate, basada en la prepotencia.

Además, desde que se dieran los primeros pasos para su puesta en marcha por parte de la Diputación Foral de Vizcaya, para sacar adelante la iniciativa, el PNV había tenido que transigir ante el PSOE, su socio de Gobierno autonómico, y aceptar la reducción de una tercera parte de la superficie prevista en el proyecto inicial.

A eso se le añadía el retraso en el comienzo de la edificación porque parte de los terrenos pertenecían a propietarios reticentes a vender, en especial los particulares, por lo que se llevaron a cabo con carácter urgente algunas expropiaciones antes de que se modificase el Plan General de Ordenación Urbana de Bilbao, y las autoridades locales tuvieron que enfrentarse a la interposición de demandas judiciales por parte de los dueños disconformes con la resolución municipal, que no impidieron que se llevara a cabo la adquisición, si bien aquellas «cabriolas urbanísticas», como las terminó llamando el propio alcalde de Bilbao, se resolverían con indemnizaciones millonarias.

Tampoco los nostálgicos se mostraban de acuerdo con la construcción del museo. Aunque no les quedaba más remedio que rendirse a la evidencia de que la actividad económica languidecía sin remedio, exigían una salida digna para ese patrimonio industrial herido de muerte, con fábricas abandonadas y terrenos convertidos en vertederos.

Por aquel entonces, el equipo de Frank Gehry seguía perfilando el proyecto definitivo desde su centro de Santa Mónica, al oeste de Los Ángeles, pero los plazos de ejecución apremiaban y en el estudio de ingeniería en el que trabajaba Alberto existía cierto nerviosismo ante la posibilidad de no poder cumplir con ellos, máxime cuando todas las miradas estaban puestas en la polémica obra. Así que tomaron la decisión de empezar a funcionar un poco a ciegas y tratar de avanzar, contemplando todas las variables que podían producirse, mediante el análisis de los costes de los hipotéticos escenarios. Cada día, Alberto se dedicaba en cuerpo y alma, en las instalaciones de Deusto, de la mano de un ingeniero sénior especialista en cálculo de estructuras, a prever la ubicación de los posibles puntos de carga del nuevo edificio sin que este estuviese aún definido por completo. Lo que más les urgía era estudiar las coordenadas en las que se situarían los pilotes que habría que hincar en la tierra para consolidar los cimientos, no solo para evitar problemas futuros sino también porque de su buen análisis dependería que la estimación de costes fuese adecuada.

En esas fechas, un equipo cualificado de IDOM optó por viajar a Estados Unidos con el propósito de cooperar presencialmente con el del arquitecto en la confección final del *cost model*, que les permitiera establecer los sistemas constructivos que, a su vez, marcarían los precios de la obra. Al llegar a la oficina por las mañanas, Alberto se encontraba con los faxes de sus compañeros en Santa Mónica con las cuestiones que iban surgiendo. En estas reuniones se decidió que no se aprovecharía ningún elemento de las viejas fábricas, se estableció una previsión de plazos y se acordó que las decisiones debían tomarse con rapidez.

Estos trabajos acelerados dieron sus frutos y permitieron prever el coste definitivo de la obra, además de evaluar los emolumentos que aparecerían en los contratos firmados el 25 de febrero entre la administración vasca, tanto con IDOM como con Frank Gehry. Ese mismo día, los responsables del proyecto se animaron a realizar una rueda de prensa en Bilbao, con la presencia del propio Gehry, con el fin de evidenciar que se seguía la hoja de ruta conforme a las previsiones iniciales y, de algún modo, tratar de reconducir el escepticismo de la opinión pública. En ella se mostró una espectacular maqueta esquemática, confeccionada con madera y elementos metalizados, a escala 1:200, en la que las partes del edificio se encontraban mucho más integradas que en el modelo ganador del concurso, presentado año y medio antes. Los cuerpos poliédricos se habían movido y determinadas zonas parecían cajas apiladas sin concierto, mientras que la cubierta de acero inoxidable se retorcía hacia abajo para fusionarse con la estructura.

Por desgracia, esta presentación ante los medios en la Bolsa de Bilbao se vio eclipsada por las protestas de algunos colectivos que reivindicaban la recuperación industrial y veían el nuevo museo como el monstruo que terminaría por fagocitar los restos de un pasado de esplendor, todavía demasiado reciente, negándose a aceptar la evidencia del ocaso de las fábricas que durante tantas décadas habían sido no solo su sustento, sino también su propia vida, al ser el pulmón que les permitía respirar con dignidad. Así que las fuerzas del orden tuvieron que emplearse a fondo para evitar que los manifestantes agrediesen a las personas relacionadas con el Guggenheim, convertidas en cabezas de turco de su frustración y de su temor por un futuro incierto.

Con el corazón acelerado, Alberto logró abrirse paso entre la marabunta encolerizada que lanzaba huevos contra cualquier hombre trajeado que entraba en el edificio para estar presente en la rueda de prensa, ya que consideraba que su implicación iba más allá de una mera relación laboral.

Después de aquel susto y de conseguir que su chaqueta se librara de los huevazos, quizás por su juventud o porque no acostumbraba a llevar corbata, esa tarde optó por acercarse al majestuoso salón de actos de la biblioteca de Bidebarrieta, donde estaba programada una conferencia en contra de la construcción del Guggenheim, movido por la curiosidad de conocer de primera mano los motivos que esgrimían sus detractores. Sin embargo, tuvo que esconder su decepción al comprobar que estos usaban argumentos bastante pueriles, basados en la inutilidad del proyecto y en su inviabilidad, ya que no había vascos suficientes para cubrir las 400.000 visitas anuales que preveían sus responsables. No se atrevió a pronunciarse en el turno de preguntas, aunque sí lo hizo una joven espigada muy chic recién llegada de Nueva York, que aseguraba haber leído noticias en el *New York Times* sobre la construcción de un museo Guggenheim en el País Vasco, por lo que cabía esperar que los futuros visitantes no fuesen solo locales y que se consiguiese atraer turismo internacional. Su intervención solo provocó unas cuantas risas condescendientes y no arrancó ni un solo aplauso, por lo que la muchacha optó por marcharse para salvaguardar su dignidad, sin que a Alberto le diera tiempo a elogiarle en privado su valiente exposición en ese ambiente tan hostil. Aquel episodio, aparentemente sin importancia, no dejaba de ser una metáfora de cuanto acontecía en el País Vasco.

Fueron semanas en las que a Alberto no le quedó más remedio que centrarse en su trabajo, dejándose la piel, supliendo con dedicación su falta de conocimientos, si bien supusieron un aprendizaje acelerado. Cuando llegaba a casa, lo único que le apetecía era tumbarse en el sofá o en la cama para relajarse, con la compañía esporádica de alguna novela mientras escuchaba los CD de alguno de sus grupos favoritos. En aquellos tiempos ya había cruzado el charco en cuestiones musicales, y en su discman sonaban canciones de Lenny Kravitz, Lemonheads, Pearl Jam, Tom Petty y, por supuesto, Bruce Springsteen, uno de sus ídolos junto al británico Morrissey, que ahora emprendía su carrera en solitario después de que The Smiths, su banda, se disolviera. En España seguía la pista a Los Secretos, quizás por la genuina manera con que la melancólica voz de Enrique Urquijo le cantaba al desamor.

Y mientras Morrissey interpretaba *We hate it when our friends become successful*, Alberto se abstraía de cuanto acontecía más allá de su apartamento de la calle Iturribide, convertido en su nuevo refugio. Llevaba más de dos meses en Bilbao y apenas se había relacionado con nadie fuera del trabajo, por lo que no era raro que no hubiese coincidido con ninguno de sus amigos de entonces. Haber evitado ir a Portugalete, sin duda, contribuía a ello. Claro que suponía que alguno ya se habría enterado de su vuelta porque se había visto en la obligación de informar a Agus de su reciente traslado a Bilbao cuando le llamó para felicitarle por su cumpleaños, dos semanas atrás, por lo que se emplazaron para verse cualquier día, que aún estaba por llegar.

Tampoco sabía nada de Izarbe desde aquel sábado de enero en que ella le entregó las llaves. Eso le contrariaba, por mucho que le costara reconocerlo y pensara que le resultaría fácil olvidarla... en cuanto se lo propusiera. Además, sentía una sincera curiosidad por preguntarle si existía alguna relación entre ella y el personaje que llevaba su mismo nombre en *La ciudad de los ojos grises*, la novela ambientada en la Bilbao de principios de siglo cuya lectura había concluido.

En esas fechas su ilusión se centraba en comprar un coche de segunda mano con el pequeño préstamo que le acababa de conceder el banco, con el propósito de reunirse en Villalpando con su familia para celebrar su propio cumpleaños, que coincidía con la Semana Santa.

Aquel último viernes de marzo, al entrar en su casa ya de noche, sonó el teléfono, lo que le produjo extrañeza porque pocas personas tenían su número más allá de algunos compañeros de trabajo que no solían importunarle. Más que nada, porque se pasaba los días en la oficina. Así que descolgó el auricular con una mezcla de reticencia y curiosidad. Por un momento, deseó que fuese Izarbe quien le llamara.

—¿Hola?

—¿Alberto? —Se oyó una voz femenina, que él identificó inmediatamente, pero no lo quiso evidenciar.

—Sí, soy yo. ¿Quién es? —preguntó él, en busca de unos segundos para reponerse.

—No me extraña que te hayas olvidado de mí. Ha pasado demasiado tiempo.

Sin embargo, Alberto no quiso prolongar ese juego y terminó por reaccionar.

—¿Arantza?

—¡Menos mal! —Su exclamación rezumaba cierta sorna amable.

—¿Cómo has sabido...?

—He sabido, casi por casualidad, que has vuelto. Me encontré con Agus ayer y me lo dijo.

—¿Y te dio mi número?

—¡No! Pobre Agus, no quise ponerle en el compromiso. Llamé al teléfono de información. Por suerte, sigues siendo tan metódico y ya tenías la línea a tu nombre. Espero que no te moleste que te llame.

—No, claro... —respondió, simulando naturalidad.

—¿Te apetece que tomemos algo mañana?

Por un momento, Alberto dudó. No estaba seguro de si sería prudente para su equilibrio mental y tampoco sabía si, cuando Arantza hablaba en plural, incluía a Iñigo.

—Tengo cosas que hacer... —se excusó, desganado.

—¡Oh, vamos! Solo un café, tú y yo —respondió ella, como si le supiese leer el pensamiento—. Estoy segura de que tienes muchas cosas que contarme. ¿Cómo están tu *ama* y tu *aita*?

—Bien, gracias. Iré a verlos la semana que viene —contestó él, atribulado, sin saber si corresponder con la misma pregunta, conocedor de las malas relaciones que ella tenía antaño con su familia.

—¿Mañana por la tarde en el Café Bilbao de Plaza Nueva? —insistió ella.

—Vale —se limitó a decir Alberto, casi más por educación que por convencimiento.

—¡Genial! A las ocho. Hasta mañana, entonces —se despidió la muchacha.

—*Agur*, Arantza.

Sin estar seguro de la razón por la que había claudicado, cambió el CD de su reproductor y se acercó a la cristalera de la galería. Fuera comenzaba a sentirse el bullicio propio de los fines de semana, a pesar de que lloviznara ligeramente. Enfrente, el edificio que antaño había albergado el teatro Gayarre se veía cada vez más abandonado, provocando la conmiseración de Alberto. A sus oídos llegaban los primeros acordes de *La calle del olvido*.

8

La llamada de Arantza le despertó de la ficticia apacibilidad en la que se hallaba adormecido, después de unos primeros días de zozobra emocional. Por eso, decidió que había llegado el momento de regresar..., de enfrentarse a Portugalete.

Así que volvió a tomar el tren con destino a Las Arenas. Podría haberse subido en el que conducía directamente a su villa natal, pero prefirió ir por la Margen Derecha para cruzar el Puente Colgante en aquel año de su centenario. Sacó el billete en la taquilla a tiempo de embarcarse detrás de una veintena de personas que lo acababan de hacer, si bien optó por esperar a que la barquilla regresara para poder subirse el primero y así acomodarse frente a uno de los dos ventanales delanteros en tanto accedían los seis coches que cabían en la plataforma situada entre las dos cabinas. Alberto fue consciente de que seguía sintiendo esa inquietud infantil de que alguno de los vehículos no calculase correctamente la distancia, o de que le fallaran los frenos, y se saltara la valla que lo separaba de caer al agua. Le parecía ridículo que alguien pudiera sentirse protegido por ella. Resultaba incluso más frágil que esos parapetos colocados en los bordes de las carreteras con el fin de dar seguridad, que llevan el pretencioso nombre de quitamiedos cuando lo que hacen es impedir la visión del precipicio que se encuentra ahí mismo, a solo un despiste en una curva, como si pudiera evitarse el temor de lo que no se ve.

Por un lado, le reconfortó constatar que la barquilla seguía siendo la misma de siempre, pero sus ojos de ingeniero pronto advirtieron que a duras penas se cumplían las medidas de seguridad en vigor y que el sistema de engranaje necesitaba imperiosamente una puesta a punto. Aunque, bien pensado, no cabía un mejor medio de transporte para conducirlo hacia su niñez que aquel vetusto transbordador.

Recordaba la primera vez que recorrió ese minuto y medio de trayecto, sobre todo el de vuelta, de la mano de su madre, con una mezcla de dolor y de vacío en la garganta después de que le hubiesen extirpado las amígdalas en el ambulatorio de Las Arenas. Hasta esa fecha nunca había tomado helado en invierno. Eso fue lo único bueno de ese día, y que su padre al llegar por la noche trajera un montón de sobres con cromos para su álbum de futbolistas; pero, sobre todo, que le hubiera comprado un nuevo cómic con las aventuras del Capitán Trueno en el que aparecía Sigrid de Thule, su misteriosa novia vikinga, que provocaba la admiración de los muchachos de la época por su arrojo, su independencia y su belleza. Con el tiempo, Alberto descubriría que Sigrid había sido su primer amor literario, llevado en secreto al igual que los que vendrían después, solo que su relación con la preciosa reina de Thule se forjó en su infancia, cuando su imaginación todavía formaba parte de su realidad.

Luego vendrían otros viajes para cruzar el Puente Colgante; algunos, con sus amigos; los más, con Arantza, en esos largos paseos que los llevaban desde la punta del muelle en Portugalete hasta el puerto viejo de Algorta para disfrutar del abra frente a las mansiones señoriales de la Margen Derecha mientras comían pipas y regaliz rojo.

Con la mirada puesta en el frente, alimentando sus pensamientos, Alberto esperaba el momento en que la barquilla provocara en su atraque esa leve zozobra acompañada de su característico chasquido, otro de los sonidos de su memoria. Puso pie en tierra como quien holla un paraje ignoto, de alma incierta. Y, sin embargo, los edificios parecían los mismos, quizás algo más ennegrecidos, aunque él nunca hubiera tenido conciencia de que pudieran haber sido de otro color.

Enseguida se topó de bruces con la realidad cuando, al llegar a la altura del viejo hotel, una de las construcciones más emblemáticas de la villa, vio que se hallaba abandonado a su suerte, sin vestigio alguno de vida en su cafetería. Echó un vistazo a su izquierda. La terraza del Txiki estaba concurrida, por lo que optó por no acercarse, aún receloso de encontrarse con alguien conocido. Y eso que le hubiese gustado caminar entre los puestos de fruta y verduras del mercado de las aldeanas, junto al viejo kiosco de la música, sin tener que discutir el precio de unos tomates o de unas lechugas, igual que hacía siempre su madre, lo que le producía una terrible vergüenza. Más tarde deduciría que aquella costumbre de regatear, tanto en el mercado como en cualquier tienda a la que acudían para comprarle ropa, tenía que ver con las precarias finanzas domésticas, que su madre salvaba milagrosamente mes a mes a costa de controlar cada gasto, por nimio que fuese. Y no pudo por más que admirarla por aquello también, al suponer que ella habría tenido que reprimir su propio rubor en beneficio de su familia.

Con la mente anclada en el pasado, cuando él la ayudaba a llevar las bosas de la compra, se encaminó hacia la empinadísima calle Casilda Iturrizar, más popularmente conocida como la Cuesta de las Maderas, por mucho que les fastidiara a los más viejos del lugar, que seguían llamándola calle Nueva. Al llegar a media altura, se dirigió hacia la plaza de la Rantxe para comprobar que el cine Mar había cerrado sus puertas. Con cierta desazón subió la escalera que conducía a General Castaños para descubrir que tampoco existía ya el cine Ideal, a donde tantos domingos había acudido con su cuadrilla a ver las películas de las funciones matinales. Continuó calle arriba, resignado. El Rex también se encontraba arrumbado. Volvió unos metros sobre sus pasos hasta el cruce con la avenida de Carlos VII, bastante menos grandiosa de lo que él recordaba; eso sí, con el mismo trasiego de vehículos y de personas. Todavía le quedaba una última oportunidad. Al ver a Madonna a punto de besar a Willem Dafoe en la cartelera del Coliseo Java, sintió cierto alivio, aunque el aspecto que presentaba la fachada llevaba a pensar que al último reducto cinéfilo de la localidad apenas le quedaban unas cuantas películas que exhibir. Y una ciudad sin cines es una ciudad sin sueños.

Si bien había presenciado un sinfín de películas en esa sala, conservaba en su memoria la proyección de *Grease*, no ya solo por su música pegadiza o por el maravilloso encanto de Olivia Newton-John, sino porque desde aquel día, durante el resto de su adolescencia, se levantaría el cuello de la cazadora. Al recordarlo, sonrió condescendiente al niño que fue en esas mismas calles que ahora transitaba con una mirada menos inocente, pero más evocadora.

Había chavales jugando al baloncesto en el patio trasero del colegio Santa María. De buena gana se hubiese unido a ellos, aunque simplemente fuese para volver a botar el balón en el mismo lugar donde aprendió a hacerlo. Sin embargo, le retrajo el pudor. Los observó unos minutos, felices, concentrados, ajenos al tiempo. Le llamó la atención que entre ellos se hablaran en castellano por mucho que la mayoría usara el euskera como idioma vehicular en sus estudios. Claro que tenía cierta lógica que emplearan su lengua materna en sus momentos de ocio si consideraban simplemente el batúa como una materia escolar, sin ahondar en sus implicaciones culturales. Una de las veces, el balón llegó rebotado hasta donde él estaba. Lo cogió con ambas manos y miró a la canasta. Le resultaba absurdo lanzar. Tanto si fallaba como si encestaba se iba a sentir igual de ridículo ante los ojos infantiles que le contemplaban expectantes. Así que optó por entregar el balón al niño que se acercó a buscarlo para, a continuación, dirigirse hacia la calle de su infancia.

Accedió a ella subiendo la breve cuesta que la separaba del colegio, pasando por delante de la esquina del bar de Pura, frente a la Bodeguilla, que antaño evitaba para no toparse con la pandilla de quinquis que le acosaba. Más que las collejas le dolía la impotencia. Quizás sus dotes de velocista nacieron en esos días en los que debía huir para protegerse de aquellos macarras. Al recordarlos, les deseó la peor de las suertes, confiado en que la vida no los hubiese respetado. Pero enseguida los olvidó al echar en falta los aromas de la panadería de Cristi, a pesar de estar ya cerca. Llevaba pensando todo el día en comer un bollo de mantequilla o una suculenta palmera de coco que le transportara a esas mañanas dominicales en que su madre bajaba a comprárselas antes de que se despertaran. Su decepción fue mayúscula al ver que se vendía el local donde la buena de Cristi, siempre sonriente tras sus enormes gafas redondas, despachaba aquellas delicias que conformaban los olores de su niñez.

Por lo demás, el resto de la calle parecía no haber cambiado demasiado. Con paso lento, observando cada lonja, llegó al bloque de viviendas de ladrillos caravista anaranjados en el que se hallaba la que había sido la suya hasta que sus padres decidieron desprenderse de ella, al poco de marcharse, para construir una casa en su pueblo, a la que acudían cada vez que tenían varios días de vacaciones. Alberto miró hacia las ventanas de aquel quinto piso por las que tantas veces se había asomado. Sobre todo en su época preadolescente, cuando vigilaba el regreso a casa de las Miranda, dos hermanas gemelas vestidas con su uniforme colegial que vivían en unos bloques de la acera de enfrente. Las recordaba altivas, caminando erguidas con la carpeta abrazada sobre su pecho, sin que en ningún momento le hubiesen dirigido la mirada en las numerosas ocasiones en que se las cruzaba.

Al llegar al portal, tuvo la suerte de que una chica joven saliera y le franqueara el paso. Se saludaron sin conocerse. Desde luego que no se trataba de ninguna de sus viejas vecinas. En realidad, no quería más que tener la sensación de volver a entrar por aquella puerta que había constituido el umbral entre su hogar y el resto del mundo. Allí dentro todo seguía igual. Los mismos buzones, el mismo acceso al cuarto de contadores, los mismos escalones de la estrecha escalera que durante tantos años había recorrido y el mismo cuadro con la escena naval que decoraba el reducido vestíbulo.

De repente, se sintió extraño entre aquellas paredes revestidas de madera insípida, desprovistas de los olores de los guisos de Carmen la Pucherera, la vecina del primero. A lo largo de su vida no le había quedado más remedio que ir pasando páginas. Y transitar por aquellos escenarios le permitía volver a abrir el libro de su infancia con todo el torbellino de sentimientos contradictorios que le acarreaba, porque los años lo iban marchitando. Alberto suspiró para sus adentros y salió del portal con la intención de recuperar alguno de los sabores de entonces. Y para ello, antes de coger el tren de regreso a Bilbao, nada mejor que tomar un par de huevos rellenos en El Siglo, uno de los bares que antaño frecuentaba con Arantza, la muchacha que tanto le había costado olvidar y con la que se encontraría en unas horas.

9

La vio aparecer sonriente, sorteando a la gente que pululaba entre la puerta y la barra donde él estaba acodado, vestida con un chaquetón azul de entretiempo que se desabotonaba a medida que se dirigía hacia él para dejar ver una camiseta blanca sobre los vaqueros. Llevaba la melena más corta, pero el mismo flequillo de antaño sobre la frente. Una vez llegada la hora de la verdad, Alberto retuvo el suspiro, tras dejar la copa de cerveza en el mostrador.

—Hola, Arantza —saludó en un tono suave.

Ella le puso una mano en la cintura para darle un beso en cada mejilla. Consciente de su sentimiento de culpabilidad, eludió el reproche por la aparente falta de entusiasmo de su exnovio, resignada a una pequeña expiación, la cual esperaba que no fuese demasiado cruel.

—¡Hola, Alberto! ¡Si no has cambiado nada! —Sus palabras sonaron protocolarias.

Si bien venía mentalizado para el encuentro, el muchacho no podía evitar un ligero desconcierto. Intentaba esquivarle la mirada. De buena gana le hubiera dicho que, en cambio, ella sí estaba diferente. Menos aniñada, aunque más guapa incluso con el transcurrir de los años.

—¡Venga, Arantza! Si hasta me están saliendo canas.

Teatralizando el momento, ella acercó la mano a su cabellera deliberadamente despeinada en busca de alguna evidencia. Por mucho que le pesara a Alberto, sus dedos no solo le removieron el pelo.

—¡Y sigues siendo igual de exagerado!

Se hacía necesario que pasaran aquellos primeros minutos de tanteo sin que él mostrase la tristeza acumulada. De ninguna manera pretendía exhibir su herida, no fuera a ser que aún no hubiese cicatrizado.

—¿Qué te apetece tomar?

—Lo mismo que tú. En eso sí que has evolucionado. Nunca te vi bebiendo cerveza.

Suponía que los comentarios de Arantza eran parte del formalismo inicial al que estaban obligados. De algún modo, debían conectar el pasado con el presente. Sin embargo, Alberto no parecía dispuesto a repasar la retahíla de cambios producidos desde la última vez que se vieron. Si acaso, los ineludibles.

—Una caña, por favor —le pidió al camarero, para a continuación dirigirse a Arantza—. ¿Cómo está Iñigo? —le soltó él a bocajarro. Aquella pregunta sí que la llevaba estudiada. Al fin y al cabo, formularla resultaba educado. Eso sí, lo hizo con el suficiente aplomo como para que ella no intuyese ningún atisbo de resentimiento.

—Está muy bien, trabajando un montón. Ha ido a pasar estos días con sus padres a la casita que tienen en Villarcayo. Me pidió que te diera un abrazo de su parte —respondió ella, con absoluta normalidad.

Aquellas frases acabaron por descolocarlo. Ahora sabía que la joven no había ocultado la cita a su marido, y que este parecía haberle rehuido. O quizás hubiese sido ella la que hubiera considerado que aquel primer encuentro debía producirse a solas. Alberto pugnaba por no significarse. Sus pensamientos inmediatos pasaban por soltar bromas con doble sentido, como decirle que se alegraba de que no fuese celoso o preguntarle que si tenía miedo de dar la cara. Si, total, lo único que podía hacerle era cantarle una de esas canciones de Aute con las que Iñigo tanto le tomaba el pelo. A ver si aún le hacía gracia *Una de dos*, la historia de un tipo que se enamora de la mujer de su amigo y le pide que se organicen entre los tres porque ella pretende no perderse ningún tren.

—Me alegro. Dale recuerdos. A él y a sus padres —se limitó a responder.

Ocuparon una de las mesitas situadas junto al zócalo de colores que le confería al viejo local cierto aire andaluz. Poco a poco, la conversación se fue distendiendo. Ambos se pusieron al día de sus familias, de sus estudios y de sus posteriores trabajos. Arantza, fiel a su vocación juvenil, se había licenciado en Psicología para a continuación realizar un doctorado en Sexología, lo que volvió a reprimir las ganas de Alberto de emitir comentarios jocosos relacionados con su virginidad antes de que él se marchase de Bilbao. Llevaba más de un año impartiendo clases en la facultad y se la veía satisfecha con lo que venía haciendo. Atrás quedaba una adolescencia complicada en la que su inestabilidad emocional la llevó incluso a coquetear con pensamientos suicidas, que compartía con Alberto sin que este se atreviera a preguntarle si eran reales o solo se los contaba para reclamar su atención. También le habló de la cuadrilla, la cual apenas había sufrido cambios desde entonces, salvo alguna incorporación y la consabida ruptura entre Begoña y Josu, que ahora era Iosu, como único cotilleo reseñable.

Apenas treinta minutos después de estar juntos, los recelos de él se disiparon. No habían perdido un ápice de su complicidad, lo cual no necesariamente significaba que fueran buenas noticias. Es posible que tuviera que ver con que procuraban no hablar de su ruptura, si bien Arantza nombraba a Iñigo con asiduidad, lo que provocaba el fastidio callado de Alberto. No obstante, poco a poco, él fue tomando confianza, aunque seguía evitando que su mirada conectara con la de ella, mucho más firme.

Tres cervezas más tarde, Arantza consideró que se hacía necesario comer algo más decente que unas simples aceitunas.

—¿Tienes prisa? —le preguntó ella.

—Ninguna.

—¿No has quedado con nadie un sábado por la noche? —insistió.

—Tengo la vida social de un cartujo.

—¡Qué tonto eres! ¿Te apetece que vayamos a tomar un *pintxo* moruno a Iturribide?

A Alberto se le borró la sonrisa por un instante. Le parecía lógico que Arantza hubiese elegido el Café Bilbao para verse porque no recordaba haberlo visitado nunca con ella. Y, de algún modo, los recuerdos solo procedían de su memoria. Sin embargo, ahora ella le proponía ir a uno de sus sitios favoritos de antaño. Un local que, a buen seguro, todavía conservaba los ecos de sus risas en sus paredes.

—¿Al Melilla y Fez? ¿Sigue existiendo? —La pregunta de Alberto fue absolutamente retórica. De sobra lo sabía porque el bar se encontraba a pocos metros de su casa, calle arriba. Había llegado hasta allí un par de veces sin atreverse a entrar por no remover el ayer.

—¡Claro! Me consta que sí. Aunque te confieso que no he vuelto desde... Bueno, ya sabes.

«No, Arantza; ni lo sé, ni lo quiero adivinar. Y tampoco sé por qué quieres que vayamos tú y yo en este momento. Y eso que me muero por hacerlo, por creer que el tiempo no ha pasado, que estamos a principios de agosto de 1983 y seguimos siendo novios. Y que sé cómo actuar contigo. Que puedo cogerte de la mano, acariciar tus dedos y mirarte fijamente a los ojos. Que no nos preocupará acaparar las miradas sorprendidas de la gente de nuestro alrededor cuando hayamos dado el primer mordisco de un *pintxo* moruno, el mío siempre tan picante que me hará soltar unos lagrimones enormes, provocando esa risa tuya contagiosa que me divertía más que me avergonzaba, y que yo aguardaba paciente a que se apaciguara para besar tus labios, menos especiados que los míos. Pero no, los años han transcurrido. Me dejaste y te casaste con Iñigo sin que yo me diera cuenta de lo que ocurría. Supongo que porque soy un imbécil y porque suelo estar tan sumergido en mi mundo que se me escapan muchos de los detalles que me rodean. En resumen: no entiendo tu empeño en remover los recuerdos que a mí me siguen doliendo.»

Eso exactamente era lo que se le pasaba por la cabeza a Alberto mientras ella esperaba una respuesta, que tardó unos segundos en llegar.

—Me parece una buena idea —atisbó a decir. No mentía. En realidad, le apetecía. Podía haberle achacado a las cervezas su falta de lucidez; sin embargo, sabía que era propenso a dejarse arrastrar por su masoquismo en busca de un extraño placer, del que solía arrepentirse. Y aun así, no dudaba en caer en los mismos errores.

Después de pagar la cuenta, cruzaron Plaza Nueva en busca de la salida hacia la calle Askao, no sin antes dudar un par de veces.

—¿Quieres creer que todavía me cuesta salir a la primera de Plaza Nueva por donde quiero? —reconoció ella divertida, asiendo el brazo de Alberto con absoluta naturalidad, lo cual le reconfortó al mismo tiempo que le estremeció.

—Te entiendo. Me pasa lo mismo. Es toda tan igual...

—¿Verdad? —rio ella—. Y eso forma parte de su encanto.

Al pasar por debajo de su casa, él le señaló la cristalera de su pequeño balcón.

—Vivo ahí.

—Me encanta el sitio. Iñigo y yo tenemos un piso similar en la calle Santa María de Portugalete. Bueno, en realidad es del banco. Nosotros lo que tenemos es la hipoteca —comentó, risueña, sin que a

Alberto le hiciera gracia conocer tanta explicación, a su juicio, innecesaria. Pero, muy a su pesar, parecía dispuesto a perdonárselo todo—. ¿Cómo lo ves? No soy tan pija como me solías decir. ¡Una niña bien de Getxo viviendo en la Margen Izquierda!

Alberto se limitó a sonreír. Las paradojas escritas por el amor son engañosas porque desafían a la lógica.

Un delicioso olor a especias morunas le transportó al pasado. El Melilla y Fez, sin embargo, aparentaba ser una taberna vasca, con su fachada de piedra y sus vigas de madera en el interior. Alberto, por puro instinto, le cedió el paso a Arantza en un ademán de educación, más que de galantería. Al darse cuenta de que le miraba circunspecta sin moverse, recordó lo que a ella le molestaban esos gestos, que consideraba de machismo trasnochado, así que optó por entrar primero para evitar una de esas arengas feministas que él tenía casi olvidadas. Enseguida se acomodaron en el único hueco que quedaba en uno de sus bancos corridos junto a una pared de ladrillo castizo, muy cerca del hornillo donde uno de los hermanos Melkhir se afanaba en que sus pinchos estuviesen en su punto.

—Sigue igual —susurró él.

—¡Sí! —corroboró ella, sin dejar de mirar a todas partes, con la ilusión de una niña que descubre algo bonito por primera vez.

—Voy a por las cervezas a la barra y luego le pido un par de *pintxos* a... ¡mierda! Siempre los confundía. ¿Quién es? ¿Ahmed o Mohamed?

—¡A mí me vas a preguntar! —rio la joven psicóloga—. El de la buena memoria eras tú.

—Sigue sin gustarte el picante, ¿no?

—Solo lo justo. No tanto como a ti.

—Me lo temía. Bueno, allá voy —afirmó él, con tono cómico, sin atreverse a relatarle su particular teoría sobre la relación directa que creía que existía entre el gusto por el picante y el apetito sexual, habida cuenta de que sabía que carecía de fundamento científico. Sin embargo, él estaba absolutamente convencido por su experiencia. Y, de algún modo, aguardaba que cualquier día alguna universidad remota publicara un estudio que avalara su tesis.

Tras depositar las cañas en la mesa, se dirigió a la esquina en la que un treintañero marroquí mostraba su destreza colocando pequeños trozos adobados de cordero en una brocheta antes de depositarlos sobre un anafre alimentado con carbón. Al verlo, Mohamed se mostró afable.

—¿Cuántos?

—Dos... Cuatro, mejor.

—¿Que piquen?

—Dos que sí y dos que no —contestó Alberto, hechizado por el colorido de las brasas avivadas por un pequeño ventilador. Enseguida se dio cuenta de que su forma de responder estaba influenciada por el recuerdo del bar Lobo de Zamora, donde también la fama de sus míticos pinchos morunos trascendía las fronteras de la ciudad—. Y me pones aparte un poco del picante de la suegra —solicitó, haciendo referencia a esa salsa colorada que ardía en la boca, apta solo para paladares curtidos y valientes.

—¿Seguro? —preguntó Mohamed, poniendo en duda la capacidad del muchacho para aguantarla.

—¡Segurísimo!

—Ahora te aviso —le dijo Mohamed, sin perder la sonrisa, mientras le daba el cambio del billete de mil pesetas que su cliente le acababa de entregar.

Al sentarse de nuevo en el banco, ella levantó su vaso para brindar.

—¡Por nosotros!

—Por nosotros, Arantza.

Pocos minutos después, Mohamed sazonaba sus pinchos morunos y se los acercaba a la mesa.

—Buen provecho, pareja.

Ambos se dirigieron una mirada de sorpresa, que les impidió corregirle.

—¡Has pedido cuatro! —exclamó ella, divertida, para romper los breves instantes de silencio incómodo.

—Llevaba demasiado tiempo pensando en ellos como para quedarme con las ganas. Además, ahora podemos gastar un poco más que entonces —dijo él, medio en broma.

—Hablando de gastar. Luego hacemos cuentas de todo para pagar a medias.

Sabedor de su vehemencia en esos temas, Alberto se ahorró contradecirla para evitar entrar en un bucle de explicaciones que no le conducirían a ninguna parte.

—Claro. Tú ve sumando —admitió él, con una retranca que la desconcertó.

—¿Me estás vacilando, Alberto?

—Jamás se me ocurriría —afirmó, adoptando el rostro de un niño fotografiado en su primera comunión.

Sin tenerlas todas consigo, ella cogió un pincho, pero esperó a que Alberto untase el suyo mínimamente con aquella salsa del demonio y se lo llevara a la boca, convirtiéndose en partícipes de un viejo ritual. Este masticó un trozo, impávido, con cara de jugador de mus. Sin embargo, en pocos segundos, casi de forma automática, se le enrojecieron las mejillas.

—No sé por qué le echas picante, si sabes que te sienta fatal —dijo Arantza, divertida.

—Porque me encanta —respondió él, ya con los ojos humedecidos, dando un enorme sorbo a su cerveza tostada para atenuar los efectos.

—Es que siempre me has recordado al chiste de Jaimito con el amoniaco. ¿Te acuerdas?

—Ya, ya. Ese en que le piden en clase que lo defina y, después de dudar un rato, dice que es algo que huele muy bien. Así que el maestro le solicita que ponga la nariz en un frasco.

—Y con unos lagrimones como los tuyos, contesta: «Pues a mí me gusta» —concluyó ella, muerta de la risa.

—¡Venga ya! No compares. Que estos *pintxos* morunos son los mejores del mundo mundial.

—No, si yo también lo creo. Pero te gustaba pedirlos con un montón de picante solo porque llevabas un machito dentro, por mucho que lo negaras. ¡Y veo que sigues igual!

—¡Y dale! Que mi cara reaccione peor que si acabase de correr una maratón no quiere decir que no me gusten.

—No, si imagino que la cabezonería no es algo que se solucione con los años.

—¡Y me lo dices tú! ¡Qué desfachatez! —rio Alberto de buena gana.

—¿Insinúas algo?

—Que me voy a por más bebida —resolvió, rehuyendo el combate.

A continuación de aquellas cervezas vinieron otras, que acompañaron con unos pinchos de champiñones y otros de queso de Idiazabal. Cuando los clientes del bar se fueron marchando, se dieron cuenta de que se les había ido la hora.

—Creo que deberíamos irnos —sugirió ella.

—Sí, más que nada porque no me apetecería dormir aquí dentro.

—Hablando de dormir, ¿te importa acogerme en tu casa? Ya no habrá trenes a Portu y tampoco es plan de buscar un taxi.

—Claro, sin problema. Tengo una pequeña habitación de invitados —dijo él, desanudando un traicionero nudo en la garganta.

—¡Genial! Pero todavía podemos tomarnos una copa por aquí. ¿Se te ocurre un buen sitio?

Lo primero que se le vino a la cabeza a Alberto fue proponer el Muga, si bien prefirió no ir con Arantza al mismo local en el que había estado con Izarbe.

—Pues no sé... No controlo mucho todavía.

—¡Pues vamos a alguno de los garitos de Barrenka! —propuso ella, con tal entusiasmo que Alberto no supo negarse.

Apenas tardaron cinco minutos en llegar a Barrenkale. No obstante, una vez allí les costó abrirse paso entre aquella marea humana de gente de todo pelaje. Junto a cuadrillas de punkis o de tipos de la izquierda *abertzale*, se veían chicas de la Margen Derecha que acudían al Casco Viejo para sentirse transgresoras porque era lo más intrépido que podían hacer dentro de una vida aburguesada a la que tampoco estaban dispuestas a renunciar. A veces, la juerga iba acompañada del espectáculo de ver cómo ardía algún contenedor de basura como consecuencia de las frecuentes protestas callejeras, e incluso de escaparse de alguna carga policial.

Casi a empellones, consiguieron entrar en un pequeño pub, decorado al estilo de una nave espacial donde sonaba la música demasiado alta. Decidieron pedir dos botellines de cerveza para no mezclar más bebida, conscientes de su estado de euforia. El local se encontraba tan atestado que les resultaba complicado mantenerse separados. Ella hablaba divertida, acercando su boca a la oreja de Alberto para hacerse entender. Él se limitaba a escucharla y a percibir el aroma de su piel. De repente, Arantza se apartó y añubló el semblante.

—Nunca pensé que te fueras a marchar —le dijo, clavando su mirada azul en la del muchacho.

—Me rompiste el corazón —confesó él, procurando que su susurro no denotase resentimiento para no estropear la noche.

Entonces ella, conmovida por su cara triste, se la acarició y se inclinó hacia él. Desconcertado, Alberto posó los labios brevemente en el dorso de su mano, aunque enseguida dio un paso atrás para rehuir el roce. Con la cantidad de noches que había luchado para no soñar con ella no estaba dispuesto a sucumbir cuando se creía a punto de conseguirlo. Se moría de ganas por abrazarla. Pero temía el precio que tendría que pagar si la besaba.

10

Lloviznaba sobre el asfalto, obligando a los limpiaparabrisas a funcionar con una desidia monótona. No era la primera vez que Alberto conducía durante un largo trayecto, pero sí la primera que lo hacía en solitario y además con su propio coche, un Renault Clio de segunda mano que acababa de recoger en el concesionario aquella misma semana, justo a tiempo de emprender ese viaje a Villalpando que tanta ilusión le hacía. Según avanzaba hacia el sur, el cielo iba clareando y, al llegar al Monumento al Pastor en Ameyugo, lucía ya un azul intenso.

En realidad, desde la apertura de la autopista del norte, se hacía necesario desviarse unos pocos kilómetros para acceder a aquel emblemático conjunto de enormes esculturas de piedra blanquecina que representaban a un pastor de siete metros, su perro y un zagal de las mismas proporciones, situadas a pie de la antigua carretera nacional, por la que tantas veces había pasado con su familia durante la infancia en esos interminables viajes que obligaban a cruzar los montes vascos para poder llegar a la meseta. Dependiendo de las condiciones climáticas, su padre decidía usar el camino más corto y atravesar el puerto de Orduña, conformado por un sinfín de curvas pronunciadas y empinadas, o dar un rodeo por el de Barazar, mucho menos peligroso, lo que solía ser habitual si viajaba con la familia después del susto que se llevó cuando siendo Alberto un bebé salió disparado del capazo hasta el asiento delantero por dar un frenazo para esquivar un camión que bajaba ocupando el carril contrario.

Ahora él conducía con comodidad por la autopista, aunque antes de partir había mirado en el mapa la salida que debía tomar para visitar el Monumento al Pastor, parada obligada de antaño para comer los bocadillos elaborados por su madre antes de que ellos se levantaran. Siempre asociaba los preparativos de un viaje al olor a tortilla de patatas que desprendía la cocina del piso de Portugalete en esos momentos tensos, de ilusión y nerviosismo, en los que nada del equipaje podía olvidarse.

Curiosamente, esas paradas solo se producían a la ida, como si fuesen el alivio tras el estrés generado por la conducción entre montañas y se celebrase que la carretera se enderezaba, por lo que se hacía más sencillo llegar a ese destino donde sus padres eran felices. Por eso, en el viejo Seat 850 familiar no faltaba la música, cuyo repertorio cambiaba en función de donde se encontraran y que Alberto se conocía a la perfección. En el País Vasco sonaba algún grupo de bilbainadas, como Los Chimberos o Los Cinco Bilbaínos; al inicio de la subida a los puertos se hacía un silencio que únicamente se interrumpía, después de cruzarlos, con las sevillanas de *Los cuatro detecti-*

ves de Pepe da Rosa, con las que su padre se reía igual que si las estuviese escuchando por primera vez, aunque quizás solo diera rienda suelta a la tensión acumulada; y ya en tierras de la ancha Castilla, se ponía la casete de *Los comuneros* del Nuevo Mester de Juglaría. Y así siempre, desde donde le alcanzaba la memoria hasta ese último viaje que emprendieron para no volver.

No recordaba si también había música en los trayectos de vuelta, tras acabar el verano. Quizás su madre eligiese alguna cinta de Mocedades, de Cecilia o de Nino Bravo, si bien no estaba seguro. Lo que sí visualizaba con absoluta nitidez eran las lágrimas de su abuela transmitiendo su congoja a los que partían, que la miraban enmudecidos a través del retrovisor o del parabrisas trasero mientras el coche se alejaba.

En el momento en que quitaba la llave del contacto en la explanada del Monumento al Pastor, los altavoces de su coche reproducían la voz de Neil Young cantando *Heart of gold*, en la que el joven músico se lamentaba de estar envejeciendo sin conseguir encontrar el amor verdadero. Lo cierto era que Alberto podía haber tomado cualquier cosa en un bar de carretera, pero en aquel primer viaje en solitario le apetecía parar allí y comer el bocadillo de tortilla que Fermín, el dueño del bar ubicado en los bajos de su casa, le había preparado. Si cerraba los ojos en dirección a la estatua del enorme perro de piedra, hasta se veía junto a su hermano, escondiéndose entre las patas. Claro que ese recuerdo lo alimentaban unas cuantas fotografías que andaban por casa de sus padres en alguna de esas latas de galletas danesas.

Con el estómago más conforme, volvió a ponerse al volante para adentrarse en tierras castellanas, en las que el paisaje se iba allanando en aquel viaje no solo al pueblo de sus padres, sino al pasado, a través de las curvas de su memoria. Qué bellos aquellos veranos en los que cambiaba la urbe industrial por el ritmo lento del mundo rural. Los libros de texto se transformaban en novelas juveniles, la leche embotellada de Beyena en nata con azúcar de las vacas recién ordeñadas y los cielos contaminados en atardeceres infinitos que antecedían al universo de estrellas que poblaban las noches de Tierra de Campos.

Y por allí transitaba, entre las provincias de Palencia y Valladolid, dejando tras de sí aquellos pueblos diminutos y casi deshabitados de palomares abandonados, de campanarios medievales por donde se filtraba el sol del ocaso y de casas de adobe que se mimetizaban austeras con el paisaje pardo que las envolvía.

Le resultaban curiosas las divagaciones de la mente mientras su coche devoraba los kilómetros. A los recuerdos de antaño se unían los pensamientos de hogaño, mezclándose caprichosos, burlándose de su concentración. Lo mismo se contrariaba cuando un cambio de rasante ya no le producía aquel hormigueo infantil en el estómago que se le venía a la cabeza la noche del sábado anterior, en la que Arantza había terminado durmiendo en la habitación de invitados sin que nada ocurriera entre ellos, si es que podía llamarse nada a aquellas horas de complicidad que concluyeron con un desayuno frugal en la cocina, que ella ayudó a preparar al tiempo que dejaban escapar alguna frase entre cómodos silencios. No se habían llamado en toda la semana. Tampoco él sabía si tenían cosas que decirse. La situación le desconcertaba. Ni siquiera llegaba a plantearse si sentía necesidad de verla de nuevo, como si no pudiera permitirse nada que alentase otro encuentro. Y luego estaba Izarbe, la esquiva hija de su jefe, de la que no sabía nada desde que le entregara las llaves del piso de Iturribide, hacía ya más de dos meses, evidenciando lo poco que le importaba. Lo cual le contrariaba sobremanera, muy a su pesar.

En medio de una enorme recta entre campos de amapolas no le quedó más remedio que reírse de sí mismo. Su universo femenino giraba en torno a una chica de un pasado que no quería marcharse y otra de un futuro que no quería llegar.

—Cojonudo, Alberto, ya te vale —murmuró.

Aunque si algo tenía claro es que visitaría a la monja, prima de su madre, con la esperanza de que le proporcionase una excusa con la que citarse con Izarbe.

Un gazapo cruzando la carretera sobresaltó su conducción anodina por esas rectas que morían en el infinito, bajo unas nubes blancas que parecían pintadas por un niño. Apretó con fuerza el volante y frenó con suavidad con la esperanza de no atropellarlo, pero el ruido seco en los bajos del coche le entristeció. Tal vez podría haber dado un breve volantazo para evitarlo, si bien sabía que hubiese sido una maniobra arriesgada. Y pensó en lo cerca que uno puede estar de perder la vida en un instante. Una mala decisión refleja, el vehículo deslizándose por la gravilla del diminuto arcén hasta volcar en la cuneta, dos o tres vueltas de campana y todo se acabó: el amor, los sueños, la música... y solo queda el dolor para los seres queridos. No dejaba de extrañarle lo cerca que está la muerte y la naturalidad con que la sorteamos, unas veces de manera inconsciente y otras en la profundidad del pensamiento; pero, casi siempre, sin rebasar los límites de nuestra intimidad. No le resultaba elegante morirse cuando uno viaja para celebrar su cumpleaños con quien te quiere. Hay días en los que deberían estar prohibidos los accidentes: en Nochebuena, en la noche de Reyes... En esas fechas, los aniversarios luctuosos son más tristes todavía si cabe.

En los altavoces seguía sonando Neil Young, pidiéndole un último baile a una chica de la que estaba enamorado antes de que la luna llena llegara a lo más alto, en *Harvest moon*. Decididamente, debía mentalizarse para enfrentarse a su aerofobia para conocer California en sus vacaciones de verano. Y más después de ese primer viaje en solitario, que estaba a punto de acabar y que aún seguía disfrutando. Entre sus propósitos se encontraba el de recorrer en coche la Highway One, escuchando la música de sus ídolos estadounidenses mientras se adentraba en bosques centenarios y avistaba las playas salvajes de arena blanca por las que transitaba la mítica carretera de la costa californiana del Pacífico.

En cuanto atravesó Villamayor de Campos, vislumbró la inconfundible silueta de Villalpando, con su gigantesco silo, el depósito de agua y las torres de las iglesias, que delataban su esplendor pretérito. No pudo por menos de sonreírse al recordar que ese era justo el momento, a cinco minutos de llegar a su destino, en el que su hermano se quedaba dormido tras pasarse todo el viaje preguntando «¿Cuándo llegamos?».

Sintió cierto orgullo al adentrarse en las calles del pueblo conduciendo su propio coche. Al pasar delante del bar en el que había trabajado tantos veranos levantó la mano a los parroquianos que miraban el devenir de la vida desde las sillas de la terraza, los cuales le devolvieron el saludo con un movimiento despistado de cabeza, sin reconocerlo.

Estaba en Villalpando y, sin embargo, percibió la extraña sensación de no sentirse en casa, como le venía sucediendo en los últimos años. Entonces fue consciente de que los dos meses y medio que llevaba en Bilbao quizás le pasarían la factura del desarraigo. Con todos sus defectos, se había vuelto a enamorar del lugar que lo había visto nacer. No le valía con el consuelo de tener dos hogares. Una planta no puede absorber las sustancias necesarias para vivir en tierras diferentes. Y los trasplantes continuos terminan por debilitar las raíces. Al aparcar el coche delante de la casa de sus padres, supo que se pasaría la vida buscando su identidad.

11

La residencia se encontraba cerca de la avenida de Portugal, alejada del centro histórico, por donde ese Domingo de Ramos matinal procesionaba la Borriquilla, por lo que Alberto no tuvo problema en aparcar en los alrededores de aquel edificio funcional, asistido por hermanas mercedarias, que acogía a setenta ancianas.

Coral le había dicho a su madre que estaría encantada de recibirle cuando quisiera y el joven ingeniero, llevado por su sentido práctico, prefirió hacerlo cuanto antes para saber si debía quitarse de la cabeza aquella ridícula idea que le venía rondando desde hacía demasiado tiempo. Obviamente, sabía que la empresa resultaba casi imposible. Si la familia de Izarbe llevaba más de medio siglo intentando saber el destino de aquella niña, con todos los medios de los que disponía, no iba a ser él quien consiguiera llevar a buen puerto sus averiguaciones. Y también cabía la posibilidad de que en verdad el bebé hubiese muerto, tal y como las monjas mercedarias le aseguraron a Irene Lasa. Sin embargo, no tenía gran cosa que perder. Nadie del entorno de Izarbe conocía sus intenciones, por lo que asumiría a solas su más que probable fracaso. Pero, en el caso hipotético de que hallase cualquier indicio que pudiera esclarecer lo ocurrido, imaginaba que contaría con la gratitud de la muchacha. Eso siempre y cuando no considerase que su investigación suponía una intromisión a la intimidad de su familia. Y ese era un tema que ya abordaría llegado el momento.

Antes de salir de Bilbao había realizado dos llamadas a Motrico, la localidad guipuzcoana a la que pertenecía Saturraran. Una al archivero del ayuntamiento, quien le indicó que toda la documentación fue llevada a la cárcel de Ondarreta tras cerrarse el penal de mujeres; y, dado que Ondarreta tampoco existía ya, lo más lógico era que se custodiara en el nuevo presidio de Martutene. Y la otra, a las dependencias parroquiales, para preguntar si en el registro eclesiástico figuraba el fallecimiento de algún bebé en la segunda quincena de enero de 1938. Apenas tardaron un par de días en decirle que no, lo cual no le supuso sorpresa alguna. E imaginó que la familia de Izarbe ya habría realizado esas pesquisas y revisado los expedientes almacenados en la cárcel de Martutene, por lo que no tenía sentido que él siguiese esos mismos pasos. Suponía que, en el caso de que alguien se hubiese llevado a la niña, no se hubiera dejado constancia escrita de la felonía, al menos de manera oficial. Y el único camino para acercarse a la verdad pasaba por encontrar el testimonio de alguien que lo pudiera haber vivido de cerca. A esa misma conclusión posiblemente habrían llegado los investigadores anteriores; aunque, dado que las únicas testigos habrían sido las monjas implicadas en lo ocurrido, no creía que se hubiesen prestado a colaborar en el esclarecimiento de los hechos. Sin embargo, el paso del tiempo podía ayudarle ahora en esa labor. Cincuenta y cinco años parecían suficientes como para que alguna de ellas se atreviese a hablar y no tantos como para que no existiese todavía alguna superviviente de entonces. Lo difícil era dar con ella, pero para eso estaba en aquella residencia salmantina, aguardando a que la hermana superiora le recibiese.

Coral se personó ante él risueña, con sus hábitos blancos, igual que la recordaba desde niño en aquellas visitas fugaces que la prima de su madre les hacía algunas veces en Villalpando.

—¡Madre del amor hermoso, Alberto! ¡Si eres un hombre! —exclamó en medio de un efusivo abrazo.

—Hola, Coral. ¡Tú no has cambiado nada! —le respondió él con sincera sorpresa.

La monja era mucho más que una prima para su madre. El destino había querido que en aquel caserón de la bisabuela Ana naciesen dos niñas el mismo día, con apenas una hora de diferencia, que crecerían juntas, que jugarían juntas y que aprenderían a leer juntas. Y aunque la vocación religiosa de Coral y el matrimonio de su madre las hubiese distanciado geográficamente, ambas seguían muy unidas.

La mercedaria se alejó unos pasos de Alberto para observarlo durante unos segundos con esa mirada suya, limpia y bondadosa, pero tan profunda que el muchacho sintió que le estaba leyendo el alma.

—Te pareces a tu madre —sentenció, frunciendo el ceño con sincera satisfacción. Aun así, no se le dibujó ni una sola arruga en el rostro.

—Eso me dicen —sonrió Alberto, orgulloso.

—¡Qué barbaridad! Incluso en la manera calmada de hablar. ¿Cuántos años hace que no te veo?

—No sé..., muchos. Me alegra que me hayas recibido.

—¡Menuda tontería! Anda, vamos a un sitio tranquilo y me cuentas en lo que te puedo ayudar. Me tienes intrigadísima.

Subieron a la primera planta por la escalera y atravesaron un largo pasillo, sin que Coral dejara de saludar cariñosamente a cuantas ancianas y cuidadoras se cruzaban a su paso, hasta llegar a su despacho. En las paredes no colgaban más que un crucifijo y una foto del papa Juan Pablo II. Sobre la mesa reposaban unas cuantas carpetas ordenadas y algunos pequeños portarretratos con fotos familiares, todas en blanco y negro. En una de ellas aparecían dos niñas vestidas de primera comunión, con las manos en posición de orar, a las que Alberto identificó enseguida.

—¡Mi madre y tú!

—Éramos inseparables —sonrió Coral, colocándose un mechón rebelde bajo la toca—. Me llamó esta semana y estuvimos hablando casi una hora. Eso sí, no me contó qué es lo que querías de mí.

—Bueno, se lo comenté ayer por encima. No tiene mayor importancia. O sí, según se mire.

—Entonces, tú dirás —dijo la monja, indicando con la mano la silla al hijo de su querida prima para que se sentara.

—Es algo delicado, pero han pasado muchos años y quizás...

—Sí que tiene que serlo para que andes con rodeos. —Aunque la voz de Coral sonó dulce, Alberto percibió también cierto aire de reproche, como si fuese del tipo de personas a las que les fastidia perder el tiempo.

—¿Has oído hablar del penal de mujeres de Saturraran?

—Así que se trata de eso... ¡Vaya! —Coral hizo una breve pausa—. Solo tengo algunas referencias. Ten en cuenta que se debió de cerrar, más o menos, cuando yo nací.

—Por eso. Han pasado los años suficientes como para que las heridas que se produjeron allí hayan cicatrizado —insistió Alberto, en busca de la complicidad de la monja, lo cual fue advertido por ella.

—Hablas de heridas y pretendes poner antes la venda —le bromeó—. Puedes preguntarme sin miedo. ¿Qué es lo que quieres saber?

—Gracias... —respondió Alberto, quitándose un peso de encima, aliviado por que ella hubiese roto el bloque de hielo que le atería el atrevimiento necesario para expresarse sin tapujos—. En enero de 1938 nació una niña, hija de una de las presas. Ella la vio viva, pero a la mañana siguiente le dijeron que estaba muerta.

—Y quien se lo dijo fue alguna de las hermanas que la atendieron.

—Eso parece.

—Caramba... —musitó Coral, borrando la sonrisa—. Y no se pudo comprobar nunca la muerte del bebé, imagino.

—Supongo que no, porque la familia no ha dejado de buscarla. Yo he llamado a la parroquia de Motrico, de la que dependía Saturraran, y no les consta la defunción de ninguna neonata en esos días.

Aunque la denominación oficial de numerosas localidades vascas había cambiado recientemente, a él le costaba referirse a ellas con el nuevo nombre adaptado al euskera, y más si no se encontraba allí. Por eso para él Sukarrieta, Loiu o Santurtzi seguían siendo Pedernales, Lujua o Santurce, como las conocía desde niño. Con Motrico se daba la circunstancia, además, de que ese venía siendo su nombre desde su fundación en 1209, por lo que llamarla Mutriku le resultaba impostado.

—Bueno, no sé muy bien en qué te puedo ayudar. ¿Qué es lo que buscas?

—Que quizás hubiese algún registro dentro de la orden con la relación de las hermanas que asistieron a las presas de aquel penal. Y que, con suerte, alguna de las más jóvenes siga viva.

Con el semblante pensativo, Coral omitió deliberadamente que había llegado a conocer a sor Jacinta Uribesalgo, superiora durante un tiempo en Saturraran, cuando hacía el noviciado en Granada. Tampoco le vio mayor importancia. Aparte de que sor Jacinta ya no vivía, la tuvo por una persona bondadosa y trabajadora, lo cual incluso la hizo merecedora de la Orden Civil de Beneficencia en la época en que ya pertenecía al Consejo General de las Hermanas Mercedarias de la Caridad. Claro que también le constaba que no todas las monjas de entonces tuvieron el mismo buen corazón. A su memoria regresaron los rumores que le llegaron de joven sobre que sor Jacinta tuvo que ponerse al frente de Saturraran para sustituir, antes de que el escándalo salpicara a la orden, a una superiora destituida por sus desmanes, por lo que no le resultaba tan descabellada la historia contada por Alberto.

—Supongo que tienes razón. Lo lógico es que esos archivos estén en alguna parte. Sin embargo, si te soy sincera, no veo prudente por mi parte pedirle a nadie esa información. Se trata de un asunto muy confidencial. Y, además, no nos beneficia como orden. Imagina, si estuvieras en lo cierto, lo mal paradas que quedaríamos si eso saliera a la luz, por muchos años que hayan pasado.

—Entiendo... —respondió Alberto, sin disimular su desilusión.

—Sé que, si te contara algo, te encargarías de no revelar tus fuentes y de ser tan discreto como tu madre.

—¡De eso puedes estar segura! —exclamó él, al vislumbrar un atisbo de esperanza.

—La noticia buena para ti es que me trasladan a la curia provincial en Madrid antes del verano. Y deduzco que es allí donde puede estar lo que buscas.

—¡A Madrid! ¡Eso suena a ascenso! ¡Enhorabuena!

—Algo así —dijo risueña Coral—. Aunque te recuerdo que esto no es una empresa.

—Bueno... Lo es. Al servicio de los necesitados.

—No hace falta que me hagas la rosca, Alberto —bromeó la monja—. Sé de sobra que no eres creyente.

Contrariado por el comentario, él ladeó la cabeza y adoptó un gesto serio.

—No lo soy, pero por eso mismo admiro todavía más lo que hacéis.

—Eres un adulador. Y siendo ingeniero y tan guapo imagino que no tendrás problema para echarte novia.

—¡Nada como la familia para subir la autoestima! No soy tan guapo.

—Lo dices porque aún tienes abuela. ¿Cómo está mi tía Luisa?

—Esa sí que está guapa —dijo Alberto, sonriente, para quien su abuela en realidad siempre había sido su madre de los veranos, con la particularidad de que ella se lo consentía todo.

—Dale un beso de mi parte.

—En cuanto llegue a Villalpando le daré más de uno.

—No creerás que te has escapado.

—¿A qué te refieres?

—A que te has escaqueado cuando te he preguntado por tu novia.

—¡Ah! ¡Es que no tengo!

—Pues ya va siendo hora, muchachito.

—Es que ando con mucho trabajo en Bilbao —se excusó, pero al oírse terminó por confesar—. No te he dicho por qué estoy interesado en saber qué fue de aquella niña en Saturraran.

—Tampoco yo te lo he preguntado. Si has venido a verme, tus razones tendrás.

—La muchacha que dio a luz a la niña es la abuela de una chica que me gusta —respondió él, sin evitar sentir cierto desahogo.

—¡Caramba! Esa es una razón de peso. No te preocupes. En cuanto vaya a Madrid, una de las primeras cosas que haré será la de intentar ayudarte —sentenció la monja, mientras se incorporaba para dar por finalizada la reunión—. Confío en que la chica sepa esperar —concluyó, guiñándole un ojo.

—No sabe nada, Coral —reconoció el muchacho, también levantándose.

—¡Caramba! —respondió ella de nuevo, usando su muletilla—. ¿No sabe nada de que estás jugando a los detectives o de que te gusta?

—Me temo que de ninguna de las dos cosas.

—Pues entonces te deseo mucha suerte. Yo no entiendo demasiado de relaciones de pareja, pero sí de sinceridad.

—Muchas gracias, Coral. Por tu consejo, por tu tiempo... ¡y por todo! —se despidió él, abrazándola con cariño.

—Me ha encantado verte, Alberto. Y te diré algo —comentó ella, bajando la voz—. Independientemente de los motivos que te hayan llevado a ello, te honra que intentes ayudar a esa familia.

Esta vez, el muchacho no contestó, pero se acercó a la prima de su madre para abrazarla de nuevo. Hay personas que desprenden un halo especial. Y Coral era una de ellas.

12

Apenas si recibía correspondencia, y la escasa que llegaba no podía ser más anodina: algún extracto bancario, los recibos de suministros domésticos y poco más. Suponía que la falta de comunicaciones afectivas por escrito era un precio más que se cobraba el abandono de la juventud. Tampoco es que el buzón de su vida hubiera rebosado de misivas, si bien en ocasiones sí se había encontrado con la postal de un amigo viajero o con las letras de alguna chica con la que hubiese compartido algo más que confidencias, especialmente tras uno de esos agostos en Villalpando, durante la carrera, en los que solía disfrutar de un amor eterno de verano que siempre llevaba el nombre de Lucía, una linda asturiana con una vida social demasiado ajetreada, pero que procuraba reservarse unos días de sus vacaciones para regresar al pueblo de su padre y reunirse con Alberto. A él le constaba que ella tenía novio, aunque no parecía que aquel detalle supusiera un problema para ninguno de los dos, porque en los momentos en que estaban solos no existía el mundo más allá de ellos.

Por eso, a su vuelta de tierras zamoranas, tras pasar unos días con su familia, le resultó raro descubrir un sobre en su buzón con la inconfundible caligrafía meticulosa de Arantza. Sin embargo, una vez vencido el impulso inicial de abrirlo en el portal, tardó un rato en hacerlo. Después de subir la escalera y entrar en su casa, lo depositó sobre la mesita del salón, colocó en su nevera y en su pequeña despensa los huevos, los chorizos, el queso y las demás viandas traídas del pueblo y deshizo su equipaje. Eso sí, sin dejar de pensar qué le querría contar Arantza y por qué había preferido hacerlo de ese modo. Retrasar la lectura de la carta no era más que uno de esos juegos absurdos que él practicaba las veces que consideraba que la imaginación le aportaba más satisfacción que la realidad. O acaso fuese que disfrutaba más con la investigación de los misterios que con su propia resolución, ya que ello suponía el fin de la emoción. Algo similar le sucedía en sus relaciones amorosas esporádicas, que disfrutaba más con el juego de la seducción que con su culminación, a la que a veces se veía abocado por mero imperativo cultural, propio de una educación que aún bebía en exceso de las fuentes de un pasado trasnochado.

Tras concluir sus tareas hogareñas, se disponía a abrir el sobre con cuidado cuando sonó el teléfono. Miró la hora de manera instintiva. Sus padres aún no habían podido llegar a Sevilla, donde estaban destinados. Al descolgar el auricular, le sorprendió escuchar la voz de la prima monja de su madre.

—Hola, Alberto. Ya veo que andas por Bilbao.

—¡Hola, Coral! Acabo de entrar por la puerta de mi casa. ¡Qué grata sorpresa!

—No te emociones, que no tengo nada importante que contarte. Es solo que, después de tu visita de la semana pasada, me quedé dándole vueltas al tema. ¿Te suena el semanario *Redención*?

—Ni idea —reconoció Alberto, expectante.

—Era una revista que publicó un organismo llamado Patronato Central de Nuestra Señora de la Merced para la Redención de las Penas por el Trabajo entre 1939 y 1978, destinada a los reclusos y sus familias. En ella seguro que hay fotografías de Saturraran. Me acordé del detalle esta tarde. Y pensé que, a lo mejor, te apetecía indagar en alguna hemeroteca. Ya sé que me dijiste que aquella chica dio a luz en enero del 38 y que poco te van a aportar artículos que describían un mundo falsamente feliz, aunque nunca está de más echar un vistazo. Es casi seguro que aparecerán algunas hermanas. Entre ellas, la superiora anterior a sor Jacinta. —Alberto escuchaba con atención—. Investigué lo que pude esta semana y, al parecer, tuvieron que destinarla a otro sitio porque estaba implicada en asuntos raros relacionados con el estraperlo de los alimentos de las presas que ella, junto con el director de la prisión, desviaban para su propio beneficio. Hasta en las mejores familias hay una oveja negra... o una Pantera Blanca, el mote que le pusieron las reclusas. Claro que no es lo mismo vender comida que vender niños.

—Gracias...

—De nada, Alberto. Como mercedaria, me sabe

mal lo que pudo haber pasado allí. Pero era otra época, con otras circunstancias —trató de excusarse—. Lo dicho, en cuanto me instale en Madrid este verano intento averiguar algo sobre las hermanas que estuvieron en Saturraran.

—De verdad que te agradezco muchísimo el interés.

—¡Anda ya! Yo encantada. Te dejo, que tendrás que descansar del viaje. Buenas noches, Alberto.

—Buenas noches, Coral.

Sin soltar el sobre de las manos, se repanchigó pensativo en el sofá. Desde luego que buscaría aquellas revistas. A bote pronto, se le ocurrió que podía pedir permiso en la exclusiva Sociedad Bilbaína, tal vez avalado por algún socio, para indagar en su impresionante hemeroteca. El mayor problema, sin duda, era su falta de tiempo, porque su trabajo le tenía absorbido casi por completo. Y lo otro no dejaba de ser una especie de divertimento. De todos modos, cualquier dato que recopilase por nimio que fuera con respecto al penal en el que estuvo recluida la abuela de Izarbe le daría pie para mantener una conversación con ella en el caso de que volviese a verla. Aunque estaba seguro de que difícilmente podría aportar ninguna información que no fuese conocida ya por su familia.

Acaso por remordimiento, se le vino a la cabeza el anteproyecto del establecimiento de coordenadas de los pilotes, en el que venía colaborando. Fue un mero destello responsable en su mente dispersa hasta que se decidió a rasgar el sobre. Con cuidado, extrajo una tarjeta con el dibujo de un ramo de flores difuminado, que evidenciaba el gusto de Arantza por los detalles. Al abrir el díptico, descubrió un folio que desplegó con la misma minuciosidad con que había sido doblado.

Querido Alberto:

Sí, siempre serás querido por mucho que rezongues. Ya sabes que hay muchas maneras de querer. La verdad es que no sé por qué he sentido la necesidad de escribirte. Quizás sea porque el otro día percibí tu mirada triste en muchas ocasiones. Llámame engreída, pero sentí que aún me guardabas rencor y me dio mucha pena. De ser así, no puedo culparte por ello. Al contrario, únicamente me queda disculparme por lo mal que hice las cosas cuando éramos solo unos críos. En aquel momento no era consciente de que estaba contribuyendo a separarte de tus apegos. Acabábamos de salir del colegio y nos disponíamos a empezar la universidad. Sin embargo, tus padres tuvieron que marcharse, y mi decisión te empujó a que te fueras tú también, dejando atrás tu tierra y a tus amigos. No sabes cuánto lo lamenté entonces y lo sigo lamentando todavía.

Los días previos a nuestro último encuentro en Plaza Nueva me sentía tan nerviosa que yo creo que Iñigo tuvo que notarlo. Pero en cuanto te vi volví a sentirme tan bien como antes. Y me di cuenta de lo mucho que disfrutaba si estabas cerca. Porque de cada pequeño logro construyes un acontecimiento, porque tu forma de ver la vida conserva la ingenuidad de un niño travieso, pero niño al fin y al cabo. Quizás por eso tu mirada me resulte tan peligrosa.

Sí, y ahora hablo en presente. Me gusta cómo me miras y, a la vez, me inquieta.

Verte me ha descolocado. Nunca he sido defensora de ponerle nombre a los sentimientos. Ya sabes que prefiero expresarme con poemas. Claro que cuando faltan palabras, o incluso no son necesarias, es que algo pasa. El día que te fuiste me dejaste un vacío que no entendía. Y, en cierto modo, sigo igual de confusa respecto a ti. Lo que sí sé es que estoy enamorada de Iñigo con locura y que quiero compartir mi vida con él, aunque no me atrevería a decirle que te he mandado esta carta. Es comprensivo y jamás ha tenido celos. Sin embargo, si alguna vez salía tu nombre en alguna conversación creo que se tensaba, lo cual yo consideraba una tontería porque creía que no tenía motivos para sentirse amenazado. Y ya ves lo que son las cosas. Ahora te escribo, inmersa en un mar de dudas, pero con la certeza de saber que no me importaría volver a verte. Claro que comprendería que tú no quisieras.

Con estas torpes palabras se despide esta chica enredada en tu mirada.

Arantza

P. D.: Se me viene a la cabeza este verso de Salinas:

«Perdóname el dolor, alguna vez».

Al acabar de leer, se sintió contagiado por aquella sensación de incertidumbre que desprendía la carta. No entendía lo que ella pretendía decirle, más allá de que le sugiriera una nueva cita. Lejos de sentirse halagado, le incomodó su propio desconcierto. Llevaba diez años elucubrando sobre si Arantza conservaría algún tipo de afecto hacia él, y ahora que lo sabía no estaba seguro de que fuera una buena noticia. ¿Qué habría ocurrido si él no se hubiese marchado? Sus pensamientos contradictorios volvieron a relucir. No dejaba de sorprenderse a sí mismo. Cuando de sentimientos se trataba, podía adoptar una postura y, en cuestión de poco tiempo, la contraria. Suponía que aquello tenía mucho que ver con su desarraigo y con sus consecuencias en el terreno emocional.

Con más tranquilidad, repasó la carta en busca de su significado. Como si el hecho de releerla pudiera desvelarle intenciones ocultas a primera vista. A veces nos empeñamos en interpretar un texto a nuestra conveniencia sin considerar el propósito de quien lo ha escrito.

Una incipiente picazón en los ojos le alertó de que era hora de acostarse y su sentido de la responsabilidad le condujo a la cama. Tenía por delante una larga semana de trabajo. En la mesilla le esperaba *Corazón tan blanco*, la última novela de Javier Marías, uno de sus escritores favoritos. Pero a pesar de que le quedaban unas pocas páginas para terminarla, no pudo hacerlo. Quizás porque la estaba disfrutando tanto que prefería concluirla con más lucidez. En cierta manera, aquella historia le reafirmaba en que a veces la ignorancia nos protege y que el afán de saber no siempre es liberador. Y, sin embargo, no podía evitar seguir dándole vueltas a la finalidad de las palabras de Arantza. Claro que, a lo peor, ni siquiera ella la sabía. Carecía de lógica que se planteara verla de nuevo o no. Jugar a dudar era engañarse a sí mismo. Así que más le valía pensar en cómo hacerlo. No le seducía la idea de llamar a su casa para que fuese Iñigo quien descolgase el teléfono. Al darse cuenta de que se hallaba atrapado en un bucle sin salida, optó por apagar la luz de la lamparita y dejar que el tiempo hiciese su trabajo.

Enseguida se le cerraron los párpados. Se estaba obsesionando en interpretarla a ella y, en realidad, lo que debía importarle era lo que él mismo creía. Entró en el duermevela preguntándose si resultaba razonable mantener abierta la puerta del pasado cuando solo quedaba una rendija para cerrarla. Por suerte, sus sueños le llevaron por derroteros más apacibles, mecidos por la tranquilidad de su conciencia.

13

Desde que en julio de 1991 Frank Gehry ganase el concurso para diseñar el Museo Guggenheim Bilbao, su proyecto evolucionaba conforme a los dictados de su imaginación con el propósito de ingeniar una constelación de espacios que no solo brillara con luz propia, sino que además contagiase de su belleza a todo el entorno degradado, mudando las escamas mugrientas de la ría bilbaína en una suave piel de plata sobre la que reverberara su futuro.

Atrás quedaba la oscuridad a la que debe enfrentarse cada creador en los inicios de un nuevo alumbramiento, cuando las ideas todavía dormitan en la nebulosidad del cerebro. En el caso del afamado arquitecto, su arma para despertarlas era el lápiz con el que dibujaba trazos familiares que se iban transformando en el boceto de un edificio, con lo que el artista se convertía en *voyeur* de sus propios pensamientos, plasmados en un papel casi de manera intuitiva hasta que cobraban vida propia.

Sin embargo, aunque las líneas maestras de lo que sería el moderno museo estaban fijadas, se sucedían los meses y a Gehry le quedaban puntos decisivos por concretar, como la configuración del atrio interior y de su lucernario en forma de flor metálica a modo de colofón sobre el edificio, igual que si se tratara de la bóveda de una catedral vanguardista que, no obstante, no acababa de resultar armónica. No en vano conocía la opinión de Sverre Fehn, un prestigioso colega noruego que estimaba que los museos representaban las catedrales del siglo xx, al ser grandes espacios espirituales, concebidos para la trascendencia y el recogimiento.

Más quebraderos aún le daba la funcionalidad de la torre encargada de integrar el puente de la Salve en el conjunto arquitectónico, hasta el punto de que llegó a sugerir que fuese diseñada por un artista externo, ya que, al desechar la idea de instalar un restaurante o un observatorio por no tener demasiado sentido en una ciudad que gozaba de excepcionales vistas desde los montes que la rodeaban, su falta de uso la convertía, más bien, en un elemento escultórico. No obstante, su propuesta no fue considerada y Gehry se vio obligado a diseñar la torre, cruzando la línea entre la arquitectura y la escultura.

A estos problemas conceptuales se unió la sugerencia del ayuntamiento de Bilbao de trasladar el Guggenheim al siguiente puente hacia el oeste con el propósito de que sirviera de conexión entre el Museo de Bellas Artes y la Universidad de Deusto, al otro de la ría. A pesar de lo tentador de la propuesta, se terminó por rechazar, pero su estudio contribuyó a retrasar el inicio de los trabajos.

El único límite de la libertad creativa de Gehry era el presupuesto al que tenía que ajustarse. Ello le obligó a redefinir varias veces el diseño para respetar las restricciones presupuestarias supervisadas por Juan Ignacio Vidarte, el director del Consorcio del Proyecto Guggenheim Bilbao, encargado de gestionar la construcción y la instalación del museo, cuyo celo contribuyó al resultado final.

Desde Bilbao se procuraba respetar los tiempos de Gehry, pero a nadie se le escapaba que un retraso en el comienzo de las obras postergaría, a su vez, la fecha de la inauguración, prevista para mediados de 1997, por lo que se determinó proceder a su adjudicación por fases, de modo que se pudiese avanzar, independientemente de que el diseño definitivo todavía no estuviese concluido. Desde su estudio de Santa Mónica, el equipo de Gehry se afanaba en las maquetas, realizando una tras otra, puliendo los matices que las mejoraran e intentando resolver los inconvenientes aún existentes.

También Alberto estaba absorto en su trabajo, por lo que concluía abril y ni siquiera había tenido tiempo de plantearse un nuevo encuentro con Arantza, ni de acercarse a alguna de las hemerotecas de la ciudad en busca de los ejemplares de esa revista que retrataba con hipócrita indulgencia la vida carcelaria en los años del franquismo. Aunque, en honor a la verdad, era posible que la falta de horas libres no constituyese más que una burda excusa para posponer un fracaso más que previsible, no ya solo por lo complicado de la investigación, sino por la propia motivación de la misma. Izarbe seguía sin dar señales de vida, por lo que resultaba evidente su desinterés. Y jugar a Sherlock Holmes acaso no fuese el mejor método de seducción del mundo. Sabía que una manera de aplacar sus inquietudes detectivescas pasaba por averiguar si el nicho del cementerio de Baracaldo albergaba realmente los restos de su hermano. Pero indagar sobre hechos ajenos siempre parece más sencillo que hacerlo sobre los propios, porque hay verdades que, lejos de ser inocuas, suelen dejar efectos indelebles en la memoria, y hasta en el alma.

Por mera fidelidad a sus contradicciones, una noche se decidió a buscar en su vieja agenda a aquel compañero gallego de la carrera que le había hablado del presidio de mujeres de Saturraran.

Se trataba de un diminuto cuaderno en el que figuraban todas las personas que en algún momento de su vida le habían facilitado los datos de su domicilio familiar, empezando por sus compañeros del colegio Santa María, cuyos nombres estaban escritos con letra infantil junto a un número de teléfono sin prefijo. Al verlos, Alberto se sonrió y se preguntaba si aún le tendrían rencor por el día en que hizo madrugar a toda su clase de 7.° de EGB como castigo por haberle faltado al respeto. En aquella mañana de autos, el profesor de Lengua se tuvo que ausentar de repente y, siendo consciente del sentido de la responsabilidad de su alumno más aventajado, le dejó encargado de apuntar en una lista a todo el que hablase. Enseguida sucedió lo inevitable: en cuanto el docente abandonó el aula, aquello se convirtió en un gallinero de cincuenta preadolescentes hormonados que comenzaron a gritar y a lanzarse bolas de papel. Abrumado por la situación, pero sin perder la compostura, Alberto advirtió a sus compañeros de que les daría dos avisos previos antes de escribir sus nombres, elevando hacia ellos su flamante bolígrafo Bic de cuatro colores; eso sí, con la boca deliberadamente apretada. Sin embargo, su medida de gracia no surtió efecto, aunque tampoco estaba dispuesto a no hacerse respetar; así que, una vez agotados los consabidos avisos, emitidos con la destreza de un mago dotado de una poderosa varita, no le quedó más remedio que ir anotando uno a uno a sus compañeros hasta que solo quedó el apuntador. Al volver el profesor y ver la lista de Alberto, los castigó a todos menos a él a llegar al colegio a la mañana siguiente una hora antes. Como era de esperar, a la salida de clase le abuchearon llamándole Willy negrero, lo que indicaba que la mayoría veía *Raíces*, una miniserie recién estrenada en la televisión en torno al mundo de la esclavitud, protagonizada por un muchacho africano llamado Kunta Kinte. No obstante, Alberto recuperó la consideración de los castigados cuando acudió al colegio a la misma hora que ellos. Desde entonces, año tras año, no dejó de ser elegido delegado de su clase por votación entre sus compañeros.

Tras marcar el número de su amigo gallego, al otro lado de la línea oyó la voz de una mujer, que resultó ser su madre. Esta le indicó que Xurxo ya no vivía con ellos en La Coruña y le facilitó amablemente los datos de su domicilio en Santiago de Compostela, donde trabajaba. Después de anotar el nuevo número en su agenda, volvió a girar la rueda de marcaje de su teléfono góndola.

—¿Diga? —preguntó una voz con un pronunciado acento local.

—¿Xurxo? Soy Alberto Cepeda. ¿Te acuerdas? De la Politécnica.

—¡*Carallo*, Alberto! ¡Qué sorpresa más cojonuda! —exclamó con sincera alegría—. ¿Todo bien? ¿Qué es de tu vida? Te perdí la pista hace tiempo. Y eso que cada vez que paso por la autovía, cerca de Villalpando, me acuerdo de ti.

—Todo bien, todo bien..., dentro de lo que cabe. Ya sabes..., se acabó la buena vida. No es lo mismo trabajar que estudiar.

—No, claro. Es mucho mejor. Ahora tenemos algo de dinero. Pues no las pasábamos canutas en Madrid. Que ni tú ni yo éramos niños de papá.

—Visto así... —respondió Alberto entre risas.

—¿Por dónde andas?

—En Bilbao. Mira, te llamo por... Perdona que te lo suelte de este modo, pero... ¿tu abuela vive?

—¿*Miña avoa* Maruxa? Recuerdo que hablamos alguna vez de ella. Vive, vive, a Dios gracias. Está estupenda a sus setenta y ocho años. Y más lúcida que tú y que yo juntos.

—¡Qué bueno!

—¿Y ese interés por ella?

—Me gustaría verla este verano, en mis vacaciones, para hablar de su estancia en Saturraran. ¿Crees que le importaría?

—Yo creo que todo lo contrario. Sabe que en casa le escuchamos las batallitas de la guerra casi por obligación y le encantará tener a alguien interesado en sus historias. Vive sola en Muxía, porque es terca como una mula. No quiere irse con mis padres a A Coruña. Dice que de su casa sale con los pies por delante.

—¡Veo que es todo un personaje!

—¡Es bárbara, sí! Oye, ¿y por qué no te vienes ya?

—Tengo que trabajar. Y Santiago me pilla un poco a desmano.

—¿Y si te digo que tengo una entrada a tu disposición para el concierto de Bruce Springsteen el día 9?

—¿Estás hablando en serio?

—¿Me respondes con otra pregunta? Y luego la fama la tenemos los gallegos —comentó Xurxo, jocoso—. Anda, vente el viernes o el sábado, nos ponemos al día, el domingo por la mañana nos acercamos a Muxía y por la tarde vamos al concierto.

—No voy a decirte que no —dijo Alberto, entusiasmado.

—¡Cojonudo! Llámame un par de días antes y te doy instrucciones para llegar a mi casa. Tengo una habitación para ti. Vivo solo. ¿Vienes en coche?

—Lo mismo me planteo coger un vuelo.

—¡Pues suerte! Con esto del Xacobeo, Santiago está imposible. Si hasta tenemos mascota, el Pelegrín.

—¡Cómo sois los gallegos! —bromeó Alberto—. No podíais quedaros atrás después de lo del año pasado en Barcelona y Sevilla.

—Las olimpiadas y la Expo son un cuento de niños comparadas con esto —continuó Xurxo con la chanza.

—Quedamos en eso. Te llamo a finales de la semana que viene.

—¡Lo vamos a pasar de madre, Alberto! Un abrazo enorme.

—Otro fuerte, Xurxo.

Apenas colgó el auricular, Alberto puso en su discman uno de los últimos discos de Bruce Springsteen. Estaba realmente excitado. Ver en directo al Boss eran palabras mayores. Para celebrarlo, se acercó a la nevera en busca de una Coca-Cola, a las que su ídolo también era adicto. Mientras la bebía, sentado en el sofá con los pies sobre la mesita, repasaba el calendario en su cabeza. Ya vería la manera de pedir un día libre. Aunque no le hiciera ninguna gracia volar, la opción de darse una buena paliza de kilómetros conduciendo resultaba poco viable. Y además iba a poder hablar con una de las compañeras de fatigas carcelarias de la abuela de Izarbe. ¿Se acordaría Maruxa de ella?

14

Bajo un cielo que amenazaba tormenta, el avión procedente de Bilbao tomó tierra con suma suavidad en la pista húmeda del viejo aeropuerto de Lavacolla, poniendo fin a un vuelo tan apacible que al propio Alberto le llegó incluso a contrariar. Le parecía ridículo, en aquellas circunstancias, haberse pasado el trayecto conteniendo la respiración y que aún le sudaran las manos. Si al menos hubieran cruzado alguna turbulencia o la nave hubiese perdido altura de forma repentina en algún instante tendría algún motivo para seguir manifestando su aversión a volar. Pero nada, ni un bache de aire, ni un simple aviso de usar los cinturones de seguridad más allá del despegue y del aterrizaje, ni la más ligera vibración en el momento de abandonar la infinidad del cielo para atravesar las nubes que cubrían Santiago de Compostela aquel sábado matutino de mayo.

Ya en la terminal, rodeado de una fauna humana heterogénea entre la que destacaban los peregrinos que regresaban a sus hogares, tras haber sellado sus credenciales después de recorrer el Camino de Santiago, y un montón de gente vestida de negro o con ropa vaquera que llegaba para acudir al concierto de Bruce Springsteen, Alberto se detuvo unos instantes en busca de algún cartel que le llevara a la parada de autobuses.

—¿Perdido? —dijo una voz femenina a sus espaldas.

Al girarse, se topó con unos preciosos ojos grises que le miraban divertidos. Tras unos breves segundos de desconcierto, de los que fue consciente, no le quedó más remedio que decir cualquier cosa que no le hiciera parecer un pazguato.

—Izarbe...

—¡Te acuerdas de mi nombre! —exclamó, sonriente.

—¿Qué haces aquí? —preguntó Alberto, tan anonadado que ni se planteó saludarla con dos besos.

—Bueno, se supone que esta es una de mis oficinas —respondió ella, disfrutando de su posición de superioridad, que no se limitaba solo a su altura, ya que con sus mínimos tacones superaba la de Alberto.

No obstante, el muchacho no se arredró. Imaginaba que con una chica así debía disimular su pusilanimidad en esas lides. A pesar de que le faltara poco para cumplir la treintena y de haber mantenido alguna que otra relación esporádica, era consciente de su torpeza en el trato con las mujeres. A ello había contribuido estudiar en un colegio masculino hasta el último curso y que tampoco hubiese demasiadas compañeras en su carrera. Además se le sumaba que en sus salidas nocturnas no solía practicar las enrevesadas técnicas del flirteo por ignorar el terreno en el que pisaba, lo que fácilmente podía conducirle al fracaso. Una de sus teorías íntimas versaba sobre que la mayoría de sus amigos eran bastante similares en su forma de pensar; en cambio, no había conocido a dos chicas iguales, lo que le reafirmaba en su creencia de que el universo femenino resultaba mucho más interesante por inabarcable.

—Ya, claro. Una de tus oficinas. ¿Cuántos aeropuertos hay en el mundo? —se defendió.

—¡Vaya! No querrás llevarte la conversación a tu terreno estadístico y decirme que nuestro encuentro ha sido una casualidad.

—Una bonita casualidad —matizó él, envalentonado momentáneamente por aquella pírrica victoria.

—¡Desde luego! Pero has formulado una pregunta trampa. Habrá más de cuarenta mil. Sin embargo, la IATA solo tiene registrados unos quince mil. Claro que ahí se incluyen helipuertos, instalaciones militares, espaciales, meteorológicas... El número de aeropuertos comerciales estará en torno a los siete mil. Pero por muy ingeniero que seas, y por muy bien que se te den los cálculos, no puedes convencerme de que teníamos una posibilidad entre siete mil de encontrarnos en un aeropuerto. Hay variables evidentes que no has querido tener en cuenta, como que es más fácil que ocurriera en España que en Japón. O que, por lo que deduzco, a los dos nos gusta Bruce Springsteen.

Lo que le pedía el cuerpo a Alberto era debatir sobre esos cálculos y argumentar que su razonamiento obviaba otras consideraciones, como la coincidencia en el tiempo y en el lugar espacial concreto.

Aunque Lavacolla era bastante pequeño, el trasiego de gente lo convertía en un conglomerado humano donde resultaba complicado distinguir a nadie. Por otra parte, una visita a los aseos o un giro inoportuno podrían haber impedido el encuentro por mucho que ambos estuvieran allí. Y si él no se hubiese detenido a mirar las indicaciones, quizás tampoco ella le habría visto. Aun así, optó por claudicar y no dejarse llevar por una conversación que no le conduciría más que a alimentar su ego.

—¿Cómo sabes que me gusta el Boss? —Con su pregunta retórica, Alberto solo trataba de ganar tiempo.

—¡Pretendes tomarme el pelo! Eres muy mono, ¿te lo habían dicho? —respondió, risueña—. Ni esa cazadora vaquera ni esa camiseta negra con la imagen de Springsteen son de peregrino.

A él no le importó ser objeto de aquella pequeña burla, provocada por él mismo. Es más, hasta le hizo gracia que ella tuviera que explicotear lo evidente.

—¡Vaya! ¡Eres toda una sabuesa!

—¡Bah! Tengo mis momentos —dijo, siguiéndole la corriente.

—Entonces, ¿tú también irás al concierto mañana?

—¡Sí! Le cambié la ruta a una compañera. Ahora vuelo a Madrid, pero regreso esta tarde con casi dos días libres —contestó ella, mientras miraba de reojo el reloj de uno de los paneles de salidas y llegadas.

Sin pararse a medir sus posibilidades, y a la vista

de que Izarbe tenía prisa, estimó que no podía perder nada, salvo el orgullo.

—Imagino que ya tendrás compañía, pero... si te apetece, puedes venir al concierto con nosotros. Yo iré con un amigo.

Sin abandonar su semblante amable, ella pareció sopesar la invitación durante unos instantes que a Alberto se le antojaron eternos y en los que su mente creyó escuchar: «Gracias, iré con mi novio», por su maldita costumbre de ponerse siempre en lo peor, como si activando ese mecanismo de defensa ante los fracasos pudiera digerirlos más fácilmente, llegado el momento.

—¡Estaría genial! Yo también iré con una amiga madrileña. Oye, ¿qué tal si quedamos los cuatro esta noche?

—Es una muy buena idea —respondió aparentando naturalidad, conteniendo el entusiasmo que le brotaba por todas partes.

—A las diez en el Atlántico. Y me voy ya, que enseguida abrimos nuestro embarque. Nos vemos luego —se despidió, apretándole ligeramente el brazo antes de desaparecer entre la gente arrastrando su pequeña maleta.

Con una sonrisa bobalicona instalada en su boca, Alberto llegó hasta el apartamento que Xurxo Narla tenía alquilado en la rúa da Acibechería, muy cerca de la plaza Cervantes. Al ver a su amigo en la puerta, el gallego le espachurró de un abrazo, sin darle opción siquiera a que se desprendiera de su equipaje.

—¡Qué alegría, *carallo*! —le saludó, clavándole

su mirada bondadosa pintada de un azul casi transparente.

—¡Lo mismo digo!

—¡Venga, pasa! —invitó Xurxo a su amigo, quitándole el macuto de las manos—. Hay mucho que celebrar. ¡Tienes un aspecto bárbaro!

—Tú tampoco estás mal con esa barbita interesante. Tendrás locas a las *galleguiñas*.

—¡Pero si no me como un colín!

—Entonces estamos igual —rio Alberto, de buena gana, asumiendo que las miserias compartidas son más llevaderas.

—El trabajo me tiene más enredado de la cuenta —reconoció Xurxo, mientras depositaba la maleta de su amigo en un viejo banco de madera rehabilitado de la habitación en la que acababan de entrar.

—¡Qué me vas a contar!

—Pues no, no te voy a contar nada porque este fin de semana no vamos a hablar de *chollo*. Lo que vamos a hacer es pasarlo bien. Tenemos la agenda completa. He reservado una mesa para dentro de un rato en O Gato Negro, mi taberna favorita, es muy *enxebre*. Espero que te gusten las zamburiñas, el pulpo y los chocos en su tinta.

—¡Mato por ese tipo de comida!

—Cojonudo. Luego descansaremos un rato, que la siesta es más sagrada que las reliquias del apóstol. Y por la tarde nos damos una vuelta. Imagino que querrás ir a la catedral.

—Sí, claro. A ver el ambiente, sobre todo.

—También he reservado para cenar.

—¿A qué hora?

—A las diez.

—Siento decirte que tendrás que anular la reserva o adelantarla —dijo Alberto, sonriente.

—¿Y eso?

—A esa hora hemos quedado con dos azafatas.

—Estás de coña.

—Jamás bromearía con algo así —respondió con sorna el recién llegado. Xurxo arqueó una ceja, esperando que su amigo resultara más convincente—. Es una larga historia que ya te contaré, pero que se resume en una casualidad: me encontré con una conocida en el aeropuerto.

—¡Qué bárbaro, galopín! Ha sido llegar y besar el santo.

—¿A Santiago? —bromeó Alberto, evidenciando su excelente humor.

—¡Y a todos los apóstoles! ¿Dónde se supone que hemos quedado?

—En el Atlántico. No tengo ni idea de lo que es. Lo eligió ella.

—Pues tiene un gusto cojonudo. Y está aquí al lado. Voy a meter más cerveza en el frigorífico.

—¡A eso le llamo yo tener la moral alta! ¡Esa es la actitud! —rio Alberto.

—*Carallo*, que no es por lo que estás pensando. Pero hay que ser precavido. De momento, tú y yo nos tomamos una Estrella —refunfuñó Xurxo—. Y me vas contando.

Sentados en un par de taburetes altos junto a la barra que separaba el salón de una coqueta cocina impoluta, los dos amigos tardaron pocos minutos en sintetizar los tres años que llevaban sin verse. En cambio, Alberto se explayó en lo relativo a Izarbe, explicando a Xurxo que casualmente era la nieta de una de las compañeras de su abuela Maruxa en Saturraran, advirtiéndole de que no se le ocurriera mencionar el tema esa noche porque estaba realizando aquellas averiguaciones a sus espaldas.

Dos rondas de cerveza más tarde, con sus respectivos brindis, el gallego tiró de retranca para hacer un resumen.

—A ver si lo entiendo: estás colgado de una tía a la que has visto un par de veces y que no te ha hecho ni puto caso hasta que os habéis encontrado hoy en el aeropuerto. Y te ha dado por investigar sobre su pasado familiar como excusa para hablar con ella. Claro que ya no la necesitas porque la vas a ver esta noche y puede que mañana en el concierto. ¡Ah! ¡Ojo! Que se trata de una niña bien. ¡Y que además es la hija de tu jefe!

—Algo así —reconoció Alberto, frunciendo el ceño y los labios.

—No sé si vamos a ligar. Pero lo que sí sé es que me voy a reír. Va a ser un fin de semana glorioso. ¡Brindo por ello! —resolvió Xurxo, quitándole la chapa a dos nuevos botellines.

15

En solo cinco años desde su apertura, el pub Atlántico ya constituía un referente de la vanguardia cultural compostelana en el que los artistas se sentían como en el salón de su casa. Entre la parroquia nocturna que lo visitaba se encontraban gentes de la música, del cine o del teatro en busca de una buena conversación al son de los discos roqueros de vinilo que pinchaba Guille mientras tomaban una cerveza bien tirada o una copa servida por Pili con todo el cariño del mundo. A ellos se les sumaba un público variopinto, conformado por universitarios, trabajadores jóvenes y algún que otro turista, atraído por las luces de bohemia que desprendía el local, mucho más animado a medida que avanzaba la madrugada gracias al alcohol y al ambiente desinhibido de aquella atmósfera placentera.

Apenas pasaban un par de minutos de las nueve y media cuando los dos amigos subieron los escalones por los que se accedía a la entrada, con cierto aire solemne, bromeando para disimular su nerviosismo. Por un instante, Alberto recordó aquella primera cita con su cuadrilla portugaluja en la capilla del colegio, la mañana en que las chicas ya estaban sentadas antes de que ellos se presentaran. Sin embargo, tras un vistazo rápido al coqueto recinto, comprobó enseguida que Izarbe y su amiga no habían llegado, lo cual resultaba lógico porque aún faltaba media hora para la cita. Tuvieron suerte de que un grupo de treintañeros dejaran libres un par de sillas y parte del banco corrido situado junto a una de las ventanas, bajo unas cuantas fotografías enmarcadas de algunas estrellas del rocanrol.

Fue Xurxo quien se sentó en espera de que Alberto se acercase a la barra para pedir un par de cervezas, con las que no tardaron en brindar.

—Me encanta el garito —comentó el vasco.

—¡Por esas chicas que están a punto de sentarse con nosotros! —dijo Xurxo, cuyo rostro se encontraba bastante más sonrosado que por la mañana—. Porque... ¿vendrán, no?

—Eso espero —respondió su amigo, dando un trago al botellín.

Las dos muchachas no se hicieron esperar. Al verlas entrar por la puerta, Alberto se incorporó de manera automática y las saludó tímidamente con la mano, mientras las campanas de la catedral lanzaban al viento sus diez tañidos.

—¿Esas son? Tocan a muerto por nosotros. No tenemos nada que hacer con esos bellezones —le susurró Xurxo, encajando un codazo disimulado de su compañero de aventuras amorosas.

Llegaron hasta ellos caminando sonrientes con una seguridad que alimentó la excitación de los dos amigos.

—¡Hola! Soy Izarbe —saludó la chica de los ojos grises, sin dar lugar a que nadie se le adelantara en las presentaciones—. Mira, Laura. Este es Alberto y él...

—Xurxo —respondió el aludido, al tiempo que todos ellos procedían a un intercambio protocolario de besos en las mejillas.

Casi por inercia, Laura se sentó junto al gallego, dejando que su corto vestido mostrara con naturalidad unas interminables piernas ligeramente bronceadas, en tanto que Izarbe hizo lo propio con el colaborador de su padre, quien enseguida se ofreció para acercarse al mostrador en busca de los *gin fizz* solicitados por las chicas. Sin embargo, también Xurxo se levantó para ayudar a su amigo con las bebidas.

—Dos *gin fizz* y dos tercios de Estrella, por favor —le pidió el vasco a Pili, la joven copropietaria del local, considerando que las chicas ya habían visto sus dos botellines anteriores vacíos en la mesa y que cambiarse a un cóctel podría parecer impostado.

—Somos menos sofisticados que el mecanismo de un chupete —musitó el gallego.

—¡Qué gilipollas eres! —le respondió Alberto, en tono cariñoso, con la risa floja.

—No me jodas, Alberto. Que tú y yo éramos de vaso de tubo hasta antes de ayer. ¿Te acuerdas del Penta?

—Más debíamos haberlo pisado. Que menudas palizas a estudiar nos dábamos.

—Tienes razón. A lo mejor hubiésemos tardado algo más en acabar la carrera pero estaríamos más preparados para noches como esta —reconoció Xurxo, mirando de reojo la conversación divertida de ellas—. Al menos no han huido al vernos.

—Eso es que te ha gustado Laura —le respondió Alberto, jocoso.

—¡Joder! ¿Tú la has visto bien? No, claro —se contestó a sí mismo—. Tú solo tienes ojos para Izarbe.

—¡Ya te vale! ¿No decías que nos íbamos a reír? Pues te veo muy receloso. Anda, llévale la copa a Laura —le dijo, entregándosela junto a su cerveza.

—¿Receloso? ¡Realista! —protestó Xurxo, por lo bajinis, dirigiéndose a su asiento.

Los temores iniciales de los amigos pronto se vieron aparcados porque la conversación entre los cuatro resultaba cada vez más distendida. Dada su cercanía, a veces se cruzaban miradas fugaces a destiempo entre ellos, correspondidas durante unos breves segundos en los que la imaginación volaba en libertad para, a continuación, reintegrarse a la charla grupal. Especialmente significativas eran las que Xurxo le dirigía a Laura, sin dejar de darle vueltas a cómo preguntarle por su situación sentimental sin aparentar descaro. El gallego se sentía muy a gusto, pero su sentido de la responsabilidad le advertía de que al día siguiente debía conducir hasta Muxía para ver a su abuela. Claro que tampoco tenía intención de aguar la fiesta. En ese momento sonó la canción más popular de la cara B de *Born in the U.S.A.*, como si el pinchadiscos quisiera ir preparando el cuerpo a los asistentes para el inminente concierto de Bruce Springsteen.

—¡Qué ganas de escucharlo en directo! —dijo Izarbe, entusiasmada.

—¿Al final tenéis planes para mañana? ¿Vamos juntos? —preguntó Alberto, elevando la voz para hacerse oír por encima de la música cada vez más alta.

—Ya te lo dije. Por nosotras, encantadas. ¿Verdad, Laura?

—¡Claro! —confirmó la aludida.

—Eso es que tu novio no es celoso —le comentó Xurxo, empujado por la colección de cervezas ingeridas. Lo hizo en voz baja, aunque no tanto como para que sus palabras no llegaran a oídos de Izarbe.

—¿Novio? ¡Qué bueno! ¡Pero si somos pareja! —intervino, divertida.

En ese momento, Alberto y Xurxo se miraron estupefactos, sin atreverse a abrir la boca ante aquel chasco épico. Sabían que cualquier cosa que dijesen resultaría ridícula. Claro que quedarse callados tampoco los dejaba en buen lugar. Ocurriese lo que ocurriese, no les sería posible salir airosos de aquel bochorno.

—Bueno, a mí me lo parecía. Hacéis una bonita pareja —acertó a decir Alberto, tras los instantes iniciales de perplejidad.

—¿Verdad? —respondió Izarbe, mientras Laura se desternillaba—. Disculpadnos, vamos un minuto al lavabo.

Completamente atónitos, los dos amigos las siguieron con la mirada hasta que desaparecieron detrás de la puerta del aseo de chicas.

—¡Joder! ¡Menuda cagada! —bufó Xurxo.

—Nos hemos cubierto de gloria —corroboró su amigo, dejándose caer sobre el asiento.

—Y yo que me había enamorado a primera vista.

—Bienvenido al club.

—Sí, al club de los imbéciles. No me jodas, Alberto.

—Nos falta mundo —reflexionó el vasco, tan aturdido que ignoraba si reír o llorar.

—Digo yo que esto solo lo soluciona otra cerveza.

—Unas cuantas, me temo. Claro que si nos emborrachamos delante de ellas vamos a parecer aún más patéticos.

—Por eso no te preocupes. Hemos llegado al límite. Que yo ya me veía casándome por la Iglesia.

—Juraría que no eras creyente.

—¡Qué tendrá que ver! —respondió, con la mirada perdida en ninguna parte.

—Alguna vez lo comentamos porque en eso coincidimos.

—¿Te vas a poner a hablar de religión con la que tenemos encima? Pues que sepas que aquí decimos que *Deus e bó; pero o demo tampouco e malo*.

—Conclusión —rio, casi obligado, Alberto—, que si esa chica te hubiese pedido casarte por la Iglesia...

—Era capaz de ir a misa todos los domingos —le interrumpió Xurxo.

—Tranquilo, me da que los domingos vas a poder seguir dedicándolos a pescar, que es lo que te gusta.

—Y eso que las truchas son más listas que nosotros.

El regreso risueño de las chicas interrumpió aquella charla de derrotados. En aquel momento, ellos no tenían claro qué hacer, si amagar con marcharse o continuar la noche fingiendo naturalidad.

—Otra ronda, ¿no? —sugirió Izarbe, solventando dudas—. Esta corre de nuestra cuenta... común.

Apurando sus cervezas al unísono, completamente chafados, ellos contemplaban la risa de Laura, que miraba a Izarbe de un modo que no atisbaban a adivinar si era divertida o enamorada... o las dos cosas.

—¡Claro! —secundó su amiga.

—¡Ay! Que pensaréis que soy una desconsiderada. Que nosotras no os hemos preguntado si vosotros también sois pareja. La verdad es que se os nota un poco la pluma —comentó Izarbe, adoptando un rostro malévolamente angelical.

—Aún no, pero a este paso me declaro a Alberto esta noche. —La respuesta, que le salió a Xurxo del alma, provocó el ataque de risa descontrolado de las chicas.

—¿Qué me estoy perdiendo ahora? —quiso saber Alberto, ya sin ánimo de ocultar su contrariedad.

—¡Ay, qué mooooonos sois! —contestó Izarbe, sin dejar de reír—. ¡Os lo habéis creído!

Con la cabeza ladeada, incapaces de manejar su desconcierto, los dos amigos ya no sabían si enfadarse consigo mismos por su ingenuidad o si alegrarse porque se trataba de una broma.

—¿Lo pasáis bien? —preguntó el vasco, aún con el gesto serio.

—¡Mucho! —respondió Izarbe.

—¡Venga! Que os traigo unas cervezas para que se os pase el susto —se ofreció Laura, que se incorporó acompañada por su amiga mientras ellos se quedaban sentados rezongando en bucle un «Manda huevos».

Tras regresar, Laura le entregó el botellín a Xurxo al tiempo que le daba un beso en la mejilla.

—Eres adorable —le susurró de manera audible solo para él—. Espero que no te hayas enfadado conmigo. A Izarbe le encanta bromear.

—Te perdono si repites —replicó, ofreciéndole la cara.

Pero cuando ella se disponía a hacerlo, Xurxo se giró besándole los labios. Ella, lejos de arredrarse, alargó el momento ante la mirada estupefacta de Alberto y el gesto divertido de Izarbe.

16

El trayecto hasta Muxía discurrió plagado de silencios. A la resaca que ambos arrastraban esa mañana se le sumaba la disparidad de la suerte corrida en sus lides amorosas. Y Xurxo no pretendía hacer leña del árbol caído, encarnado en su amigo, por lo que disimulaba la felicidad que le embargaba amparado en su conducción por unos parajes que se conocía de memoria, si bien le parecían más hermosos que nunca. Incluso tuvo que reprimir algún que otro silbido que se le escapaba con los acordes de la música de Bruce Springsteen, que sonaba a un volumen compatible con su estado de ánimo.

Después de continuar la juerga hasta el cierre del Atlántico, ambos habían acompañado a las auxiliares de vuelo al vestíbulo de su hotel dando un bonito paseo entre la penumbra de las calles compostelanas. Pero, en tanto Laura se había despedido de Xurxo con un beso en los labios, Izarbe solo había obsequiado a Alberto con un abrazo que rozaba lo fraternal. Desde entonces, ninguno de los dos se había referido a lo acontecido la noche anterior, y su mención a las chicas se limitaba a una adecuada planificación del día con el fin de regresar a tiempo de recogerlas en el centro de Santiago, para luego acudir al nuevo auditorio al aire libre del Monte do Gozo antes de que se abrieran las puertas a las seis de la tarde.

Los pensamientos de Alberto se dispersaban entre el mar de nubes que flotaban en su cabeza. Se sentía tan estúpido por la situación que en ese momento hubiese preferido estar en otro lugar. Pero no, se encontraba en el fin del mundo, a escasos kilómetros de Finisterre, a punto de llegar a Muxía para visitar a la abuela de su amigo con el propósito de averiguar a saber qué sobre el pasado familiar de una chica que no le hacía demasiado caso, por decirlo de una manera eufemística. Y, para más inri, Xurxo estaba siendo testigo de su ridículo. Al menos el gallego no se mostraba condescendiente con él, cosa que agradecía enormemente dentro de su desdicha.

Muxía era un pueblecito de tradición marinera situado en pleno corazón de la Costa de la Muerte, llamada así por su elevado número de naufragios, muy superior a los documentados en ningún otro lugar. Sin embargo, las antiguas viviendas de pescadores, con sus barcas varadas a sus pies, sucumbían para dejar su sitio a modernas construcciones sin personalidad, prestas para acoger a los turistas atraídos por el encanto del paisaje y a los peregrinos que prolongaban su camino para visitar el santuario de la Virgen de la Barca, cuna de leyendas ancestrales que se deslizaban entre lo mágico y lo religioso.

La vivienda de la abuela de Xurxo era una de las pocas que resistían los embates de los nuevos tiempos. Se trataba de una humilde casona de piedra de dos plantas, con una vetusta balconada de madera, ubicada frente al puerto, donde cada vez resultaba más difícil ver a nadie trajinando entre las redes y demás aparejos de pesca. También iban desapareciendo de la ribera los secaderos de congrio, que tanta fama daban a la población, especialmente entre los habitantes de Calatayud, que usaban este manjar desde el medievo para elaborar los garbanzos a la bilbilitana, uno de sus platos más tradicionales.

Al bajar del coche, los recibió un delicioso olor a mar noble y salvaje, embravecido por la bestial fuerza de los vientos que soplaban broncos sobre unas aguas pintadas de verde esmeralda pálido. Allí los aguardaba una mujer enjuta, vestida de negro, dispuesta a comerse a besos a su nieto.

Tras la presentación de rigor, los tres entraron en una estancia que destilaba aromas a guiso procedentes de la *lareira*. Y antes de que alguno de los amigos pudiera protestar, ya tenían en la mesa dos cazuelas de barro rebosantes de *raxo* con patatas, adobado con ajos, perejil, sal y vino blanco; y guisado con cebollas, pimientos y unas suculentas lonchas de tocino.

—¡Menuda pinta tiene el lomo! —festejó Alberto, sin especificar que aquella receta le recordaba a una parecida de su abuela Luisa.

—¡Hala, hala! A comer, que se os ve muy delgados —alentó Maruxa en un gallego que su invitado no siempre comprendía del todo.

A los postres fue la mujer quien inició la conversación que Alberto llevaba tiempo esperando, si bien su ilusión se había desinflado en las últimas horas.

—Me ha dicho Xurxo que querías preguntarme

por alguna de mis compañeras en aquella maldita cárcel donde nos llevaron presas.

—¿Cuántos años estuvo en Saturraran? —preguntó Alberto.

—Más de seis. Desde que se abrió el penal. Me llevaron allí desde la cárcel de Vigo a principios del 38 hasta que lo cerraron en el 44. Todavía estuve presa unos meses más en Ondarreta, cuando me llegó el indulto.

—¿En San Sebastián? Eso no lo sabía yo —apuntó su nieto, dirigiéndose siempre a ella en su lengua materna.

—¡Ay, Xurxo! Es que hay cosas que son mejor no saberlas —replicó Maruxa.

—¿De qué la acusaron? —se interesó Alberto.

—De tonterías. Ellos decían que por auxilio a la rebelión. ¡Manda *carallo*! Qué rebelión ni qué gaitas, si los que se rebelaron fueron ellos. La condena fue por doce años. Lo que les pasó es que les amoló que mi marido se escapara. Que el *pobriño* nunca le hizo mal a nadie, solo que era un republicano de casta. Pero me alegro de que la presa fuese yo. Si le hubiesen cogido a él, este no existiría —afirmó, refiriéndose a Xurxo—. Que en aquella época te llevaban al paredón por nada. A él lo condenaron por rebelión militar. Por suerte, ya estaba en Francia. Jamás pensó que pudieran ir contra mí. Le pesó toda la vida. Hasta en su lecho de muerte me volvió a pedir perdón —reveló la mujer, con la voz quebrada.

—Siento hacerle recordar cosas tristes —se disculpó Alberto—. ¿Cuándo volvió a verlo?

—También le amnistiaron en octubre del 45. Lo que tardó en llegar desde la frontera.

—Imagino que el reencuentro sería muy bonito.

—¡Pues figúrate! Que está mal que diga esto delante de él, pero la madre de Xurxo se presentó a los nueve meses clavados. Y eso que yo ya andaba un poco añosa.

—No me descubres nada nuevo, abuela —rio su nieto—. Más prisa tuvo mi madre.

—¡Calla, calla! Que menudo disgusto nos dio en su día. Que se quedó preñada con dieciocho añitos. Y mira ahora lo que me alegro —reconoció, haciéndole una carantoña a Xurxo.

—¡Ay, abuela! ¡Venga un besazo! —respondió él, dándole un abrazo.

—Este nieto mío siempre tan adulador. Como seas así con las chicas, no te las vas a poder quitar de encima.

—No le falta razón —confirmó Alberto de manera refleja, sin disimular la retranca.

—No le hagas ni caso, abuela. Que es un guasón.

—¡Pues claro que se lo hago! Que tiene pinta de ser más listo que un ajo.

—No lo crea, Maruxa. Para algunas cosas puede que sí, pero para otras más que un ajo soy un alcornoque —replicó el aludido.

—¡Boh! No me seas modesto. Que mi Xurxo me ha dicho que también eres ingeniero y de los buenos.

—Xurxo es un amigo, Maruxa. Y los amigos ya se sabe que no son objetivos. Ni falta que hace.

Con un vaso de agua en la mano, Xurxo observaba entre expectante y divertido la conversación entre su abuela y Alberto sin atreverse a intervenir, no fuese que algún comentario suyo pudiera ser malinterpretado, habida cuenta de lo susceptible que veía a su compañero de carrera.

—¡Para eso están los amigos!

—Le agradezco mucho su hospitalidad, Maruxa. Y que me permita hablar de temas que no le resultarán agradables.

—¡Boh! Tuve que estar demasiados años callada. Si te puedo ayudar en algo, yo encantada. Pregunta lo que quieras. Me acuerdo más de lo de entonces que de lo que he hecho esta mañana.

—Pues verá, si estoy bien informado, en enero del 38, una de sus compañeras dio a luz en la prisión.

—¿En enero del 38? ¿Seguro?

—Eso creo, sí. El día 17.

—¡Oh! Pero... —A Maruxa la emoción le impedía hablar con fluidez.

—¿Qué ocurre, abuela? —intervino Xurxo.

—Irene, se llamaba Irene...

—¿Cómo es posible que se acuerde? —preguntó Alberto, perplejo.

—¿Es ella? —quiso corroborar Maruxa, con los ojos humedecidos por unas lágrimas incipientes.

—Sí, es ella. Irene Lasa —confirmó el muchacho.

—¿Qué ha sido de ella? ¿Vive?

—Sí, en Bilbao. Tiene una familia muy bonita. Es escritora.

—¡Ay, lo que me alegro!

—Eso sí, me da que sigue echando en falta a aquel bebé que perdió.

—Una niña. Era una niña. ¿Sabes por qué me acuerdo? La prisión acababa de abrir. Llegaron muchas chicas con sus hijos pequeños y algunas embarazadas. Y ella fue la primera en dar a luz allí. Que le quitaran a la niña fue muy sonado entre las presas porque a las calamidades que pasábamos se juntó el miedo de que les quitaran a sus hijos a ellas también. Porque estábamos seguras de que se la robaron. Nadie se tragó que la niña había muerto. Que hasta le dio de mamar en su primera noche.

—Imagino que la superiora estaría detrás. Sor Pantera Blanca la llamaban, ¿no?

—¡Rapaz! ¿Cómo sabes tú eso? Ay, sí. Sor Pantera Blanca. Le decíamos así, a escondidas, porque bajo sus hábitos inmaculados guardaba un corazón muy negro. Se decía que ella y don Antonio, el director de la prisión, tenían sus trapicheos a costa de nuestra hambre. Algo debía de haber, porque a don Antonio se lo llevaron detenido. Luego nos enteramos de que vendía en Ondárroa el aceite, el azúcar y la carne que era para nosotras. ¡Y hasta la leche de los niños! ¡Con razón nos daban comida con gusanos! También a la superiora la echaron de allí. Espero que se fuera al infierno.

—Pero si no eres creyente —medió Xurxo, sonriente, para quitar un poco de hierro al relato de su abuela.

—¡Como para serlo después de lo que nos hacían aquellas monjas! Tampoco el médico era trigo limpio. Nos trataba a baqueta. Si esperas un poco, te los puedo enseñar —comentó ella, saliendo de la cocina con inusual agilidad.

—Claro —contestó Alberto, sin que ella pudiera ya oírle, mientras digería la información.

Maruxa no tardó en regresar con una carpeta y una caja de zapatos donde guardaba unas cuantas fotografías recortadas de alguna revista. Con suma destreza, como si hubiese repetido aquella operación cientos de veces en la soledad de su habitación, le mostró una de ellas.

—Mira —se limitó a decir.

Con cuidado, bajo la atenta mirada de Xurxo, Alberto tomó entre sus manos aquella foto de grupo presidida por cinco monjas con hábitos blancos, flanqueadas por dos hombres trajeados y unas cuantas mujeres con vestidos oscuros.

—¡Esta es usted! —afirmó, poniendo el dedo sobre una chica que aparecía sentada, con el gesto severo.

—¡Me has reconocido! —exclamó ella, alborozada—. Mira, esta chica también era vasca, se llamaba Gregoria —explicó, señalando a una joven con el dedo.

—Usted sigue igual de guapa que entonces.

—¡Ay! Otro adulador, igualito que Xurxo.

—Solo que a mí las chicas no se me dan tan bien como a él.

—¡Tonterías! Que, por muy mayor que sea, tengo ojos en la cara. Y ya te digo que eres muy buen mozo.

—¿Quién hizo esta fotografía, Maruxa? —preguntó, de mejor humor, sin querer desviarse de lo que se traía entre manos.

—Don José María, el cura. Era de las pocas personas buenas. Nos entretenía como podía. Por eso nos sacaba fotos de vez en cuando. Y se preocupaba mucho por nosotras. Aunque poco le dejaban hacer al pobre. Una vez mandaron a todas las madres a lavar ropa al río y les dijeron que dejaran en la prisión a los niños para pasar un reconocimiento médico. Al volver, ya no estaban. Se los llevaron unas monjas teresianas en un autobús. Podéis imaginar los gritos de dolor de esas pobres madres. Don José María se comprometió a recuperar a los niños, pero de ellos nunca más se supo. Terminarían en inclusas o en poder de familias del régimen.

—La verdad es que cuesta creerlo —balbució Alberto.

—Pues eso no es nada. Mejor suerte correrían esos que otros muchos que murieron en el penal. Allí las condiciones eran muy malas. Nos trataban peor que a las bestias. Dormíamos hacinadas en un hueco de poco más de dos palmos y hacíamos nuestras necesidades en cubos a la vista de todas. Y de las torturas... qué te voy a contar. A las mayores las hacían andar por la playa con latas llenas de pintura hasta que caían desmayadas. Aunque lo peor era cuando encerraban a alguna en una celda de castigo de los sótanos, a ras del río. Al subir la marea, el agua les llegaba por la cintura. Pocas salían con vida de allí. Una de las que lo pudo contar fue Irene. ¡Menudo coraje le echó esos tres meses! Y eso que estaba recién parida.

—¿Irene? ¿Qué hizo para que la castigaran de esa manera?

—Algo que las demás nos quedamos con ganas

de hacer. Cuando sor Pantera Blanca le dijo que su hija había muerto, se le echó encima y casi le saca los ojos. Hicieron falta varias personas para separarla.

—¡Qué triste todo!

—Muchísimo —reconoció ella mientras abría la carpeta para sacar una vieja revista que le entregó a Alberto—. Mira.

—¡Si es un ejemplar de *Redención*! —manifestó él, con entusiasmo.

—Y tengo alguno más. Todos los recortes también son de esa revista.

Dominado por la curiosidad, Alberto hojeó enseguida el ejemplar entregado por Maruxa, casualmente publicado el 1 de abril de 1939, el día de la victoria franquista. En él se indicaba que una reclusa comenzaba a recibir clases de solfeo y piano y que la hija del director de la prisión acababa de ser madrina de bautismo de dos bebés de madres reclusas. También aparecía un relato escrito en tono poético por otra de las presas, en el que asimilaba la prisión con una madre, porque ambas acogían y protegían. Aunque lo que más le llamó la atención fue una noticia que resumió en voz alta.

—Hubo catorce nacimientos desde el 6 de abril del 38 al 21 de enero del 39. No doy crédito —reconoció—. No dice nada de los que se produjeron en los tres primeros meses, como el del bebé de Irene.

—Ahora ya sabes por qué nosotras la llamábamos *La Bola*. La revista no contaba una sola verdad. Parecía que las presas éramos turistas en un balneario de lujo. Pero, al menos, conservo la imagen de algunas compañeras de fatigas.

—¿Tiene alguna foto de Irene?

—No, no me suena. No estuvo muchos años, quizás dos. Se la llevaron pronto a otra prisión. No sabría decirte cuál. Éramos muchas —se disculpó—. De lo que sí me acuerdo es de que la monja que la atendió en el parto se fue de Saturraran mientras Irene estaba en la celda de castigo. Dicen que colgó los hábitos horrorizada por las condiciones en que nos tenían las otras religiosas, pero a saber. Se cotilleaba bastante allí, como te puedes imaginar.

—¿Recuerda el nombre de esa monja?

—¡Uy, qué va! Fíjate lo canalla que es la memoria que solo me acuerdo de los motes que les poníamos a las malas pécoras; por lo putas, con perdón, que nos lo hacían pasar. Hubo una... Sor Veneno, a la que le gustaba meter mano a las chicas.

—No tiene importancia, Maruxa. Me ha sido de mucha ayuda.

—¿De verdad?

—De verdad. Mil gracias. Y lamento haberla entristecido.

—No pasa nada. Yo encantada. Ha pasado mucho tiempo. Ay... ¿Ya os vais? —dijo ella al darse cuenta de que los dos muchachos miraron sus relojes casi al unísono—. ¡Me habéis hecho la visita del médico!

—Ya te dije que nos teníamos que ir a un concierto —medió Xurxo, que empezaba a inquietarse ante la posibilidad de no recoger a la hora acordada a las chicas en su hotel. Estaba feliz de compartir aquel rato con su abuela, pero deseaba volver a ver a Laura para comprobar si lo recibiría con el mismo cariño con el que le había despedido la noche anterior.

—Ay, esta vida moderna. Con prisas y más prisas. ¡Si no son más que las dos y media! No os voy a dejar marchar sin que toméis el postre —protestó ella—. Seguro que Irene no se acuerda de mí. Eso sí, si la ves dale un abrazo de una de sus compañeras en Saturraran, que sintió muchísimo lo que le pasó.

—Así lo haré —aseguró Alberto, sin demasiado convencimiento por las dudas que le generaba su ridícula investigación. Claro que siempre cabía la alternativa de referirse a la abuela de su amigo de manera casual, llegado el momento.

Tras el último bocado del delicioso arroz con leche preparado por Maruxa, los dos amigos emprendieron el regreso a Santiago con el mismo talante que en el camino de ida. Bajo un cielo cubierto de nubarrones, Alberto jugó con la posibilidad de que el concierto se suspendiera. Pero, por mucho que le contrariase, la mera presencia de Izarbe le hacía vibrar, aunque ella no mostrara ningún interés por él.

17

La estudiada planificación de los dos amigos contribuyó a que las cosas saliesen según lo previsto y estuviesen en el Monte do Gozo sobre las cinco y diez, casi una hora antes de que se permitiese el acceso, aunque para ello hubiesen tenido que sacrificar la siesta y recorrer a pie los cuatro kilómetros que los separaban del hotel en el que se hospedaban las chicas.

—Andando tardamos una hora. En coche ni se sabe, y eso contando con que haya aparcamiento. Y si vamos a la explanada de Salgueiriños a pillar un autobús, lo mismo nos topamos con una cola del copón. Fijo que estará todo colapsado —había elucubrado Xurxo.

La lluvia los respetó durante la caminata, pero ya en el auditorio se desató una tormenta que amenazó con suspender el concierto. Por suerte, escampó a tiempo; y, si las puertas tardaron en abrirse, fue como consecuencia del retraso en las pruebas de sonido, ya que Bruce Springsteen había llegado ese mismo día a la capital compostelana y no quería irse sin pasear por su zona monumental, hasta el punto de que compró una sortija isabelina de azabache con diamantes incrustados en una joyería que se encontró en su recorrido.

En cuanto mostraron sus entradas, los cuatro participaron en la alocada carrera emprendida por todo aquel que accedía al recinto con la intención de acercarse lo máximo posible al escenario. Como si se conociesen de toda la vida, Laura y Xurxo lo hicieron cogidos de la mano, en tanto Alberto seguía sintiéndose descolocado con respecto a Izarbe, la cual parecía divertirse con la situación. No pudieron llegar hasta la primera fila, pero consiguieron un buen sitio entre las más de treinta mil personas que aguardaban con entusiasmado estoicismo la aparición de su ídolo.

A medida que se iban acercando las nueve, Alberto se sentía más cómodo con la presencia de Izarbe, quizás porque consideraba que no le quedaba más remedio que acostumbrarse a su distanciamiento, si bien le seguían desconcertando los ramalazos de coquetería que mostraba a veces, como si fuesen inherentes a su personalidad. Claro que acaso simplemente evidenciara su modo de ser amable. Mirándola, con la melena y la camiseta empapadas, sin dejar de sonreír, Alberto no tenía dudas de que estaba colado por esa muchacha; pero, dado que no veía probable nada más allá de una extraña amistad, quizás lo más sensato sería disfrutar de aquella partida de la mejor manera posible, por mucho que se supiese perdedor de antemano. Así que, durante esas horas, se dedicó a charlar con ella mientras Xurxo y Laura no dejaban de hacerse arrumacos, que Izarbe criticaba en los oídos de Alberto sin demasiada convicción. El hecho de poder conocerla mejor no aplacó en absoluto su enamoramiento. Su único consuelo en aquel momento eran las sonrisas que ella le obsequiaba, por lo que parecía estar a gusto con él. Bueno, y que el concierto iba a comenzar ya. Sin embargo, aunque luchara contra ello, le asaltaba un complejo de pagafantas del que no se podía desprender.

De repente, se interrumpió el ruido de fondo, que no había cesado en toda la tarde. Aquel silencio expectante solo duró unos segundos, porque enseguida se convirtió en una ovación atronadora, acompañada de vítores multitudinarios. Con un pañuelo anudado en la frente, vestido de negro, Bruce Springsteen hizo su aparición en aquel mastodóntico escenario, acompañado únicamente por su guitarra acústica y su armónica.

—*¡Vivan as mulleres!* —gritó en gallego, metiéndose en el bolsillo a un público entregado desde el principio.

Pero en cuanto comenzaron a sonar los primeros acordes de *Darkness on the edge of town*, una de sus canciones más intimistas, se extendió la emoción entre los asistentes. Un bellísimo atardecer, que doraba las torres de la catedral, contribuyó a la comunión creada entre el artista y sus incondicionales seguidores. Xurxo percibió el escalofrío de Laura y le cubrió los hombros con su cazadora de aviador, en tanto Alberto se mantenía concentrado en la actuación, impresionado por la muralla de altavoces que delimitaba el escenario, en el que irrumpió la nueva banda de Springsteen después de que este interpretara *This hard land*, su tercer tema acústico, provocando de nuevo una algarada general. Durante unas tres horas, el Boss fue alternando canciones de los dos discos publicados ese año con otras como *Glory days*, *Hungry heart* o *Brilliant disguise*, coreadas por un público que bailaba con los brazos en alto. Sin embargo, los momentos culminantes de la noche se vivieron con *Born in the U.S.A.* y *The river*. De vez en cuando, Izarbe miraba con disimulo a Alberto, que permanecía absorto, casi en trance, por lo que pudo ver cómo se le escapaban las lágrimas cuando tocaron *Born to run*, acaso porque también él se sentía un motorista solitario y asustado que necesitaba suplicar a su amada que huyeran juntos.

Sin que Alberto fuera consciente, aquel llanto taciturno enterneció a Izarbe, muy a su pesar, y no le quedó más remedio que considerar que quizás le debía una conversación, aunque le diese una pereza terrible hablar sobre sentimientos.

18

Se sorprendía a sí mismo por su capacidad para aferrarse a la esperanza, a pesar de estar instalado en la decepción. Parecía que el viaje a Santiago de Compostela no había terminado demasiado mal, de no ser por esas malditas turbulencias a la vuelta, que lo tuvieron todo el vuelo elucubrando sobre las cosas que aún le faltaban por hacer en la vida y que sería una pena dejar pendientes si se mataba. Lo cual no dejaba de ser una estupidez porque poco podía sentir después de muerto. Con los ojos cerrados y la respiración entrecortada, se convencía de que un avión no se caía sin más. Y se decía a sí mismo que no tendría la mala suerte de no ganar en la lotería, pero sí de que le tocara un accidente aéreo. Claro que él no jugaba ni a las quinielas. Además, en el peor de los casos, siempre le quedaría una buena indemnización a su familia. La promesa de Izarbe de quedar con él en breve apenas fue capaz de distraer su congoja. Entre otras cosas, porque sus palabras resultaron extrañas. Alberto percibió que ella se estaba viendo obligada a decirlas, a saber por qué, por lo que procuraba dominar su ilusión. Aun así, confiaba en recibir esa llamada que no terminó de llegar en ese mes.

La que sí le telefoneó fue Arantza, dejando caer al descuido que le gustaría dar un paseo por Las Arenas, lo que él aceptó. No supo si por curiosidad, por aburrimiento o por despecho. Como si a Izarbe le importara lo más mínimo lo que él hiciera. El hecho es que aquel último sábado de mayo, Arantza y él caminaban desde el Puente Colgante hasta el puerto viejo de Algorta, después de comprar pipas y regaliz rojo, disfrutando de una majestuosa puesta de sol detrás del monte Serantes, que descansaba apacible bajo unas cuantas nubes arreboladas que plateaban el abra de la ría de Bilbao.

De vez en cuando, ella le rozaba la cintura, inclinaba su cabeza hacia su hombro o le acariciaba un brazo durante unos segundos, en los que él se estremecía y le sudaban las manos como si fuera a volar. Y en cierto modo, eso hacía: dejar volar su imaginación y sus pensamientos. Todavía era capaz de mirarla con sorpresa y perderse en aquellos ojos azules que no había podido olvidar en los últimos años. Por eso dudaba de si seguía enamorado. De no haber conocido a Izarbe, estaría completamente seguro. Y obsesionarse con Arantza carecía de sentido, salvo que ella contemplara ser amantes. ¿Quién tendría que mover ficha en ese caso? Quizás ella se resistiese a hacerlo por preservar su dignidad. Si tanto quería a Iñigo, no podía dar su brazo a torcer. Y él tampoco podía permitirse un desliz. No le importaba tanto una negativa de su exnovia como que su antiguo amigo se enterase, habida cuenta de la lealtad que

Arantza afirmaba tener hacia su marido. Probablemente no buscaba más que una bonita amistad, acaso para aplacar su conciencia.

Claro que ella también se encargaba de hablarle con dobleces, de explicarle la diferencia entre lealtad y fidelidad o incluso de reprocharle, de manera sutil, que él se mostraba menos dispuesto al compromiso amoroso que ella, defensora a ultranza de los vínculos estables, tuvieran el nombre que tuvieran. Si ella profundizaba en sus teorías, Alberto se limitaba a atenderla porque no se consideraba cualificado para rebatirlas, ni académica ni experimentalmente. Además, se sentía desconcertado porque desconocía su sentido final. Incluso se llegaba a cuestionar si cada decisión personal que tomaba debía tener una explicación trascendental, cuando toda su filosofía se ceñía a las letras de sus canciones favoritas.

En un momento dado, él le llegó a reconocer que era mucho más analítico en los asuntos laborales que en los personales, en los que se dejaba llevar por las emociones. Y ella le reprochó que no existía emoción sin razón, lo que provocó que él desistiera de opinar sobre esos temas, a su juicio demasiado íntimos como para ser compartidos, incluso con los seres más cercanos. Arantza tenía la extraña capacidad de hacerle sentir simple, y no sabía si admirarla por ello o, más bien, lo contrario. Desde luego, a él le parecía agotador tener que buscar una justificación teórica para todo. Y, sin duda, prefería escuchar música tumbado en su cama que complicarse aún más la existencia leyendo ensayos que pusieran a prueba su cordura, habida cuenta de que la enajenación se encontraba a la vuelta de la esquina de cada uno de nuestros cerebros y más valía no despertar a la bestia. Alberto pensaba que aquellas disquisiciones en boca de cualquier otra persona le hubiesen resultado aburridas. En cambio, Arantza se apasionaba tanto con ellas que era inevitable contagiarse de su entusiasmo y dejarse llevar por su deliciosa locura.

A la vuelta, con el despertar de la noche, se sentaron en el murete del muelle a la espera de que llegara el transbordador del Puente Colgante que la devolviera a Portugalete. Allí regresaron los sonidos y los olores de entonces, envolviéndolos de un halo atemporal. Ella le sonrió, ofreciéndole todo el azul de sus ojos, antes de cerrarlos, quizás en espera de un beso que él no se atrevió a iniciar. Embriagado por la memoria de antaño y por el aroma de aquella piel prohibida al alcance de sus dedos, Alberto quiso creer que ya no estaba enamorado de ella, sino del recuerdo de aquel amor adolescente. Y que lo que ocurría era que echaba de menos esos sentimientos de su yo más joven. Aunque tampoco podía engañarse. Si fuese ella la que iniciase el beso, no se veía con los arrestos suficientes como para negarse. Le quedaba la tranquilidad de pensar que no se atrevería, de que a lo mejor era una de esas *cafeteras* a las que se refería Xurxo en una de sus ocurrentes teorías. Una de esas chicas que se dejan querer y que quedan, una y otra vez, para tomar café (o una cerveza, o una Coca-Cola o un vermú) con alguien que les diga cosas bonitas con las que reforzar su autoestima, pero que jamás llegarán a pasar de ese café (o de esa cerveza, o de esa Coca-Cola o de ese vermú) por temor a poner en peligro una relación acomodada que no las satisface; por aversión al compromiso o, simplemente, por seguir alimentando su ego. Y que son capaces de responder a una sincera declaración de amor con una burda sonrisa indefinida. Aunque, en realidad, le daba un poco lo mismo que Arantza perteneciera o no a esa especie de chicas cafetera, no pudo por menos que sonreírse con la filosofía callejera de su amigo, mucho más divertida que aquellas otras a las que Arantza era tan aficionada.

Antes de subirse a la barquilla, ella le abrazó con ternura.

—Te he echado de menos. Por muchas bobadas que diga, me desarma esa mirada tuya, tan peligrosa. Me alegra que hayas vuelto. Me hace muy feliz —susurró ella en el oído de Alberto.

Este la estrechó entre sus brazos, acercó la nariz a su cuello y le acarició suavemente el pelo para, a continuación, dejarla marchar.

Al girarse, se encontró con una pareja de ancianos que le observaba risueña.

—Hola, Alberto —le dijeron.

Rehaciéndose con rapidez, sin tiempo de lamentaciones, el muchacho les devolvió el saludo.

—¡Mis caseros favoritos! —respondió en tono cariñoso.

—Es muy bonita tu novia —comentó Irene Lasa.

—No, no es mi novia —afirmó Alberto, mostrando una sonrisa nerviosa, sin estar muy seguro de si debía extenderse en la explicación.

—¡Oh, lo siento! Lo parecía —reconoció ella.

—Lo fue. Hace años —aclaró el muchacho.

—Pues es una pena. Irene tiene razón. Hacéis muy buena pareja —intervino Ignacio Segurola.

—Está casada... con un amigo —reveló Alberto, metido en un embrollo del que no sabía cómo salir.

—¡Oh! —repitió Irene—. Dirás que ya están estos viejos metomentodo hablando de lo que no les importa.

—¡Claro que no! ¡Sois encantadores! Y no puedo estaros más agradecido.

—¡Tonterías! —protestó Ignacio—. Oye, ¿por qué no te vienes mañana a casa? Es el santo de Fernando y, aprovechando que tenemos este tiempo tan agradable, haré una paella para la familia en el jardín.

—No quiero ser descortés. Pero es una celebración familiar y no sé qué le parecerá a tu hijo —manifestó con honestidad, si bien lo que le preocupaba era saber si estaría Izarbe.

La abuela de la muchacha pareció leerle el pensamiento.

—Estaremos todos encantados de que vengas. Es una lástima que Izarbe ande por esos mundos de Dios. Si no me equivoco, hoy dormía en Japón. Aunque una nunca puede estar segura. A esta niña es muy difícil seguirle la pista.

Saber que Izarbe no acudiría a la comida le ayudó a decidirse. Tampoco pretendía que ella pensara que quería aprovecharse de su situación para rondarla.

—Bueno, supongo que no puedo negaros nada.

—¡Fantástico! —celebró Ignacio—. Así conocerás al resto de la familia. Espero que alguno no te espante —bromeó.

—No lo creo —respondió el muchacho, sonriente.

—Pues a partir de la una y media, mañana, cuando quieras —apuntó Irene con una afabilidad que enterneció a Alberto, quien no pudo evitar imaginarse a Izarbe con la edad de su abuela. Claro que sus caracteres en apariencia no resultaban muy similares. Sin embargo, ahora sabía el coraje que escondía aquella anciana, capaz de sobrevivir en su juventud en una celda de castigo durante meses. Y también intuía que había algo de impostado en la despreocupación que Izarbe se empeñaba en exhibir.

De regreso a Bilbao en el tren, sus pensamientos quedaron atrapados en esa familia, de la que no quería, ni podía, sustraerse.

19

Se le ocurrió comprar un par de botellas de chacolí en La Granja, una tradicional tienda de ultramarinos de Las Arenas que abría los domingos, para no ir a casa de los Segurola con las manos vacías, tal y como había sucedido la primera vez. Le tranquilizaba que su jefe le hubiese llamado por la mañana para confirmar la invitación de sus padres, pero había algo que le inquietaba: saber si ellos tenían constancia del fin de semana en Santiago de Compostela. Por un lado, Izarbe se lo podía haber contado con absoluta naturalidad, dado lo fortuito del encuentro; pero, por otro, de no haberlo hecho, ella le habría otorgado más importancia de la que luego pretendía manifestar. Claro que también podía suceder que no hubiese significado nada para ella, en cuyo caso resultaba lógico no darle ninguna relevancia.

Al llegar a su destino, vio al guardaespaldas dentro de su coche y tentado estuvo de saludarlo con la mano; sin embargo, optó por mantener la prudencia y no excederse en la confianza. Además, siempre resultaba mejor pasar desapercibido. Si algo le atenazaba realmente de aquellas visitas, era contemplar la posibilidad de que alguien pensara que formaba parte del círculo íntimo de una familia en el punto de mira de ETA, porque dudaba mucho, conociendo el carácter de los Segurola, que se prestaran a pagar el impuesto revolucionario que a buen seguro la banda les exigía. Llegó a pensar que ese podía ser uno de los motivos por el que los padres de Izarbe aceptaban de buen grado que su hija viajase por el mundo.

Resultaba imposible abstraerse del aire de violencia que se respiraba por mucho que lo intentara. El entorno etarra se dedicaba a emponzoñar el ambiente para que la gente viviese instalada en el terror, por lo que rara vez alguien levantaba la voz contra sus amenazas. Las últimas habían tenido lugar esa misma semana, en plena campaña de las elecciones generales, cuando Bilbao y el resto de las ciudades vascas amanecían inundadas de pasquines con la fotografía de tres periodistas de Euskal Telebista, la televisión autonómica, en los que los tildaba de asesinos con la indicación: «Os vamos a botar de Euskal Herria». Al ver uno en la pared de los bajos de su casa, Alberto estuvo tentado de arrancarlo. No obstante, el miedo se lo impidió. Y, como solía suceder en esos casos, ni él ni nadie se atrevía a quitar ese tipo de carteles, de modo que pasaban a formar parte del paisaje urbano hasta que desaparecían por la valentía pausada de la lluvia y del viento.

De nuevo, fue Fernando Segurola quien le recibió en el portón, agradeciéndole el detalle del chacolí y animándole a pasar al jardín, adornado para la ocasión con una mesa alargada, cubierta por un mantel blanco sobre el que había colocada una coqueta vajilla para doce comensales. A primera vista, además de las cuatro personas que ya conocía, Alberto contó otras tantas, aparte de él, por lo que no pudo evitar inquietarse por quienes aún faltaban por llegar, lo cual resultaba absurdo, habida cuenta de que Izarbe debía de encontrarse en el otro extremo del mundo. El grupo de los presentes estaba conformado por Javier, el hermano gemelo de Fernando, su mujer y sus dos hijos: un chico en su último año de colegio y una chica algo mayor que él.

No tardaron en disiparse las dudas sobre los ausentes. Antes de que el arroz en el que Ignacio Segurola se afanaba con maestría estuviese en su punto, se incorporó a la reunión una distinguida señora acompañada de un cuarentón estrafalario, que resultó ser su hijo, y de un joven rubio que no le andaba a la zaga en cuanto a lo llamativo de su indumentaria, aunque sin prescindir de una peculiar elegancia. Lejos de respirar hondo, Alberto se dio cuenta de que echaba de menos la presencia de Izarbe, por mucho que aquella reunión le pareciera de lo más pintoresca; especialmente, por la nota de color de los recién llegados, a los que veía más fuera de lugar incluso que a él mismo. Para su sorpresa, sus apreciaciones iniciales resultaron erróneas, ya que el cuarentón estrafalario se convirtió enseguida en el alma de la fiesta.

—¿Quién es este caballerito tan guapo que nos honra hoy y del que me acabo de enamorar? —le dijo con desparpajo, sin dar opción a que nadie le presentara al desconocido.

—Hola, soy Alberto. Trabajo con Fernando —respondió divertido, aunque un poco azorado, mientras alargaba la mano para estrechársela, si bien esta no llegó a su destino porque su receptor la obvió para plantarle dos besos en las mejillas, muy cerca de los labios.

—Yo soy Kepa, la oveja negra, o colorida, o como la quieras pintar, de la familia. Y esta señora tan maravillosa es mi *ama* y se llama Edurne —explicó, ante el gesto resignado de su madre.

—Encantado.

—Y él es Joseba.

—*Kaixo* —saludó con timidez el aludido, un joven periodista que lo besó con una naturalidad a la que Alberto no estaba acostumbrado. Aun así, procuró disimular su asombro. De hecho, desde aquel día, él también besaría a sus amigos gais para saludarse, e incluso para despedirse—. No le hagas demasiado caso. Se enamora tres veces al día.

—Es que hay cosas que hay que practicar tres veces al día... mínimo.

—Mejor no nos las expliques —le pidió su amigo, jocoso.

—¿Por qué? Sé mentir con total sinceridad —bromeó Kepa—. ¿No conocías a Joseba? —le preguntó a Alberto—. A lo mejor te suena de la tele.

—Pues no, lo siento. Llevo en Bilbao cuatro meses y no me ha dado mucho tiempo a ponerme al día —reconoció el muchacho.

—Ya, ya. Y además, seguro que mi cuñado te explota y no te dejará ni respirar. Lo que le gusta el trabajo a este hombre —respondió Kepa, con sorna, echándole la mano sobre los hombros.

—¡Que te he oído! —intervino Fernando, con gesto divertido—. No le hagas ni caso a este pieza. Es el hermano de Ane. Le aguantamos porque no nos queda más remedio.

—¡Y porque canto de cine!

—Es actor, aunque Almodóvar aún no le ha llamado. Y me da que ya se le ha pasado el arroz —bromeó Fernando.

—A quien se le va a pasar el arroz es a tu *aita* como no nos sentemos pronto a la mesa —apuntó Irene, con una deliciosa amabilidad autoritaria.

Sin que estuviese nada previamente establecido, uno a uno fueron ocupando su sitio en la mesa, casi de manera espontánea. Pero Kepa se encargó de tener cerca a Joseba y a Alberto, uno a cada lado.

—Me encanta estar rodeado de chicos guapos —le susurró al joven ingeniero, ante la mirada complacida de su acompañante.

La comida transcurrió con placidez entre risas y parabienes a los cocineros. A medida que la copa de Kepa se iba vaciando y volviéndose a rellenar de vino, este le contaba a Alberto algunas de las peculiaridades de su familia. De este modo, el muchacho pudo enterarse de que se llamaba así en honor al hermano de su madre, ya fallecido, un tipo con vocación de actor en los años treinta pero que tuvo que dejarlo cuando mataron a su padre en la guerra para ponerse al frente de las empresas familiares, las cuales habían funcionado de escándalo gracias al buen hacer de Ignacio Segurola, del que tanto su tío como su madre estuvieron enamorados; y pensaba que ella aún lo estaba, porque seguía mirando a Irene con envidia. Según le relataba Kepa, Ignacio había tenido que dejar su profesión de periodista después de pasar varios años en campos de trabajo en Francia por su pasado nacionalista, pero había demostrado tener una gran habilidad para los negocios, porque suya fue la decisión de vender el conglomerado empresarial justo antes de que estallara la crisis de los setenta y, gracias a eso y a sus inversiones posteriores, la familia entera podía disfrutar de una posición bastante desahogada, incluidos unos primos ingleses de los que apenas se sabía nada. Por ello, resultaba lógico que su tío Kepa hubiese beneficiado en la herencia a su querido Ignacio, adjudicándole la mitad del enorme piso que poseía en los jardines de Albia. Él creía que si su hermana Ane había heredado el palacete donde ahora disfrutaban de aquella agradable comida era porque, además de ser su sobrina, estaba casada con Fernando, uno de los hijos de su amor platónico. Pero, vamos, que a Kepa le parecía todo maravilloso siempre y cuando él no tuviese que ocuparse más que de su madre, que le miraba recelosa desde el otro lado de la mesa, como si temiese lo que estuviese relatando el lenguaraz de su hijo.

—Lo único que me cuesta comprender es que Leire esté metida en la academia de la Ertzaintza —murmuró Kepa, refiriéndose a la hija de Javier Segurola—. A lo mejor es que lo lleva en los genes, porque un bisabuelo suyo fue comisario de la Policía Municipal de Bilbao y luego detective. Y de los buenos, según tengo entendido. Era muy amigo de Ignacio. Yo llegué a conocerlo, de crío. Que está mal que lo diga, pero ya tengo mis añitos, aunque no se noten —manifestó con una coquetería impostada.

—¿Ya has cumplido los cuarenta? —preguntó Alberto, con gesto deliberadamente inocente, sabedor de que con aquella pregunta se ganaría definitivamente su favor.

—¡Ay! ¡Hace años ya! ¡Ven aquí! —exclamó Kepa, dándole un escandaloso beso en los labios ante la mirada divertida de Joseba, que provocó la hilaridad de los más jóvenes y la estupefacción de Alberto.

—¡Kepa! —le recriminaron Ignacio y su madre, al mismo tiempo, casi obligados.

—¿Has visto? Cuarenta y cinco años y me siguen riñendo.

—Cuarenta y seis en septiembre —aclaró su amigo.

—Ya te vale, Joseba. Con lo malo que eres para las fechas y esta no se te olvida —respondió, con falsa molestia.

De toda aquella charla, Alberto se quedaba con el hecho de que uno de los mejores amigos de Ignacio Segurola hubiese sido detective, por lo que forzosamente tuvo que intervenir en la búsqueda de su hija. Con ganas se quedó de formularle algunas preguntas, pero temió resultar inoportuno, por lo que se mantuvo toda la comida asintiendo sonriente, casi en silencio. También le fastidió que no saliera a relucir Izarbe, lo que quizás le hubiese dado pie a indagar algo sobre la niña robada en Saturraran, con la excusa de interesarse por el porqué de su nombre y por si tenía algo que ver con la novela que había leído meses atrás, algo que no quiso preguntarle a ella misma en Santiago, temeroso de enrarecer el bonito ambiente creado.

Tras los postres, ya repartidos por el jardín, se inició una sobremesa informal en la que Alberto se acercó al patriarca para felicitarle por aquella exquisitez de arroz.

—Está a la altura del que comí una vez en El Palmar, en la Albufera de Valencia. Desde entonces, no había probado uno tan rico —alabó el muchacho.

—*Eskerrik asko!* Disfruto mucho cocinando.

—Se nota.

—¡Así da gusto! Cualquier día de estos te invitamos a comer en nuestra casa de Bilbao. Mejor dicho, estás invitado desde ya. ¡Llámanos cuando te venga bien!

—Será un placer —respondió Alberto, sin querer extenderse en los elogios con el fin de no parecer empalagoso—. Me acabo de enterar de que tenemos algo en común que desconocía.

—¡Uy! Miedo me da. A saber lo que te habrá contado ese crápula de Kepa —rio Ignacio.

—Que fuiste periodista.

—Ni me acuerdo de aquello —mintió, para restarle importancia.

—Yo también quise serlo —reveló el muchacho, en busca de su complicidad.

—¿Y por qué estudiaste Ingeniería?

—Para no defraudar a mis padres.

—Eso puedo entenderlo. A veces nos vemos obligados a hacer cosas en la vida por corresponder a quien nos quiere —contestó Ignacio, con gesto serio pero no apenado—. Y nunca se sabe qué hubiera sido mejor o peor. La vida es una partida que hay que jugar con las cartas que el destino nos reparte. Y no siempre gana quien las tiene mejores, como en el mus. Por cierto, ¿sabes jugar?

—Sé tener los naipes y poco más.

—¡Sí que sabes poco! —rio—. Un buen jugador de mus jamás diría eso. Venga, que vamos a echarles una partida a Javier y a Mikel. A Fernando no le gusta mucho. Tú no te preocupes, que ya dirijo yo. ¿Sabes, al menos, las señas?

—Sí, sí —respondió, no muy convencido, acordándose de aquellas timbas interminables en la cafetería de la Politécnica, entre una espesa humareda provocada por el tabaco que fumaban sus compañeros, en las que él apenas intervenía porque prefería estudiar.

—Te falta mundo —aseveró Ignacio, leyéndole el pensamiento.

—No lo puedo negar —reconoció el joven.

—¡Necesitamos dos pipiolos para jugar al mus! —resolvió el mayor de los Segurola, dirigiéndose a su hijo y a su nieto, quienes aceptaron el reto de buen grado.

La impericia de Alberto provocó que perdieran la partida, pero el rato les dejó muy buen sabor de boca.

Ya casi al atardecer, el joven ingeniero emprendió el viaje de regreso. Curiosamente nadie se había referido a la estancia de Izarbe en Compostela. Tampoco él se había atrevido a hablar del concierto, lo cual llegó a desasosegarle. Lo normal hubiese sido comentar que habían estado juntos. Salvo por aquel pequeño contratiempo, se sentía relajado, incluso satisfecho, casi contento. Y eso que no sabía que esa noche recibiría una llamada desde Tokio.

20

La escueta llamada de Izarbe, invitándole a acudir a un pequeño garito del Casco Viejo el sábado siguiente, hubiese ocupado buena parte del pensamiento de Alberto durante toda la semana de no ser porque en el trabajo se precipitaron los acontecimientos.

Desde Santa Mónica, Gehry enviaba, dentro de la fecha pactada, los planos de cimentación en los que se establecía el conjunto de pilotes que habría de sustentar el edificio firmados por SOM, un prestigioso estudio de ingeniería y arquitectura con sede en Chicago, especialista en la construcción de rascacielos, con el que Gehry también acababa de colaborar el año anterior en el diseño del Peix, una monumental escultura dorada que dominaba la fachada marítima del puerto olímpico de Barcelona. La intervención de SOM y el cumplimiento de la palabra del afamado arquitecto contribuyeron a vencer los recelos existentes entre estadounidenses y bilbaínos. Por un lado, Gehry dudaba de que en Bilbao estuviesen capacitados para llevar a cabo su creación; y por otro, la empresa vasca encargada del proyecto tampoco estaba segura de que las ideas del artista, en apariencia excéntricas, se pudiesen materializar de un modo viable. Desconfianza que, sin duda, venía alimentada por la rivalidad histórica entre ingenieros y arquitectos. De hecho, circulaba en los mentideros locales una viñeta publicada en una revista de arquitectura en la que la Pantera Rosa psicoanalizaba a Frank Gehry, que aparecía en un diván imaginándose las formas caprichosas del Guggenheim, en las que no faltaban una cafetera o una ducha, mientras el dibujo animado murmuraba que tenía una mente calenturienta. Sin embargo, aquellos meses de trabajo conjunto contribuyeron a eliminar las reticencias iniciales y a crear entre todas las partes implicadas el clima de confianza necesario para llevar a cabo aquel proyecto pionero.

Ahora urgía establecer las coordenadas exactas donde se colocarían los 665 pilotes encamisados de hormigón armado, empotrados en roca con anclajes, a unos catorce metros de profundidad media, que soportarían los miles de toneladas del nuevo museo y evitarían que las escorrentías procedentes del monte Pagasarri y de la ría, que elevaban el nivel freático, ejercieran un efecto flotador sobre el edificio.

Y en eso tuvo que emplearse Alberto de la mano de Amando Castroviejo, un ingeniero sénior especialista en cálculo de estructuras que no quería irse de vacaciones sin dejar marcadas a su pupilo las directrices con las que diseñar los croquis que habrían de pasar a los delineantes para que confeccionasen los planos definitivos, necesarios para poder iniciar la licitación de la obra antes del verano.

Sin embargo, a pesar de dedicarse a fondo esa semana, saliendo de la oficina casi a media noche, a última hora del viernes aún quedaba trabajo por hacer, por lo que Castroviejo le invitó a despacharlo en su propia casa al día siguiente, a lo que el muchacho no se pudo negar. Solo esperaba que la jornada laboral acabase a tiempo de llegar a su cita con Izarbe. Por suerte, después de un día intenso, con comida rápida incluida, a media tarde ambos concluyeron su tarea. Para celebrarlo, animado porque daba comienzo su descanso anual, Castroviejo abrió una botella de cava.

—¡Ya que hemos currado en sábado, vamos a darnos una alegría! —brindó con Alberto.

De camino a casa, con el fin de darse una ducha y vestirse para la ocasión, el muchacho no era consciente de que aquellas tres espumosas copas le habían tonificado lo suficiente como para enfrentarse a Izarbe con ciertas garantías. Estrenaría sus Levi's 501 recién comprados, lo cual le daba confianza, aunque pareciese una estupidez. Al igual que la mayoría de los compañeros de su infancia, jamás le había prestado interés alguno a las marcas. Le resultaba incomprensible plantearse que las letras de una prenda determinasen su valor, y mucho más pensar que la ropa cara dignificase a las personas o que sirviese para diferenciarlas. Por eso, cada vez que su madre le compraba unos vaqueros Lois, o Lee o Wrangler se los ponía encantado, ignorando por completo la preferencia de los pijos por los Levi's. Y, de algún modo, le fastidiaba haber claudicado, si bien le consolaba el hecho de haber pecado poco. Cuando, ya en Madrid, empezó a elegir por sí mismo su propia ropa, sin asesoramiento femenino, las únicas marcas relevantes que aparecían en su vestimenta eran el triángulo de Privata en un par de jerséis y la etiqueta roja de Levi's con los dos caballos rojos jalando un pantalón. Y esta ni siquiera la mostraba porque siempre llevaba las camisas por fuera, lo cual le incitaba a creer que si se los compraba era porque le sentaban bien y porque, si elegía la talla adecuada, evitaba darles trabajo a su madre o a su abuela a la hora de meter el dobladillo. Aunque también le conferían cierta seguridad sin necesidad de exhibirse.

Entró en el Umore Ona unos minutos antes de la hora de la cita. Detrás de la barra le atendió un camarero de pelo largo con pinta de ser el sexto Rolling Stone, a medio camino entre Keith Richards y Mick Jagger, que al mismo tiempo que tiraba las cervezas bailaba las canciones de rock que sonaban en un tocadiscos, ahora a un volumen inferior al habitual porque, en el reducido escenario, un tipo enjuto, de largas patillas, ajustándose la gorra y apurando su cigarrillo, daba instrucciones a los músicos que le acompañaban, a los que se dirigía con los motes de Mongol, Uoho y Maguila, para afinar correctamente los instrumentos con los que más tarde darían un concierto que, a pesar de no estar anunciado, iba congregando a un buen puñado de fieles en el local, que ya desprendía un suave aroma a marihuana.

El camarero, sin perder el buen humor, se multiplicaba por sí mismo para atender a quienes se acercaban a la barra. Al pedirle Alberto una cerveza tostada, este le puso dos.

—Acércale una a Fito —le pidió.

—¿Fito? —preguntó el muchacho, extrañado.

—El cantante. Yo me llamo Xuxo.

—¡Ah! Claro.

Reconfortado por la confianza de Xuxo, que tenía la extraordinaria habilidad de que todo el mundo se sintiera cómodo en su bar, Alberto le entregó la cerveza a Fito, quien le agradeció el detalle con una sonrisa indefinida que mostraba sin pudor su desordenada dentadura, al igual que la de otros muchos jóvenes de su generación en la que las ortodoncias solo estaban al alcance de las clases más pudientes. Al mismo Alberto le faltaban dos muelas porque, en su adolescencia, un dentista de la Seguridad Social se las había extraído por tener una simple caries, ya que la sanidad pública no cubría los empastes, lo cual no dejaba de ser una aberración. Por suerte, se trataba de los segundos molares inferiores, por lo que no afectaban demasiado a su estética.

Acodado en el mostrador, Alberto no dejaba de mirar su reloj. Ya pasaba un cuarto de hora de las diez, la hora en la que se suponía que Izarbe debía entrar por la puerta. Y, sin embargo, esta no daba señales de vida. Durante aquellos minutos Alberto elucubró con la posibilidad de que ella no apareciera. Después de casi cinco meses esperando la oportunidad de verla a solas, no solo le contrariaba que aquello pudiera suceder, sino que incluso le dolía, lo cual le hizo ratificarse en su convencimiento de que estaba enamorado de aquella chica esquiva muy a su pesar.

Pasaban las diez y media cuando la vio llegar, enfundada en un pantalón y una cazadora de cuero, que contrastaban con su camiseta blanca, ajustada al límite de su cintura, lo que le permitía mostrar mínimamente su vientre cuando realizaba cualquier movimiento.

—¡Hola, Alberto! Perdona el retraso, pero es que mi *amama* se puso muy pesada con que cenara antes de salir —explicó, de modo tan natural que el muchacho no tuvo más remedio que disculparla, a pesar de su obsesión por la puntualidad, mientras se rozaban las mejillas, dejando escapar dos amagos de besos que murieron en el aire y que Alberto hubiese preferido que hubieran quedado atrapados entre sus labios.

—No te preocupes. Andaba entretenido —respondió, aparentando despreocupación.

—¡Ya veo! Hay concierto de Platero y Tú dentro de un rato.

—¿Los conoces?

—¡Claro! Los vi actuar hace tres años en Plentzia y, desde entonces, los sigo. Aún no son muy conocidos fuera de aquí, pero acaban de sacar un nuevo disco con el que la gente va a flipar. Se llama *Vamos tirando*.

—Buen título.

—¡Como la vida misma! Por eso te he citado en este garito. Quería que los escucharas.

—No he visto ningún cartel. ¿Cómo sabías que...?

—Tengo información privilegiada —le interrumpió ella, guiñándole un ojo con una precisión que le desarboló—. Y también sé que tocas la guitarra, qué calladito te lo tenías.

—Mi amigo gallego es un chivato. Pero decir que la toco es exagerado, simplemente la aporreo.

—Seguro que eras de esos que enamoraban a las niñas en los campamentos. O, peor aún..., ¡fuiste tuno!

—Muy graciosa. Pues mira, cantaba en el coro de la iglesia.

—Oye, a mí ni se te ocurra cantarme.

—¡Uf! ¿Qué tomas? —preguntó él, con el orgullo magullado—. No sé si Xuxo sabrá lo que es un *gin fizz*.

—¡Fijo que no! ¡Me acabas de llamar pija para vengarte! No te imaginaba tan rencoroso. Ya veo que Xuxo se ha presentado —rio ella—. Una birra tostada.

—¿Una birra? ¿No es una palabra demasiado coloquial para una periodista de la Margen Derecha?

—¡Todavía no lo soy! Además, hay que mimetizarse con el ambiente —contestó, divertida.

—Ya, ya. El ambiente... Yo ya estoy colocado —reconoció con una media broma, que no faltaba del todo a la verdad, más por sugestión que por otra cosa.

—Hay mucho porro por aquí, sí —respondió, sin dejar de sonreír—. ¿Fumas?

—Ni siquiera le he dado una calada a un cigarrillo. Lo más cerca que he tenido uno de la boca fue una vez que me lo puso mi padre, cuando aún no sabía ni andar, para hacerme una foto.

—¡Qué sinsorgo! Yo no fumo tabaco, pero algún porrito compartido sí que ha caído alguna que otra vez.

Con la mirada clavada en aquellos maravillosos ojos grises, a Alberto no le quedaba más remedio que darle la razón. Realmente, llevaba una vida bastante insustancial. Por eso, esa noche, espoleado por las palabras de Izarbe y alentado por la atmósfera, su ritmo de ingesta de cervezas fue más rápido del acostumbrado, lo que le provocó un extraño estado de ánimo en el que se conjugaba la euforia con la melancolía. Quizás por tener tan cerca a aquella chica que le venía robando tantos pensamientos, sin poderla tocar ni atreverse siquiera a lanzarle un requiebro por temor a llevarse un chasco que no se podía permitir, ni por su orgullo ni por su posición laboral.

—No me has dicho nada de mi visita a tu casa el domingo pasado —comentó él, acercándose al oído de Izarbe con el fin de hacerse entender sin elevar demasiado la voz por encima del sonido de las guitarras de Platero y Tú, que ya interpretaba sus primeras canciones.

—¡Ya me han contado! Conociste a mi peculiar familia —respondió ella, del mismo modo.

—Supongo que todas lo son, a su modo.

—La mía más —aseveró—. Te encantaría Kepa, ¿no?

—¿Tu tío? Todo un personaje.

—Él no me deja que le llame así. Desde niña me pidió que le dijera Kepa, sin más. Si le caíste bien, te pondría al día enseguida de nuestros chismes domésticos.

—Pues no sé si le caí lo suficientemente bien, porque me habló de todos menos de ti.

—¿De mi prima Leire también?

—Bueno... solo que está en la academia de la Ertzaintza. Pero de quien más me interesaba que largase no soltó prenda.

—¡Kepa es muy listo! Y le tengo bien aleccionado.

—¿Qué quieres decir?

—Que sabe que como se le ocurra contar algo de mí, va a tener un problema.

—Y tú a las buenas eres un encanto, pero a las malas es mejor no averiguarlo —dijo él. A su embriaguez por las cervezas y los efluvios de la marihuana que inundaba el ambiente se añadía el delicioso aroma a hierba fresca que desprendía la piel de Izarbe.

—Algo así, sí —admitió la joven, de buen grado—. ¿Y qué te contó que yo pueda saber?

—Digamos que me hizo un buen resumen de vuestro último medio siglo.

—¡Ay, madre! No te diría que mi *amama* Edurne...

—Siempre estuvo enamorada de tu abuelo Ignacio.

—¡Lo mato! —exclamó ella, riéndose.

—Y no solo ella, también su hermano Kepa, que debió de ser tan peculiar como su sobrino.

—Con la particularidad de que eran otros tiempos.

—Cierto.

—Lo de mi *amama* Edurne es un secreto a voces. Al poco de morir mi *aitite* Juan Mari, hasta me lo contó a mí. Que me decía que su difunto marido había sido muy bueno con ella, pero que no le hacía el tilín de mi *aitite* Ignacio.

—Me contó que tus abuelos lo pasaron especialmente mal en la guerra —mintió a medias Alberto, ya que, en realidad, Kepa solo le había hablado de Ignacio Segurola.

—Sí —reconoció ella, de manera escueta, lo cual no amilanó a Alberto.

—Pero no hace falta que lo mates mucho, porque no me dijo nada del bebé de tu abuela.

—Es que creo que esa es la historia más triste de mi familia.

—Imagino que buscarían mucho a la niña.

—Sin descanso, Alberto. El *aitite* de mi tía Bego, la mujer de mi tío Javier, tenía fama de ser el mejor detective de Bilbao. Fernando Zumalde se llamaba.

—¿Fernando Zumalde? ¿Como el comisario de *La ciudad de los ojos grises*? —preguntó, perplejo.

—Veo que has leído algún libro de los que están en Iturribide —contestó ella, complacida—. Una amiga encontró esa vieja novela, por casualidad, en una librería de lance. La compró porque le llamó la atención el título. Al descubrir que la protagonista se llamaba como yo me la regaló. Para mí fue una preciosa sorpresa, sobre todo por lo que tenía que ver con mi familia. Luego he ido consiguiendo algún ejemplar más.

—Y la Izarbe de la novela... ¿tiene alguna relación con tu abuela?

—Un personaje maravilloso, ¿verdad? Pues sí,

chico listo. La suya le contó que había trabajado de joven en una casa cuidando de Izarbe, la pequeña de una familia que vivía en la calle Correo. Al parecer, mi tatarabuela andaba enamoriscada del padre de la niña. La cosa es que mi *amama* también llamó así a su bebé. No sé si porque le gustó el nombre o por cariño a su abuela.

—¡Joder! Entonces, ¿la historia de la novela es real? ¿Y el crimen de Izarbe también?

—¿Quién lo sabe? Muchas novelas cuentan historias de verdad, aunque los lectores no se lo lleguen a plantear. Y también es cierto que algunos escritores mezclan de tal manera realidad y ficción que llegan a confundirlas sin ni siquiera ser conscientes de ello. Claro que no sé hasta qué punto puede importarles. Supongo que tendrá que ver con el pudor o con el daño que puedan causar a otras personas. Hasta mi abuela tiene en el cajón una novela basada en su vida durante la guerra, que aún no se ha atrevido a publicar. La ha titulado *La ciudad del alma dormida*.

—Ya decía yo que tenías algo de personaje de novela. Claro que en tu caso, más bien negra, porque de romántica nada.

—Mira que eres bobo. ¡Lo dices porque la primera Izarbe de mi familia fue asesinada y la segunda robada! Ya sé que no me espera un buen futuro, pero no hace falta que me lo restriegues en la cara —comentó jocosa, con tal despreocupación que provocó el desconcierto de Alberto.

—No lo decía por eso, coñe. Me refería a que el romanticismo y tú no...

—¡Te explicoteas! ¡Eres tan mono cuando lo haces! —le interrumpió ella, entre risas, ante el gesto contrariado del muchacho—. Hablando en serio, *La ciudad de los ojos grises* la escribió un arquitecto enamorado de aquella Izarbe de la *belle époque* a la que curiosamente le debo el nombre. ¡Y me encanta! Porque ella en la novela es una metáfora de la propia ciudad de Bilbao. Su autor era el mejor amigo de Fernando Zumalde, quien nunca dejó de investigar el paradero del bebé robado en Saturraran. Mi tía Bego me contó que murió con esa pena, hará unos treinta años, muy viejecito. Desde entonces, yo creo que mis *aitites* se rindieron. Y eso que con la llegada de la democracia se revisaron algunos archivos vetados durante la dictadura de Franco, pero no hubo suerte tampoco.

—¿Tan seguros estaban de que la niña no murió realmente en la cárcel?

—Según mi *amama*, nació chiquita pero muy sana. A veces aún la recuerda. Dice que tenía los ojos grises, como nosotras, y una manchita de nacimiento bajo la oreja, a consecuencia de los antojos de *morokil* —reveló, haciendo referencia a la polenta que su abuela desayunaba de niña en el caserío familiar de Guernica—. Sinceramente, yo creo que era más hambre que antojo. Aunque nunca la oí quejarse de lo mal que lo pasó. Solo de la pérdida de su *neska polita* —continuó relatando ella. De repente, se quedó pensativa unos instantes—. ¡Oye! ¿Por qué estamos hablando de esto?

—No sé. Culpa de Kepa —respondió Alberto, en un intento de salirse ya por la tangente—. Lo que no te perdono es que no me contaras que es escritora.

—¿Tiene importancia? Ella misma se suele presentar sin apellido para pasar desapercibida.

—Supongo que no. Pero que sepas que me encantan sus novelas. También sé de dónde te viene eso de querer ser periodista. Lo llevas en los genes.

—¡Joder! ¡Te contó lo de mi *aitite*! De verdad, mira las esquelas en el periódico estos días porque lo mato.

—Buscaré también en la sección de «Sucesos», entonces —bromeó él—. Creo que tendré que quedar más veces con Kepa.

—Tú mismo. Eso sí, prepárate para que te tire los tejos... ¡y la casa entera! Tiene debilidad por los jovencitos.

—Correré el riesgo —manifestó, circunspecto.

Avanzaba la velada, y a medida que se sucedían las cervezas, Alberto era incapaz de disimular la admiración de sus ojos posados en Izarbe, hasta que ella le aguantó con firmeza la mirada. En el local sonaba *El roce de tu cuerpo*, una de las canciones del disco grabado el año anterior por Platero y Tú, que ahora la interpretaba a todo volumen.

—Creo que tú y yo deberíamos hablar —dijo ella. A pesar de la rotundidad de su afirmación, su voz parecía dubitativa—. Pensaba hacerlo en los jardines de Albia, cuando me acompañaras a casa de mis *aitites*, pero...

—Lo de «debemos hablar» siempre me ha olido a chamusquina —bromeó él, inquieto.

—¡No tengas miedo! No es nada grave.

—¿Y entonces?

—Tengo que confesarte que me siento demasiado cómoda contigo. Ya me sucedió en Santiago y está volviendo a pasar. Esa emoción tuya al final del concierto... ¡Joder!, que a mí unas lágrimas jamás me habían enternecido.

—¿Y eso es malo?

—Pues no tengo ni puta idea, pero me descoloca. Y no te perdonaría que me convirtieras en una blanda. Espera que pido dos cervezas. Tú quieres otra, ¿no? —Su frase fue retórica, porque antes de que Alberto pudiera contestar, ella le indicaba con los dedos a Xuxo que les sirviese otra ronda.

—No sé por qué pretendes emborracharme.

—¿Tienes novia? —inquirió Izarbe a bocajarro, haciendo caso omiso de su último comentario, provocando el asombro del joven ingeniero.

—No..., claro —respondió, sin saber qué tipo de interés se escondía detrás de aquella pregunta. Lo que sí tuvo claro es que procedía que él también la formulara.

—¿Y tú?

—¿Novia? —rio, de un modo espurio, como si quisiera quitarle hierro a cuanto pretendía decirle—. Qué risa en Compostela, ¿te acuerdas?

—Mucha risa, ya —contestó él, fingiendo su enfado.

—No, técnicamente no tengo novio.

—¿Qué significa eso de «técnicamente»?

—Digamos que mantengo algunas relaciones.

—¿Relaciones? ¿En plural? —murmuró Alberto, sin poder esconder su estupefacción.

—¡Parece que hayas visto a un fantasma! —exclamó ella—. Ya sabía yo que eras un poco decimonónico.

—¿Decimonónico?

—Antiguo.

—Tradicional, si acaso.

—Llámalo equis. Yo no creo en las relaciones tradicionales. Tú sí, claro.

—La verdad es que no conozco otras —reconoció él.

—A eso me refería. En cambio, yo sí.

—¿Cuántas relaciones tienes? —se atrevió a preguntar Alberto.

—Menos de las justas —respondió ella con cierta sorna.

—Entiendo —susurró él, sin entender absolutamente nada.

—Te dije que me gusta vivir en libertad, sin ataduras. En todos los aspectos. Pero no son amantes, que quede claro. Digamos que son personas con las que mantengo vínculos emocionales estables, pero no demasiado estrechos. También físicos, por supuesto.

—Ya.

—Imagino que has oído hablar de la historia de Jean-Paul Sartre con Simone de Beauvoir.

—Sé que tuvieron una larga relación, pero confieso que no conozco mucho más.

—Para Sartre, el amor no es posesión sino libertad. Ambos mantuvieron una relación de amor libre durante toda su vida. Incluso están enterrados juntos en el cementerio de Montparnasse. Él decía que el amor entre ellos era esencial. Aun así, ambos disfrutaron de otros amores circunstanciales... o tangenciales.

Desbordado por la decepción, a Alberto le costaba reaccionar. No sabía muy bien si ella le estaba contando aquello por educarle y avisarle del terreno que pisaba o, por el contrario, porque trataba de alejarlo de ella. Sus dudas se disiparon enseguida.

—¿Ves? Tú no podrías vivir algo así conmigo.

—¿Ah, no?

—No. Tú eres uno de esos chicos a los que una tía se engancharía.

—Y tú no te lo puedes permitir —apuntó Alberto, contrariado.

—Algo así. Estoy cómoda con mis amores tangenciales. Un lío entre tú y yo sería un problema. No tienes pinta de tener relaciones pasajeras. Eres peligroso. Si llegas es para quedarte.

—Ya. Sería algo así como tu amor esencial. Y eso sería horriiiiible —respondió él, jocoso, al entender que aquella batalla estaba ya perdida.

—Para mí, sí. No me puedo comprometer con nadie de esa manera, de momento. Soy demasiado joven. Elegí ser auxiliar de vuelo para vivir mi vida. Y tampoco quiero jugar contigo, Alberto. Eres un tío encantador y no te lo mereces. Por eso no te he llamado estos meses. Me di cuenta en cuanto te vi en enero.

—A ver si lo entiendo, Izarbe. No me ves porque tienes miedo a enamorarte de mí —concluyó Alberto, envalentonado por el alcohol.

—¡Esa es una forma rastrera de resumirlo! —contestó ella, sin perder la sonrisa.

—Gracias. Me acabas de contestar. ¿Y si yo ya lo estuviera?

—Lo lamentaría mucho, Alberto. Creo que nunca te he dado pie.

—Como si eso se pudiera elegir. Es imposible conocerte y no enamorarse de ti.

—¡Vaya! Se nota que te fuiste pronto de aquí. Un vasco jamás se atrevería a decir eso.

—¿Y eso es bueno o malo?

—Es... distinto.

—Me da que eres consciente de lo que te he dicho.

—No, no lo sé. Soy una tía normal —dijo ella en un tono que a Alberto le sonó a falsa modestia.

—Pues ya lo sabes.

—Te agradezco que no me llames cobarde. Solo espero que lo entiendas.

—No, Izarbe. No lo entiendo. Pero no me queda más remedio que respetarte, supongo.

—*Eskerrik asko*, Alberto. Eres un tío de puta madre —se sinceró ella, besando la mejilla de Alberto, muy cerca de la comisura de sus labios.

En el escenario, Fito cantaba *Cantalojas*, la balada de un borracho que veía alejarse el tren en el que viajaba su amor, huyendo de él.

21

Alberto entró animado en el despacho de Fernando Segurola para recordarle que al día siguiente emprendía su viaje a California. Aún le duraban los sentimientos contradictorios del jueves anterior, en el que se había acercado, casi de incógnito, a Portugalete con motivo de la celebración de la Virgen de la Guía, la bulliciosa festividad del primer día de julio. Apostado junto a una de las columnas de los bajos del mercado, había presenciado la bajada de las cuadrillas por la calle Coscojales hasta llegar a la hornacina con la imagen de la Virgen mientras cantaban «Tengo un novio chiquitín que se llama Nicolás...». Ya allí, guiado por cuatro chistularis, el pueblo jarrillero entonaba al unísono el himno a su patrona, que no dejaba de ser una bella habanera, fiel al espíritu marinero de la villa. Mezclados entre la muchedumbre, Alberto pudo distinguir a algunos de sus viejos amigos de cuadrilla, entre ellos a Iñigo, pero prefirió ser discreto y contemplar la escena como el espectador de una película del pasado en la que incluso podía verse de adolescente junto a ellos. De algún modo, aquella festividad significaba el inicio de sus vacaciones, al igual que antaño, por lo que, antes de irse, pretendía despedirse de Segurola, después de hacerlo de Luis Rodríguez Llopis, su inmediato superior.

Al encontrar a su jefe con un rictus inusualmente serio tras atender una llamada, Alberto se dejó contagiar por su semblante.

—¿Ha ocurrido algo? —preguntó el muchacho, al darse cuenta de lo evidente, sin poder evitar fijarse en un retrato de Izarbe que su padre tenía sobre la mesa y que, de buena gana, se hubiera llevado consigo.

Con la mirada aún clavada en el teléfono, Segurola trataba de digerir con urgencia aquella combinación de perplejidad, frustración, preocupación y rabia que le invadía.

—Parece que ETA ha secuestrado a un amigo en Donosti. Encontraron su coche anoche con las puertas abiertas y las llaves puestas. Mañana saldrá en los periódicos —relató con lentitud, midiendo las palabras, como si le costara creerse lo que él mismo decía.

—Lo siento —balbució el joven ingeniero, tan aturdido que ni siquiera pensó en sentarse.

—Julio Iglesias Zamora. Un empresario, Alberto —dijo Segurola con consternación, sabedor de que le podía haber ocurrido a él mismo, dado que el motivo era simplemente económico—. ¿Así cómo hostias quieren que llegue inversión extranjera a Euskadi? ¡Manda cojones! —se expresó con indignación.

Cariacontecido, el muchacho no sabía muy bien

qué decir. Acababa de concluir la jornada de aquel primer martes de julio con la satisfacción del deber cumplido, ya que los delineantes tenían listos los planos para iniciar la licitación de la colocación de los pilotes del museo y, de repente, una despedida alegre carecía de sentido. Tampoco veía lógico ofrecerse para quedarse, ya que su presencia poco podía reconfortar a su jefe. Cualquier comentario le resultaba superfluo en aquel momento. A su mente regresaron los recuerdos de los acontecimientos que obligaron a marcharse a su familia. Después de diez años, no parecía que hubiesen cambiado mucho las cosas. Si acaso, la banda terrorista ampliaba sus objetivos. Apenas hacía dos semanas que un coche bomba había matado a seis militares y al conductor de la furgoneta en la que viajaban en el centro de Madrid. Y ahora secuestraba a un empresario en el País Vasco.

—Es una mierda —susurró Alberto, pensando en que no tenía nada que reprocharle a sus amigos de fuera cuando le contaban su intención de no pisar el País Vasco mientras no se erradicase la violencia.

Al oírle, Segurola aparentó recobrar la noción de la realidad. Hasta ese instante, no recordaba haberle escuchado decir una mala palabra en todos aquellos meses.

—Lo es. No me extraña que Félix decidiera marcharse. No siendo de aquí no tenía por qué aguantar esto.

Alberto rumió unos segundos aquellas palabras sobre su padre. Por algún motivo que se le escapaba, no le agradaron. Pero no estaba en condiciones de rebatirlas. Sin embargo, vio la oportunidad de aclarar la duda que mantenía desde que consiguiera el empleo.

—¿Te llamó él para pedirte que me contratarais?

—No. Eso sí, no niego que ganaste puntos al descubrir que eras su hijo. Me valía con que tuvieras la mitad de su honestidad y de su espíritu de sacrificio. Aunque sí me llamó preocupado para preguntarme cómo estaban las cosas por aquí al enterarse de que venías. Te confieso que no fui demasiado franco y le pinté el panorama mejor de lo que está.

—Algo mejor está ahora de lo que lo estaba entonces.

—¿Seguro?

—No del todo —reconoció Alberto—. Será que yo sí soy de aquí —apuntó, desclavando con suavidad una espina de identidad.

—Me alegra oírte decir eso... Pero venías a decirme que te vas de vacaciones —dijo Segurola, con un esbozo de sonrisa triste en la boca.

—Sí. Mañana vuelo a Los Ángeles. Te dejo anotado el número de teléfono de mi hotel en Santa Bárbara por si necesitáis cualquier cosa. Será más fácil localizarme por las tardes, hora de allí, porque por las mañanas tengo clases de inglés —explicó—. Regreso en tres semanas.

—Pues cuando tú estés en clase, nosotros estaremos durmiendo.

—¡Cierto! —afirmó el muchacho, sintiéndose un poco estúpido, porque si realmente había algo que le molestaba era dar explicaciones sobre evidencias. Bueno, y que le repitieran las cosas, pero eso lo achacaba a una especie de trauma infantil, ya que su padre solía traducir sus desvelos por la educación de su hijo en un sinfín de insistencias que forjaron la paciencia del joven Alberto.

—Disfruta... y carga las pilas. Después del verano vamos a estar aún más entretenidos. —Daba la sensación de que las palabras amables de Segurola hubiesen sido emitidas por un autómata.

—*Eskerrik asko*, Fernando —agradeció el joven ingeniero, echando un último vistazo con disimulo a la foto de Izarbe—. Espero que el secuestro se resuelva pronto. Procuraré estar informado.

—Yo estaré de vacaciones en agosto, así que es posible que no nos veamos hasta septiembre. Lo dicho: olvídate de esto y a pasarlo bien —se despidió Segurola tras incorporarse para acompañar al muchacho hasta la puerta, donde le dio una cariñosa palmada en el hombro.

Al dejar tras de sí el edificio de oficinas de IDOM, Alberto trató de centrar su pensamiento en su inminente viaje, aunque solo fuese por preservar su equilibrio mental. Se sonrió al notar el sudor de sus manos. Al día siguiente madrugaría para llegar a Madrid a tiempo de tomar el vuelo que le condujera directamente a Los Ángeles. Caminando de vuelta a casa por aquella ciudad herida en busca de su metamorfosis, le costaba creerlo.

22

Una llamada de Bilbao desbarató el sueño de Alberto de conducir sin prisa a lo largo de la Highway One en el coche que pensaba alquilar al día siguiente, algo más de dos semanas después de su llegada a Santa Bárbara, adonde había acudido con el objetivo de mejorar su inglés y de recorrer garitos en los que disfrutar de la música que tanto le apasionaba. Sin embargo, le costaba escuchar temas de sus queridos Beach Boys y del resto de sus grupos favoritos. Se sintió defraudado al comprobar que la gente no tenía interiorizados el country o el rock como elementos fundamentales de su cultura. Lo único que parecía existir era la moda por el reggae. UB40 acababa de versionar *Can't help falling in love*, el mítico éxito de Elvis Presley, y aquella dichosa canción sonaba por todas partes.

De algún modo, sentía haberse perdido el Concierto de los Mil Años, celebrado en La Coruña unos días antes, al que Xurxo le había invitado y que reunió a un elenco irrepetible de artistas. Chris Isaac, George Benson, Neil Young, Sting, Bob Dylan, John Mayall, The Kinks, Robert Plant, Eric Burdon, Jerry Lee Lewis, Chuck Berry, Wilson Pickett y Bo Diddley conformaron un cartel de escándalo que alternó actuaciones históricas con alguna que otra decepción, pero que se guardaría para siempre en la memoria de los ochenta mil incondicionales que habían abarrotado el estadio de Riazor aquellos tres días de julio. Claro que el hecho de que Xurxo ya fuese acompañado por Laura tampoco le animó a esforzarse en variar sus vacaciones. Y menos aún sin tener la certeza de si acudiría Izarbe o no, ya que su presencia podía ser incómoda para ambos. De todas formas, él ya tenía planificado su viaje a California.

En su estancia en Santa Bárbara se había dedicado a visitar los alrededores de aquella ciudad fundada por fray Junípero Serra, un franciscano mallorquín ocupado en levantar misiones en la costa oeste americana con el fin de evangelizar a sus indígenas. Del lugar le parecieron curiosos algunos detalles que le transportaron a su niñez, como la existencia real de la calle Salsipuedes, que él conocía por aparecer en los libros juveniles de los Tres investigadores, o que el EJ's Cafe enarbolara una ikurriña en su entrada; pero la principal sensación que se llevaría de allí era la heterogeneidad de los olores a madera que se escapaban de las viviendas, a los que tardó en acostumbrarse, ya que, dependiendo de la antigüedad de las casas y de los árboles empleados en su construcción, a veces le llegaban aromas agradables, similares a los que desprendían los refugios de montaña, y otras sentía un hedor húmedo de hongos putrefactos.

No mucho más agradable le pareció el olor que

percibió al entrar en Tijuana, provocado por un problema crónico de drenaje de las aguas residuales. Visitó aquella ciudad mexicana en su tercer fin de semana junto a dos compañeros de clase madrileños, los mismos que estaban obsesionados por comprar *slips* Calvin Klein, un tipo del cual Alberto desconocía su existencia hasta entonces y que tampoco le supuso un gran descubrimiento, porque llevar calzoncillos ajustados no se encontraba entre sus intenciones.

Nada más dejar el coche en una gran explanada al sur de San Diego, habilitada para el aparcamiento, y cruzar a pie la frontera, se dieron cuenta de que el mundo cambiaba en una veintena de metros, allí donde comenzaba la América Latina. La opulencia y la seriedad estadounidenses daban paso a una miseria, paradójicamente alegre, de la que los avisaban los tenderetes de baratijas, los puestos de piña con chile, las niñas que ofrecían flores, los vendedores ambulantes y, en especial, la cantidad de chavales que mendigaban en medio de una explosión de colorido que podía distorsionar la realidad de los visitantes; con todo se mercadeaba. Militares de permiso y otros muchos jóvenes norteamericanos acudían a divertirse de una manera desenfrenada, aprovechando la permisividad con el alcohol, dado que en su país no era legal beberlo hasta los veintiún años. De ahí que no fuese extraño el inmenso número de prostitutas llegadas de todo México que se buscaban la vida en tanto encontraban la manera de atravesar la frontera, ofreciendo sus servicios de una manera sorprendentemente natural, ya que algunas lo hacían incluso con sus hijos en brazos.

A Alberto y a sus compañeros de viaje les resultó imposible no contagiarse de los excesos de aquella ciudad fronteriza, tan inquietante como adictiva. Toda Tijuana era una fiesta. A medida que pasaban las horas e incrementaban su ingesta de tequila y de cheves artesanales fueron perdiendo la noción de los acontecimientos, y hasta los malos olores iniciales se transformaron en los aromas a pollo haitiano al estilo sinaloense, a tortas de tamal o a chiles en nogada que emanaban de los puestos de comida callejera, mezclados con los efluvios tentadores de las muchas mujeres que se les acercaron. Pero a lo más que se atrevieron fue a unirse a un grupo de militares yanquis que acudían a un *table-dance* para presenciar el *striptease* de chicas que ofrecían su espectáculo de tres minutos sobre las mesas. Embriagado por la atmósfera, más que por el alcohol, Alberto tenía la sensación de ser figurante en una de esas películas americanas que retrataban ambientes tan festivos como sórdidos. Con el tiempo y la distancia, al recordar esas noches mexicanas, sentiría un regusto amargo al imaginarse el destino de aquellas muchachas, pero a la vez le reconfortaba haber sido un simple transgresor de salón.

Al regresar a su hotel en Santa Bárbara, tan diferente de la pensión cochambrosa en la que había pernoctado en Tijuana, recibió la llamada de Luis Rodríguez Llopis.

—Hola, Alberto. Espero que lo estés pasando fenómeno y que te hayas olvidado de nosotros estas semanas.

Aunque en los dos últimos días su noción del tiempo andaba algo trastocada, sabía que era domingo, por lo que enseguida intuyó que aquella conferencia internacional le iba a cambiar los planes.

—Hola, Luis. No me quejo. ¿Todo en orden?

Al oírse, se dio cuenta de que empezaba a emplear expresiones usadas por su padre. Cierto era que, efectivamente, había desconectado; si bien, en ese momento, se encontraba fundido. Su jefe le hablaba de semanas como si se hubiese pasado media vida en California y, sin embargo, solo llevaba poco más de medio mes. Aquello no podía significar otra cosa que la precipitación de su regreso.

—Bien, bien. Nada nuevo. Ya sabes, seguimos con los números del museo. ¿Cuándo pensabas volver?

—En una semana —respondió Alberto, contrariado, viéndose en Bilbao antes de lo previsto.

—Segurola y yo hemos pensado que, ya que estás cerca de Santa Mónica, podrías acercarte y servirnos de contacto con el estudio de Gehry. Hemos hablado con ellos y les parece fenómeno. Sería hasta que ajustáramos el presupuesto en profundidad con los datos de ahí.

Desconcertado por aquella orden, simulada en forma de propuesta, a Alberto no le quedó más opción que acatarla de inmediato. Era verdad que no podría recorrer la Highway One; pero, a cambio, tendría la increíble oportunidad de ser testigo directo de la evolución del proyecto de uno de los mejores arquitectos del mundo.

—Claro —atisbó a decir, dubitativo—. ¿Cuántos días crees que serán necesarios?

—Dos o tres semanas, no más.

De manera casi mecánica, el muchacho hizo un rápido cálculo mental. Iba a llegar muy justo a las fiestas del pueblo de sus padres, a las que nunca había faltado.

—Perfecto —contestó—. ¿Cuándo me incorporo? —preguntó de manera retórica porque de sobra conocía la respuesta.

—Mañana, si puedes. Hemos visto que estás a hora y media por carretera. En un rato te llamará Myriam para darte las instrucciones del coche de alquiler y los datos del hotel. Imagino que te buscará uno cerca del estudio de Gehry. Cuando llegues pregunta por Vano Haritunians, ya sabes que es el director de proyecto del Guggenheim.

A pesar de que podía parecer un contratiempo, la conversación le despertó una sensación agradable. Se imaginaba a la pobre Myriam trabajando un domingo de verano, sin poder ir a jugar a las palas a la playa de Sopelana, por su culpa. De momento, él no recorrería toda la Highway One, pero pensaba escuchar a todo volumen a Bruce Springsteen en su trayecto por la costa del Pacífico hasta Santa Mónica.

23

Desde el primer momento, Alberto fue muy bien recibido por el equipo de Frank Gehry que trabajaba en el proyecto del Guggy, diminutivo con el que sus integrantes se referían al museo Guggenheim en su peculiar argot, que se extendía a las partes que lo conformaban con el fin de que les resultase más fácil identificarlas. Para ellos, por ejemplo, la pasarela de la ría era Potato Chip, la esquina junto a la rampa de entrada era Nemo, al edificio principal lo denominaban Potemkin, a la galería situada al este en dirección al puente de la Salve la llamaban Fish y a la enorme estructura curvilínea que la coronaba, T-1000, como el cíborg asesino de la saga *Terminator*, compuesto por una «polialeación mimética» de metal líquido junto con nanochips que le permitían autorregenerarse.

Con especial cariño le trató Rich Barrett, un joven arquitecto con aspecto de irlandés bonachón, que enseguida lo apadrinó y se encargó de que fuera uno más en sus visitas a The Daily Pint, un garito situado frente al Virginia Avenue Park al que solían acudir después de su jornada laboral para jugar al billar o al futbolín mientras tomaban alguna de su infinidad de cervezas artesanales. Alberto entabló tan buena relación con él que hasta consiguió hacerle hincha del Athletic.

Los fines de semana, Alberto aprovechaba para visitar Santa Mónica y Los Ángeles, cuyo centro se hallaba a media hora, a bordo de su flamante Nissan Sentra automático, en el que se movía por la zona gracias a un plano adherido con papel celo al salpicadero. Sus destinos favoritos tenían que ver con sus aficiones, y se dedicaba a visitar escenarios de películas o templos solo comprensibles para los enamorados de la música, como una legendaria tienda de vinilos que predecía su inminente muerte ante la llegada de los CD. De hecho, le entristeció ver un enorme cartel que anunciaba el reciente disco de Neil Young, que se sumaba a la moda de los *Unplugged* con una grabación que se vendía en todas las modalidades menos en vinilo. Y eso que él también había claudicado ante los nuevos formatos. De hecho, tenía preparada una maleta llena de CD comprados en California para llevarse a Bilbao con música que no se podía encontrar en España. Un día, por pura curiosidad profesional, incluso se acercó hasta el lugar en el que se estaba erigiendo el Walt Disney Concert Hall, un auditorio también diseñado por Gehry, cuyas obras se encontraban paradas por culpa de numerosos percances que tenían que ver con la falta de fondos, los cambios de materiales y la modificación de la normativa de la ciudad.

Desde que se incorporara al estudio de Santa Mónica, Alberto disponía de su propia mesa en una esquina del recinto, ocupado por la veintena de profesionales que participaban en el proyecto a través de la construcción de maquetas. Por un lado, estaban las que servían para definir la apariencia del museo, compuestas por bloques de madera, a las que los jóvenes arquitectos iban dando forma como si fueran ebanistas. Y, por otro, se fabricaba una maqueta de mayor escala, confeccionada con cartón, que se usaba principalmente para determinar los interiores, aunque también reflejara el aspecto externo. Cuando Gehry llegaba a aquella área de trabajo, esta era abandonada por todos con excepción de Edwin Chan, su socio de diseño, con el que se dedicaba a hablar de la evolución del edificio, reservándose su ilusión callada de estar creando algo memorable. Para ello, Chan hacía circular una microcámara de vídeo, conectada a un monitor de televisión, por el interior de la maqueta de cartón mientras Gehry contemplaba la pantalla para hacerse una idea de las sensaciones que tendrían los visitantes del museo, al tiempo que realizaba numerosas fotografías con la señal que la cámara enviaba a la impresora.

Dado que a Alberto nadie le había ordenado que saliera cuando llegaba Gehry, se mantenía silencioso en su mesa, aparentando estar concentrado en lo que hacía, cada vez más consciente de su privilegio por ser testigo de la gestación de algo tan grande. Por eso, le resultaba inevitable prestar atención a aquellas reuniones que luego Chan extendía al resto de sus compañeros para hacerles partícipes de las decisiones tomadas. Muchas piezas permanecían, otras se retocaban y algunas se retiraban, sin desecharse, colgando en la pared sus fotos por orden cronológico, de tal modo que el proceso quedaba siempre a la vista. Por lo que venía observando, el joven ingeniero vasco pudo detectar que faltaban elementos por definir; en particular, la torre que servía para integrar el puente de la Salve, de la cual existían varias versiones. Y, aunque no fuera de su incumbencia, no podía dejar de sentir cierto desasosiego.

Tampoco en el estudio parecía que se tuviera claro el material con que iría revestido el edificio, ya que después de haberse descartado el cobre emplomado por su toxicidad, los primeros modelos estaban basados en el uso del acero inoxidable, cuyo comportamiento estético no terminaba de convencer al afamado arquitecto, a pesar de que hubiera efectuado numerosas pruebas con distintos tratamientos superficiales con el propósito de modificar su textura, su brillo y su color. Sin embargo, sus problemas con la configuración del atrio sí tenían visos inmediatos de solución una vez que Krens le había convencido de que no era necesario que fuese un lugar expositivo, sino un espacio central dramático desde el cual se originara la circulación hacia las galerías y en el que podía desplegar toda su creatividad, de modo que fuese en sí mismo una obra de arte. Ello le permitió reducir la flor metálica que coronaba el lucernario, dotando al conjunto de más armonía.

Por aquel entonces, Gehry también había superado sus recelos respecto a ayudarse de programas informáticos porque no le gustaban las imágenes que veía en el ordenador, pues Jim Glymph, uno de los más cualificados componentes de su estudio, ya le había mostrado el funcionamiento de CATIA, el software usado para fabricar aviones franceses de combate, con el cual podía reproducir con exactitud las curvas que él dibujaba en su imaginación al estilo de las formas grandes y alargadas empleadas por Matisse, trazadas casi al descuido, lo que confería al museo un aspecto deliberadamente torpe y desgarbado. El programa, además de su indudable utilidad artística para plasmar la apariencia del edificio, servía para diseñar las curvas sinuosas de su estructura, inconcebibles hasta hacía poco. Por suerte para Gehry, el descubrimiento de CATIA le supuso un importante ahorro de tiempo y la tranquilidad de poder demostrar la tangibilidad de su proyecto, lo cual había facilitado enormemente la labor de un equipo al que le gustaba cuidar.

Como buen canadiense, Gehry era muy aficionado al hockey sobre hielo y su manera de relacionarse con sus empleados, fuera del estudio, consistía en organizar partidos semanales de hockey sobre patines en una pista aledaña a sus instalaciones, en la que a sus sesenta y cuatro años aún mostraba su destreza con el *stick*. Muy a su pesar, Alberto solo acudía como espectador, habida cuenta de su nula capacidad para mantenerse en pie sobre nada que tuviese ruedas o exigiese un mínimo sentido del equilibrio.

Con la excepción de la mañana de su presentación, Alberto no había hablado con Gehry más que para saludarse. Por eso le llamó la atención que aquel día le llamara a su despacho. Al principio, no le dio más importancia, suponiendo que se trataría de algo protocolario, pero al verle sentado circunspecto, con un folio en la mano, al muchacho le invadió una extraña inquietud. Máxime cuando a su lado se encontraban de pie dos de los socios del estudio con el mismo gesto severo. Esperaba poder entenderle porque aunque su nivel de inglés no le resultara suficiente para galantear en condiciones con las chicas norteamericanas, sí que le bastaba para manejarse en el trabajo con relativa soltura.

—Buenos días, Alberto —le saludó Gehry por su nombre de pila—. ¿Puedes decirnos algo sobre esto? —le preguntó, sin rodeos, entregándole la hoja de papel.

Al comprobar la firma, junto a ese sello inconfundible, de aquella nota mecanografiada escrita en inglés, Alberto se quedó lívido, si bien su tez morena le ayudó a disimular. Procurando que la misiva no le temblara en las manos, terminó de leerla sin saber muy bien cómo reaccionar.

> Señor Gehry:
>
> Nos consta que está trabajando en un proyecto contrario a los intereses del pueblo vasco.
>
> Por la presente nos dirigimos a Vd. para notificarle la decisión de la organización Euskadi Ta Askatasuna ETA de exigirle el cese de su actividad.
>
> En caso contrario, nuestra organización se verá obligada a tomar las medidas de represalia oportunas.
>
> Sobra decirle que cualquier intento por su parte

de ponerse en contacto con la policía le acarrearía consecuencias irreparables.

Euskadi Ta Askatasuna

E.T.A.

Al concluir su lectura, y con las miradas de los tres hombres clavadas en él, buscó la manera de restarle importancia a aquel comunicado. Sabía que la primera respuesta que se le vino a la cabeza podía acabar con el proyecto y, en ese momento, lo último que pretendía era que nadie le responsabilizara de haberse inmiscuido en un asunto que no le atañía. Y, sin embargo, Gehry y sus socios esperaban que dijera algo.

—Ni caso. Es verdad que hay una minoría en Bilbao a la que no le gusta que se gaste tanto dinero en un museo, pero la gente que manda estas cosas de manera anónima nunca cumple sus amenazas —respondió con un aplomo que a él mismo le sorprendió.

—Gracias, Alberto —se limitó a decir Gehry, de manera pausada.

El muchacho dudó de que le hubiese creído del todo, pero a él no le cabía otra alternativa. Quizás podía haber sido más sincero. A poco que el equipo de Gehry investigara, sabría que incluso seguía secuestrado el empresario amigo de Segurola. Y, al fin y al cabo, tampoco suponía que aquel hombre de origen judío, hecho a sí mismo después de haberse pagado sus estudios universitarios trabajando como conductor de camiones, fuese a renunciar a su proyecto más emblemático por culpa de unas amenazas vertidas a casi diez mil kilómetros de distancia.

No obstante, las horas que pasaron hasta que pudo llamar a su oficina para informar de lo ocurrido desde su hotel se le hicieron interminables. Sin embargo, a esas alturas, Juan Ignacio Vidarte, el máximo responsable del proyecto en Bilbao, ya estaba informado de las amenazas porque también la sede de la Fundación Solomon R. Guggenheim en Nueva York había recibido el escrito de ETA y el propio Thomas Krens acababa de contárselo por teléfono.

Antes de marcharse de Santa Mónica, aún tuvo tiempo de disfrutar del *downtown* de aquella turística ciudad californiana, próximo al hotel donde se alojaba en Colorado Avenue, muy cerca del emblemático muelle de Santa Mónica. Allí se hallaba Third Street Promenade, un espacio peatonal que ocupaba tres manzanas de tiendas y establecimientos de entretenimiento, aunque lo que más le gustaban eran las librerías y los restaurantes internacionales, a los que estaba tan poco acostumbrado; en especial, uno japonés en el que se cocinaba a la vista de los clientes, lo cual le parecía sorprendente. Casi tanto como las chicas con vestido que usaban calzado deportivo, algo que no había visto nunca en España y que le resultaba muy sensual.

Al admirar la belleza de una de ellas, atusándose la melena rubia mientras pasaba delante de la terraza en la que él se encontraba sentado con una cerveza en la mano, Alberto no pudo por menos que admitir que las mujeres que le gustaban se encontraban fuera de su alcance. Y, por alguno de esos mecanismos retorcidos de la mente, su pensamiento voló hacia Izarbe.

24

Se encontraba en la panadería, contento de tener que esperar su turno porque una clienta estuviese charlando, de manera despreocupada, con la joven dependienta sobre el escaso juego que estaban dando los toros ese año en los encierros y de que la cantidad de forasteros que llegaban por las fiestas provocaba que hubiese cola en todos los comercios, de ahí que ella madrugase.

—Pero si vienes a la hora de siempre —le apuntó la panadera.

Si había algún sitio en el que nunca tenía prisa era en uno de esos hornos tradicionales que aún se conservaban en Villalpando, en los que el olor a pan recién hecho animaba el espíritu «luego de mañana», una de esas expresiones de otros tiempos que empleaba su abuela y que le hacían valorar la riqueza del lenguaje castellano usado en los pueblos, ajenos todavía a la economía léxica que se imponía en el ajetreo de las ciudades. A Alberto le encantaba oírle decir que se levantaban torvas si se formaban remolinos de aire que esparcían la tierra; que solo se había hecho un *solastrón* cuando se rozaba con algo sin llegar a sangrar; que tuviera cuidado con *empiparse* los días que llegaba sediento de jugar al baloncesto en el polideportivo y se hinchaba de agua o que le daba cosa verle *amurriado* si apreciaba tristeza en su nieto. Aunque, sin duda, lo que más gracia le hacía era cuando ella le mandaba a algún recado y le apremiaba a que fuese *luego*, ya que para ella todavía significaba hacerlo enseguida y no más tarde. Y él adoraba aquellas acepciones en desuso.

Se consideraba afortunado por tener un pueblo al que poder huir de la vertiginosa actividad de la ciudad y en el que dejarse llevar por la deliciosa monotonía de no madrugar, de desayunar un buen trozo de chapata con huevos fritos de las gallinas de una vecina a la que apodaban la Maravilla, de jugar al mus con los jubilados en uno de esos bares anclados en el tiempo o de pasear a la tardecica para sucumbir ante la magia de la puestas de sol en el cielo infinito de Tierra de Campos. Él asociaba esos crepúsculos a su amor de verano, con quien tenía firmado un contrato fijo discontinuo, como ella lo calificaba mientras se reía divertida.

Sin embargo, aquel año Lucía decidió acudir al pueblo con su novio por primera vez. La noche anterior, Alberto había tenido la mala fortuna de cruzarse en la plaza con la pareja en un instante en que se regalaba arrumacos y no pudo evitar sentirse herido, máxime cuando ella le presentó a su prometido con total naturalidad. Pero al ser informado de aquel inminente matrimonio, se sintió estúpido. Ya en su cama, antes de dormir, se preguntaba si solo se valoraban las cosas en el momento en que se perdían, si debería haberla buscado en algún otoño, fuera de Villalpando, después de uno de esos veranos en los que ambos jugaban a enamorarse o si hubiera merecido la pena intentar una relación más estable con Lucía. No obstante, ya no cabía marcha atrás y tendría que aprender a contemplar atardeceres sin ella.

Le quedaba el consuelo de que sus amigos de farra siempre estaban ahí, dispuestos a brindar, a reír y a cantar aunque hubiesen pasado meses o años desde la última vez, en un retorno cadencioso a la adolescencia. Le encantaba verlos disfrutar en cualquier cobertizo en el que formaban la peña durante las fiestas. Y, en especial, a Jose, una especie de niño grande que exhibía su nobleza a través de sus abrazos estrujadores y de la sonrisa más limpia que conocía. Con él hablaba de lo divino y de lo humano bajo las estrellas en una de esas noches en que se les hacía de día después de acompañarse el uno a la casa del otro una y otra vez. Incluso compartían su admiración por Lucía. Ella lo sabía y bromeaba con que, antes de alimentar una disputa entre amigos, se quedaba con los dos. Pero eso era antes de que su chica de los veranos decidiese casarse con un tipo de inviernos.

Hacía menos de dos días estaba despidiéndose de sus compañeros en el estudio de Frank Gehry en Santa Mónica y ahora paseaba de camino a casa, después de comprar el pan, saludando a las gentes del pueblo, a quienes poco les importaba a lo que se dedicase. Para ellas, él simplemente era el nieto de Luisa, la Aguardientera, apodada así porque su familia se había dedicado a destilar aguardiente desde tiempos inmemoriales con un alambique que un tío suyo acababa de malvender a un trapero ambulante, causándole a su abuela un disgusto del cual no se repondría.

Al verlo llegar con el pan, su abuela miró la hora en un reloj despertador que llevaba consigo a todas partes, incluida la cocina, y que emitía un tictac más desagradable que el sonido de una gallina clueca.

—¡Las doce! Ya no llegas a la misa de San Roque, ¡judío! —le dijo, resignada, con cariño—. Tus padres y tus hermanos ya se han ido.

—¡Mecachis, abuela! —respondió Alberto, acercándose a ella para darle un abrazo—. Otro día que no me he dado cuenta.

En realidad, ambos sabían que representaban un papel, porque el muchacho se negaba a darle el disgusto de decirle que era agnóstico y Luisa la Aguardientera hacía como que se creía lo que su nieto favorito le quería contar.

—¡Ay, *melosón*! Igualito que tu abuelo, que me engatusaba con carantoñas. ¡Tú no te dejes engañar! Que hay mucha lagartona por ahí.

—Eso intento —rio él de buena gana.

—Pero tampoco seas tonto. Que el que no se las corre de soltero, se las corre de casado.

—Pues tendré que casarme, porque de soltero no hay moza que me mire.

Su abuela dejó de afanar en el fuego con su cuchara de madera durante un instante para mirarle fijamente mientras se limpiaba las manos en el mandil que llevaba sobre un ropaje siempre enlutado.

—Te creerás que me chupo un dedo. Si hasta te acaba de llamar una por teléfono hace un rato.

—¿Quién? —Por unos momentos, albergó la esperanza de que fuese Lucía para darle la oportunidad de verse porque su novio había tenido que irse o algo similar.

—Arancha, de Bilbao. ¿Esa no es la pelandusca que te dejó?

—¡Abuela! No hables así —la reprendió, divertido aunque extrañado—. ¿Cómo sabes tú eso?

—¡Ay, hijo! Que una es vieja, pero no tonta. Y no digo más que la verdad. Esa muchacha sí que lo fue por haberte dejado marchar. Me contó que podías hablar con ella hoy si querías —se explicoteó—. ¡Ah! También te llamó Coral.

—¡Anda! ¿Está aquí?

—Se va mañana a Madrid. Dijo que si querías verla, puedes pasar por su casa esta tarde.

—¡Claro, abuela! —respondió Alberto, tras plantarle un sonoro beso en la frente.

—¡Ay, qué buen mozo eres! Que una ya va dando las mermas... —se quejó ella tal y como lo solía hacer: murmurando por lo bajinis, pero cerciorándose de que la escuchaban.

Alberto la abrazó de nuevo antes de preparar la mesa. Suponía que debía devolver la llamada a Arantza. No obstante, había prioridades. Y un desayuno sosegado en el pueblo era sagrado. Se disponía a freír un par de huevos... o tres, pero su abuela no se lo permitió y lo hizo ella misma. Mirando la felicidad con que cocinaba para él, al muchacho se le hizo un nudo en la garganta pensando en lo que la echaría de menos algún día, que esperaba que fuese lejano.

Comer pausadamente a solas le provocaba una sensación similar a la de conducir, porque su pensamiento divagaba de un lado para otro con una extraordinaria lucidez, como si jugase a elegir las piezas más importantes de un rompecabezas, sin pretender ordenarlas. Con la mirada perdida en las cigüeñas que anidaban en la torre semiderruida de la iglesia de Santa María, mientras untaba pan distraídamente en una de las yemas que tenía en el plato, Alberto repasaba su estancia en California mediante flashes de memoria, en los que destellaba su reunión con Gehry, si bien también elucubraba sobre lo que le esperaba a su regreso a Bilbao. Tras darle el último sorbo a la Coca-Cola con la que le gustaba desayunar los días que no madrugaba y recoger la mesa, se dirigió al salón.

Descolgó el teléfono antes de que regresara el resto de su familia, aprovechando un momento en que su abuela había dejado la cazuela a fuego lento para trajinar en el corral, mimando su rosal.

—¿Sí?

—Hola, Arantza.

—¡Hola, Alberto! No sabía si ibas a devolverme la llamada.

—¿Por qué no iba a hacerlo? —respondió él, aparentando despreocupación—. ¿Todo bien?

—Sí, claro. Todo bien. Iñigo ha salido a comer con estos. Ya sabes que son las fiestas aquí también.

Al oírla, resopló cubriendo el auricular. De sobra lo sabía. Que las fiestas de Portugalete coincidiesen con las de Villalpando era algo que le contrariaba cuando vivía allí porque, de algún modo, lamentaba no poder disfrutarlas con su cuadrilla, aunque tampoco quería prescindir de sus amigos de la peña villalpandina. En cualquier caso, por aquel entonces no tenía demasiada elección, dado que su padre los llevaba al pueblo en cuanto acababa el curso escolar para pasar allí todo el verano, sin importarle que él tuviera que volver a trabajar hasta poder disfrutar de unos días de vacaciones. Lo más que Alberto consiguió en los dos últimos años que estuvo allí fue retrasar el viaje hasta después de la bajada de la Virgen de la Guía.

—No te ha resultado difícil encontrarme.

—¡Por supuesto que no! Sé que en estos días siempre andas por ahí. Te he llamado por..., bueno. El sábado actúa Aute en Bilbao y pensé que, a lo mejor, te apetecería ir. Iñigo estará de acampada con algunos de la cuadrilla.

Solía suceder también. Que cuando acababan los festejos en honor de san Roque en Villalpando, comenzaba Aste Nagusia. A veces, incluso se solapaban, como en aquella ocasión. Sin embargo, solo había frecuentado las fiestas bilbaínas aquel último año del que no conservaba los mejores recuerdos, a pesar de haber pasado con ella unos primeros días ingenuamente felices. De ahí que su silencio se prolongara unos instantes. Lo primero que se le ocurría era inventarse cualquier excusa, ya que no se atrevía a decirle que le dejara en paz porque realmente no sabía lo que quería. Aute, Bilbao y ella implicaban regresar a un pasado del que le resultaba complicado desembarazarse y al que aún sopesaba cómo enfrentarse. Pero, de algún modo, se sentía reconfortado manteniendo algún anclaje. Quizás por su tendencia a la melancolía.

—Te aprovechas de que no sé decir que no a Aute —terminó por reconocer.

—¡Genial! Te llamo cuando vengas y quedamos. ¿Cuándo vuelves?

—Imagino que el jueves o el viernes. Me incorporo al trabajo el lunes de la semana siguiente.

—Entonces te llamo el viernes. ¡Un beso!

—*Agur*, Arantza —se despidió Alberto, con una sonrisa que ni siquiera él supo interpretar.

Acto seguido, se encerró en su cuarto para poner en orden sus ideas. Y tal y como sucedía en esas ocasiones en que su mente se enredaba en su propio laberinto, se quedó dormido. Dormir suponía su única vía de escape cuando decidía no pensar. Algo así intuyó su familia, o quizás creyó que le duraba el jetlag, porque nadie le despertó a la hora de comer. Lo hizo, por sí mismo, sobre las siete de la tarde.

Media hora después abrazaba a la prima monja de su madre, quien le invitó a sentarse a su lado junto a la mesa camilla que presidía la humilde salita de la vieja casa de los padres de ella, la cual todavía conservaba la decoración de los años sesenta e incluso una radio antigua de madera.

—¡Qué alegría verte, Alberto! Tu madre me dijo que estabas trabajando en Estados Unidos y que, a lo mejor, no te daba tiempo a llegar a las fiestas.

—Bueno, algo me he perdido, pero ha merecido

la pena. Mi abuela me ha contado que mañana vuelves a Madrid.

—¡Vaya que sí! Han pasado estos días volando. Mal que me pese, tengo mucho trabajo allí. Llevo incorporada poco más de un mes, pero me ha dado tiempo a echar un vistazo al asunto que nos traemos entre manos.

—No tenías que haberte molestado en hacerlo tan pronto —respondió con sinceridad Alberto; máxime cuando, en honor de la verdad, a él había dejado de interesarle bastante.

—No pasa nada. Tampoco he podido hacer gran cosa. No pensaba yo que iba a estar todo tan ordenadito. Fue fácil encontrar el registro de las hermanas destinadas en Saturraran. Se hacía un recuento anual.

—¿Y? —preguntó el muchacho sin estar seguro de si debía recuperar la ilusión por sus torpes pesquisas.

—No tengo buenas noticias. Casi todas las que cerraron el penal han muerto. Y, de las tres que quedan, una tiene demencia senil y las otras dos prefieren no hablar de aquello. Las localicé y las llamé, pero ninguna recordaba que una reclusa hubiese parido al poco de llegar. Y menos que la niña muriese.

—Te lo agradezco mucho, Coral. Eso es más de lo que te había pedido.

—En los archivos sí que encontré algo que me llamó la atención: hubo una hermana a la que destinaron allí al abrir el penal, pero no estaba en la lista del segundo año. Puede que muriera. De ser así, fue una pena porque lo hizo joven. Consta en el registro que tenía veintitrés años y que era matrona.

A Alberto se le iluminó el semblante, pero prefirió no desvelar a Coral que, según le había contado la abuela de Xurxo, la monja que había asistido a Irene Lasa en el parto se marchó de allí al poco tiempo.

—Puede ser un punto de partida para mí. ¿Tienes el nombre?

—Sí. Toma... —respondió ella, entregándole una nota—. De haber sobrevivido, dejó de pertenecer a la orden porque no nos consta en la congregación. Hoy tendría setenta y ocho años.

—Julia Manrique Sardón —leyó Alberto, en voz alta, sabedor de que no le resultaría fácil dar con ella. Pero al menos no tenía unos apellidos muy comunes—. ¡Muchas gracias, Coral!

—De nada, hombre. Su nombre religioso era sor Águeda. Espero que esto te ayude con esa chica de la que me hablaste. Por cierto, ¿te ha esperado?

—Me temo que no —confesó él, esbozando una sonrisa resignada—. No te preocupes. Lo superaré —continuó, riéndose de sí mismo, con una sorna obligada.

—¡Caramba! Lo siento. ¡Ay, esos asuntos del amor!

—De eso que te libras, Coral.

—¡Sí! Aunque no creas, que también nosotras tenemos lo nuestro —replicó con un cierto halo de misterio en el que Alberto no quiso profundizar.

—De verdad que te estoy muy agradecido —insistió él mientras se levantaba de la silla.

—Ya sabes: yo encantada de echar una mano a la

familia. Luego vienen tus padres a cenar. ¿Te apuntas?

—Me encantaría —mintió piadosamente—, pero esta noche tenemos barbacoa en la peña.

—¡Pues a pasarlo muy bien! —se despidió ella, con un cariñoso abrazo.

De regreso al domicilio familiar, con el sol ya cayendo sobre las casas de adobe que se mimetizaban con los campos, Alberto se sintió desamparado sin atisbar a acertar por qué. Quizás solo fuese la nostalgia de los atardeceres que ya no volverían.

25

Hasta 1978 las fiestas de Bilbao, carentes de personalidad, estaban conformadas básicamente por corridas de toros, representaciones teatrales y conciertos; espectáculos que exigían el pago de una entrada no siempre asequible, por lo que distaban de ser populares. Era como si en las últimas cuatro décadas el alma de la ciudad hubiese permanecido dormida. Fue Quico Mochales, jefe de relaciones externas de El Corte Inglés, quien consiguió que el ayuntamiento aceptara su propuesta de convocar un concurso de ideas que acercase las fiestas a los ciudadanos, después de haberlo intentado en vano en años anteriores. El proyecto mayoritariamente votado por el jurado resultó ser el presentado por una agrupación ligada al movimiento comunista, denominada Txomin Barullo, que tomaba el nombre de un tipo bromista y bullanguero, sacristán de la parroquia de los Santos Juanes a mediados del siglo XIX, cuya intervención se hacía imprescindible en todos los eventos sociales y religiosos de la época.

La Comisión de Fiestas, compuesta por diecisiete jóvenes pertenecientes a diferentes colectivos, trabajó contrarreloj para llevarlas a cabo en mes y medio e hizo un llamamiento para la formación de comparsas a las asociaciones vecinales, a las organizaciones sociales e, incluso, a las cuadrillas de amigos, siempre que contasen con fanfarria propia y fuesen al menos cincuenta componentes con la misma vestimenta. Entre el aluvión de ideas de los organizadores, encabezados por un imaginativo Josepe Zuazo, surgió la creación de un muñeco que sirviese como seña de identidad, el cual le fue encargado a Mari Puri Herrero, una prestigiosa artista local que diseñó en tan solo cinco días una figura de cuatro metros que representaba a una señora sonriente con los brazos en alto, ataviada con ropaje rural, a la que bautizó con el nombre de Marijaia, que venía a significar «la señora de las fiestas», como así ocurriría, porque estas terminaron con su incineración en la ría, lo que se convertiría en una costumbre.

El éxito de participación de aquella primera Aste Nagusia fue de tal magnitud que desbordó cualquier previsión. En agosto, Bilbao venía siendo una ciudad casi desierta, con sus vecinos de vacaciones y los negocios cerrados, hasta el punto de que tuvieron que instalarse *txosnas*, construidas con tubos metálicos y lonas viejas, que pudieran dotar de bebida y comida a quienes se acercaran al Arenal. La afluencia se disparó enseguida y muchos bilbaínos, alertados por lo que estaba ocurriendo, anticiparon el regreso desde su lugar de descanso veraniego para no perderse aquel jolgorio inesperado. Ya el primer fin de semana se agotaron las existencias, consumiéndose ochenta mil litros de alcohol, ciento veinte mil de refrescos y cincuenta mil barras de pan.

Sin embargo, la diversión se vio empañada por la muerte de un joven de veinte años atrapado por el desplome de la marquesina de la parada de autobuses ubicada frente a la iglesia de San Nicolás, provocado por el numeroso público encaramado sobre ella para presenciar la *sokamuturra*, el encierro del toro enmaromado que se celebraba cada mañana a las ocho. Ese día, los festejos comenzaron con un minuto de silencio y las comparsas no hicieron sonar sus instrumentos musicales en señal de duelo.

Aquella pionera Aste Nagusia evolucionaría con el tiempo hasta convertirse en el evento más multitudinario de la ciudad.

Cuando Alberto la visitó por primera vez, en aquel aciago 1983 de las inundaciones en el que Marijaia no acabó ardiendo, sino destrozada en la ría, se limitó a contagiarse del ambiente y a disfrutar de la compañía de Arantza, sin ser consciente de que serían sus últimos días de noviazgo. Por eso, quizás, ahora miraba con recelo las concurridas *txosnas* donde la gente guardaba cola para pedir cachis de cerveza y talos con chistorra. Después de llegar la noche anterior, y tras sufrir un calvario para acceder con su coche hasta su aparcamiento en Plaza Nueva debido al colapso de tráfico, había decidido acercarse al Arenal con la intención de tomar algo, atraído también por la curiosidad. Le llamó la atención la presencia de algunos extranjeros tomando fotos de cuanto les parecía pintoresco a sus ojos. Alberto se sonreía al verlos. Tampoco es que abundasen los turistas entonces, pero sí se veía alguno más que en los tiempos de su infancia. Recordaba un día, cuando tenía unos catorce años, que sus amigos y él se encontraron con un tipo alto y pelirrojo que caminaba con una cámara colgada por los alrededores del puente del Arenal. Les sorprendió tanto ver a un turista que no pudieron por menos que seguirlo a distancia para ver qué demonios pretendía retratar en aquella Bilbao anodina. No tardarían mucho en aburrirse al comprobar que pensaba tirar el carrete entero en el teatro Arriaga, pero aquella imagen se le quedaría grabada en el pensamiento.

No quiso esperar para que le sirvieran una cerveza en vaso de plástico, que se imaginó caliente. En gran parte porque se sentía fuera de lugar. Le fastidiaban algunas de las pancartas que exhibían las *txosnas* más radicales, a pesar de algunas tímidas voces que pedían despolitizar las fiestas. Pero parecía que en esos días todo estaba permitido; y los carteles, que nadie se atrevía a retirar, pidiendo la amnistía para los presos etarras o exigiendo a la familia de Julio Iglesias Zamora que pagara el rescate para liberarlo constituían un adorno más del recinto festivo. El día anterior, al igual que sucedía cada año, se había producido el enfrentamiento entre algunos *ertzainas* y los extremistas que pretendían asaltar el ayuntamiento por la colocación de la bandera española en su balcón junto al resto de las banderas oficiales, con las consecuentes cargas policiales y posteriores detenciones, que fueran censuradas por los representantes de la coordinadora de comparsas por haberse realizado entre las *txosnas*, donde algunos atacantes buscaban refugio. Aquellos incidentes, que algunos observaban como si fuera un espectáculo, tenían un carácter tan tradicional que hasta podían haberse incluido en el programa de festejos junto con las exhibiciones de deporte rural o los concursos gastronómicos. Al fin y al cabo, todo acontecía en el mismo lugar.

Por las noches resultaba difícil desprenderse de los olores a orín o conciliar el sueño por el jolgorio, aunque a Alberto no le molestaban demasiado los ruidos porque sufría de una leve sordera crónica a causa de una gripe mal curada en su adolescencia. Sin embargo, al otro lado de la ría, durante Aste Nagusia las cuadrillas más clásicas tomaban potes por los bares de la calle Ledesma o en los coquetos locales de Indautxu. Sin duda, prefería el ambiente que se respiraba fuera del Casco Viejo. Claro que aquella apreciación también le incomodó al pensar que quizás se estaba aburguesando de manera prematura.

Regresó a casa, bordeando la ría, no sin cierta desolación al descubrir, pintada con unas enormes letras negras en los soportales de la Ribera, la frase «Atutxa, cadáver», amenazando de muerte al consejero vasco de Interior. También se cruzó con varios tipos que parecían frecuentar al mismo peluquero, con media melena y flequillo horizontal; la mayoría de ellos con una pegatina en sus camisetas con la frase «Julio, *ordaindu!!!*» (¡Julio, paga!) y unos lazos verdes que no supo interpretar. Todo ello en medio de un ambiente festivo, con el Casco Viejo abarrotado de gente que bebía en las calles bajo un calor asfixiante.

Al pasar por delante del Muga, vio que salía una cuadrilla, dejando algún hueco en el bar, por lo que aprovechó para entrar a tomar una cerveza, que se le antojaba como una misión de humanidad consigo mismo. Dentro sonaba *Sarri, sarri*, la canción de Kortatu que festejaba la fuga de dos presos etarras de la cárcel, pero como Alberto no sabía euskera únicamente le parecía una canción muy pegadiza para bailar en los días de fiesta.

—¿Perdido? —preguntó una voz femenina a sus espaldas, que esta vez identificó sin necesidad de girarse, porque llevaba demasiado tiempo esperando ese momento.

—Esto se está convirtiendo en una costumbre —respondió él, dándose la vuelta para ver el gesto divertido de Izarbe, acompañada por un grupo de amigos. Casi por instinto, después de mirarla a los ojos, echó un vistazo hacia abajo para comprobar aliviado que llevaba unas deportivas blancas. Ignoraba de dónde le venía esa manía, pero no le gustaban los pies. Y que nunca la hubiera visto con sandalias, sin duda, constituía un atractivo añadido de los muchos que tenía para él.

Prefirió no decirle que se había vuelto a producir una serendipia. Al fin y al cabo, ella le hubiera contestado que no parecía ninguna casualidad verse de nuevo en un lugar que ella frecuentaba cuando iba a Bilbao y que, además, se hallaba junto a su casa. Y, desde luego, él no estaba dispuesto a revelarle que, si bien le gustaba el lugar por la música y el carisma de Juankar, en realidad venía acudiendo al Muga con relativa asiduidad con la absurda esperanza de encontrarla.

Se preguntaba si sus emociones al verla serían tan evidentes, y eso que trataba de disimular su perturbación por aquel golpe de fortuna. Con razón una de sus máximas era que la suerte había que buscarla. De no ser por su cobardía y porque ella le había rogado que no se le ocurriera cantarle nunca, de buena gana le hubiera pedido a Juankar que pinchara *Volver a ser un niño*, el tema de Los Secretos que contaba la historia de un tipo que se sentía solo y perdido simplemente porque la chica de la que estaba enamorado le sonreía. Alberto llevaba instalada esa canción en el alma desde que la escuchara directamente de la voz de Enrique Urquijo en el concierto que su grupo había dado en la plaza del Gas durante la festividad de San Juan.

—¿Te apuntas con nosotros? —le preguntó ella, con esa naturalidad que le desarbolaba.

No supo decir que no. Hacía casi tres meses desde que la despidiera en el portal del edificio en el que vivían sus abuelos, después de atravesar despacio los jardines de Albia, sin atreverse a culminar ese beso que él se moría por darle desde que la había visto aparecer en el Umore Ona; y era innegable que seguía ocupando sus meditaciones más melancólicas, lo cual suponía un tremendo error porque jamás había conocido a una chica con menos tendencia al romanticismo que ella.

En medio del jolgorio, su integración en la cuadrilla duró lo que tardó en beber las dos primeras cervezas de las muchas que cayeron. Más complicado le resultó mantener la compostura a medida que avanzaban las horas y su obnubilación crecía por mor de esa mezcla embaucadora de alcohol y de Izarbe en la que flotaban sus pensamientos. Cada vez que conversaban o, simplemente, se cruzaban la mirada, Alberto debía reprimir su condenado impulso de besarla.

Después de devorar allí mismo unas hamburguesas, la juerga continuó en Las Ruedas, un garito recién inaugurado en la zona alta de la calle Iturribide lleno de divertidos dibujos pintados sobre unas paredes rojas que conferían al local cierto aire prostibulario y en el que, de repente, parecía haberse hecho de noche a pesar de estar aún a media tarde. Alberto aparentaba charlar de manera distendida con todos; pero, en cuanto le surgía la ocasión, procuraba hablar a solas con Izarbe a la distancia en la que los ojos no mienten.

—Oye, nosotros vamos esta noche al concierto de Loquillo en la plaza del Gas. Te vienes, ¿no? —le invitó ella gritándole casi al oído para hacerse entender por encima de la atronadora música pinchada por Gonza, un joven heavy bonachón de voz rasgada que regentaba el local junto a Edurne, su chica.

Por puro instinto, Alberto miró su reloj. Le pesaba enormemente rechazar el plan, pero no faltaba mucho para su cita con Arantza. En esos momentos se arrepentía enormemente de haberla aceptado. Claro que, de no haberlo hecho, lo más seguro es que tampoco hubiese adelantado su viaje a Bilbao y no habría coincidido con Izarbe. Al menos, así tenía la evidencia de que prefería la compañía de la joven azafata, por muy esquiva que se mostrase.

—No voy a poder. Y bien que me gustaría —se

lamentó—. Aunque... podíamos quedar otro día ... —se aventuró a decir.

—No creo que sea buena idea. Tengo alguna cerveza de más, pero me acuerdo de lo que hablamos en el Umore. Y, después de lo de hoy, me reafirmo.

—¿En qué te reafirmas?

—En que me gustas. Y no es algo que me pueda permitir ahora.

—¿Que te guste? —preguntó él, felizmente desconcertado.

—Que me gustes..., posiblemente, demasiado. Mi vida es otro rollo.

—Te mentiría si te dijera que lo entiendo, pero supongo que poco puedo hacer. Bueno, tengo que irme... —Intuía que profundizar en los sentimientos de Izarbe resultaría contraproducente.

—¡Eh! No quiero caras largas, ¡que estamos de fiesta! —comentó, sin perder la sonrisa.

De repente, sin que Alberto se lo esperara, ella le puso una mano en la nuca y le besó en la boca con una dulzura que le fascinó. Si antes no comprendía nada, ahora, menos todavía.

—Izarbe... —acertó a decir cuando ella decidió dar por concluido el beso.

—¡Mierda! Sabía que besabas bien.

—¿Y entonces?

—Entonces, nada. Solo quería cerciorarme.

—¿Te podré llamar? —Alberto se resistía a claudicar, y menos con la miel en los labios.

—Es mejor que no. Vamos a dejarlo así.

—Y tú a esto lo llamas no jugar conmigo —protestó él.

—¡Eh! Los chantajes emocionales no valen.

Él se quedó mirándola embelesado durante unos instantes, abandonado al misterio de aquellos maravillosos ojos grises. Entonces, la tomó de la cintura y le dio un beso húmedo y apasionado que ella no rehusó.

—*Agur*, Izarbe. Despídeme de la gente. Si quieres encontrarme, ya sabes dónde estoy —le dijo, de forma cariñosa, empleando de nuevo la letra de *Calle Melancolía*, la canción de Sabina, al igual que hizo cuando se despidieron el día que ella le dio las llaves del piso de Iturribide.

—Sé feliz, Alberto.

Salió eufórico de Las Ruedas, tatareando sin darse cuenta *Livin' on a prayer* de Bon Jovi, una de las canciones más alegres que conocía. Era cierto que Izarbe le acababa de despedir con un «Sé feliz» que era algo así como el «Cuídate» de Arantza y le había pedido que no la llamara, pero sus ojos expresaban otra cosa distinta. O eso quiso creer él. Cuando se está enamorado, la esperanza de ser correspondido es alimentada por los anhelos y la imaginación. A veces, lo único que nos permite seguir respirando.

26

Si había algo que le soliviantaba era la mala educación. Unos pies en los asientos de un autobús, un coche que cambiaba de carril sin poner el intermitente o alguien que tiraba un desperdicio al asfalto despertaban sus instintos asesinos. Y la señora chabacana que gritaba desde el fondo «¡Que se vaya ya ese tío!» estaba comprando todas las papeletas para que imitara a Michael Douglas en *Un día de furia*, la única película que pudo ver en Santa Mónica. Aute apenas llevaba cantando cincuenta minutos y una individua le mandaba callar porque quería que comenzara el espectáculo de la fuente cibernética en la Pérgola, cuando todavía faltaba más de media hora para ello según el programa de festejos. Y todo porque sus hijos se aburrían. Alberto solo esperaba que los gritos de aquella energúmena no llegaran a oídos de su cantautor favorito, que interpretaba sus temas con la intimidad de quien lo hace en su casa con la luz tenue, una copa de vino y buena compañía.

Arantza le observaba de reojo, temerosa de su reacción, si bien no pensaba que fuera a perder los nervios porque le constaba que sus enfados los rumiaba en silencio. Pero, por su gesto de enojo, le parecía ver cómo le salía el humo por las orejas. Fue un señor de pelo cano con el jersey por los hombros quien se atrevió a reprender a la señora, lo cual provocó el aumento de sus aspavientos, aunque acabó por marcharse en medio de algunos abucheos. Al darse cuenta, Alberto respiró hondo, justo cuando Aute cantaba *De alguna manera*, como si fuera una premonición de lo que debía hacer con Arantza: olvidarla. Lo que más le gustaba de aquel cantautor, que llevaba siempre la camisa desabrochada y un cigarrillo en la mano, era que sus letras parecían arrancadas de sus sentimientos más profundos, aquellos que forman parte de esa vida secreta que discurre convulsa en nuestra mente casi en paralelo a nuestros actos, con los que no siempre se identifican.

Habían quedado hacía un par de horas en el Jaime, un elegante bar muy próximo al parque de Doña Casilda, donde se estaba celebrando el concierto. Arantza llevaba un vestido blanco vaporoso en el que tenía prendido un pequeño lazo azul en forma de A por el que Alberto se interesó.

—¿Y eso? —le preguntó, señalándoselo.

—Un símbolo para pedir la liberación de Julio Iglesias Zamora. Es una iniciativa de Gesto por la Paz —explicó ella, aludiendo a esa organización ciudadana que se manifestaba cada vez que se cometía un asesinato, bien fuese a manos de ETA o del GAL, cuyos crímenes, aunque ya hubiese cesado en su actividad, seguían sin esclarecerse; lo cual, unido a la acusación de corrupción por financiación ilegal del PSOE en el caso Filesa, estaba produciendo un desgaste en el Gobierno socialista de Felipe González que le llevaría a perder las siguientes elecciones, después de catorce años en el poder. Sin embargo, no fue hasta el secuestro del empresario guipuzcoano cuando Gesto por la Paz consiguió una movilización multitudinaria de la sociedad vasca a favor de su liberación.

Durante unos instantes, Alberto se mantuvo pensativo. Era cierto que en los bajos de su casa acababa de ver un cartel que decía LOS ASESINOS LLEVAN LAZO AZUL junto a las fotografías del consejero vasco de Interior, del presidente y vicepresidente del Gobierno español, del rey, del teniente coronel de la Guardia Civil que estaba al frente de la lucha antiterrorista y de uno de los presentadores de Teleberri, el noticiero autonómico; con la indicación de sus acusaciones: torturadores, cipayos, periodistas manipuladores, empresarios explotadores, políticos corruptos... Sin embargo, Alberto no había entendido el sentido del lazo; en parte, porque los efectos de la resaca, después de la juerga con la cuadrilla de Izarbe, mermaban sensiblemente su raciocinio. De ahí que estuviese tomando Coca-Cola, uno de los pocos vicios confesables en los que solía caer.

—No lo sabía —admitió.

—Sí que has desconectado estos meses que has estado fuera.

—Apenas he visto las noticias —se disculpó.

—Ya iba siendo hora de que se hiciera algo. Que llevan años creyéndose que la calle es suya.

—También he visto algunos *borrokas* con lazo verde.

—Para enfrentarse a los que llevamos el azul. Pero han fracasado. Somos mayoría, aunque nunca suficientes.

—Ya... —titubeó Alberto, admirado por su valentía—. ¿Iñigo lo lleva?

—No, dice que no es asunto suyo. Pero tampoco me ha pedido que me lo quite. Quienes sí me han vacilado han sido algunos de su cuadrilla. Pero me da lo mismo. Ya sabes lo terca que soy cuando creo en algo.

—Terca y con agallas.

—No podemos seguir de brazos cruzados. Son demasiados años callados, tragando todo lo que está ocurriendo, ¿no crees? Es la primera vez que la gente reacciona de manera mayoritaria. Y ya iba siendo hora.

Sin duda, Alberto así lo creía. Y agradecía que ella no le animara a ponerse el lazo azul, porque hubiese evidenciado su cobardía. Bien pensado, tampoco le parecía sensato exhibirlo por el Casco Viejo, ni significarse en el trabajo, aunque estaba seguro de que estaría bien visto por sus jefes; en especial, por Segurola. Le seguía doliendo el miedo. Tantos años maldiciendo la violencia y jamás se había atrevido a censurarla en público, ni dentro ni fuera del País Vasco, debido a ese temor de quedar estigmatizado, e incluso de aparecer en las listas de amenazados por ETA, porque estimaba que nadie se libraba de poder ser señalado. Y ahora ni siquiera tenía el valor de ponerse un mísero lazo azul, atenazado por ese terror que era capaz de bloquearle la conciencia. Justo lo que ellos querían.

Por eso le maravillaba aún más la determinación de Arantza.

—Tienes razón —susurró para evitar ser oído, pero el ambiente que los rodeaba no tenía nada que ver con el del barrio donde vivía, por lo que su sigilo resultaba ridículo. Y, sin embargo, no podía evitar mantener la guardia de su prudencia.

Luego la conversación derivó por otros derroteros más apacibles para Alberto. Arantza le informaba de que algunos antiguos alumnos del colegio Santa María iban a celebrar una comida informal por el décimo aniversario de su graduación escolar, cosa que él ya sabía porque tenía una carta en el buzón con la invitación, lo cual le había extrañado porque no entendía cómo el organizador conocía su dirección. Dado que ella acababa de comentar el tema, trató de averiguarlo.

—¿Le has dicho a alguien dónde vivo? Ha sido raro que haya recibido la carta.

—Pues no. ¿A quién se lo iba a decir? Bueno, Iñigo sabe que vives en Iturribide, pero sin más detalles. ¿No lo habrán mirado en la guía de teléfonos?

—En el sobre indicaba el piso. Y en la guía solo aparece el número del portal.

—Pregúntale el lunes a Txema Ybarra. Estará encantado de que le llames... ¡y de que vayas! Tengo entendido que es una reunión en *petit comité*. Solo chicos, por supuesto. Igual que en el colegio. En el *txoko* de la calle de la Torre no cabe demasiada gente.

—Entonces, ¿por qué me ha invitado a mí?

—A ver, eras el delegado de clase. Y además trabajas en IDOM para el Guggenheim. Esas cosas, sin querer, influyen.

—Ya... A lo mejor me llamó y no me pilló en casa. En la nota venían dos números de teléfono, el particular y el del trabajo. Esta semana lo localizo.

Aunque la primera intención al leer la cuidada invitación enviada por Txema Ybarra, del que conservaba un recuerdo amable, había sido la de rechazarla, bien pensado, aquella podía ser una buena oportunidad de reencontrarse con sus antiguos compañeros, después de no haber acudido en mayo a la convocatoria oficial del colegio por haber coincidido con el concierto de Springsteen en Compostela y, qué demonios, porque tampoco le seducía la idea de tener que saludar a gente que prefería evitar. Claro que para tomar la decisión definitiva habría de preguntarle al organizador por la lista de convocados.

—Deberías ir —dijo Arantza, que le conocía mejor de lo que él suponía.

—¿Irá Iñigo? —preguntó él, sin rodeos.

—No lo creo. Ya sabes la manía que le tenía al colegio. Dice que no le apetece recordar batallitas con los curas —respondió ella, refiriéndose a los hermanos menesianos.

—Yo no tengo ninguna queja —comentó él, divertido.

—Porque tú te portabas bien. Iñigo dice que siempre fuiste un pelota y un empollón.

Aquella revelación no le agradó en absoluto. Aun así, trató de disimular su fastidio. Él jamás había tenido esa consideración sobre sí mismo. Quizás podía admitir la existencia de algún trato de favor, pero creía que venía inducida por su comportamiento, siempre educado, y por su concentración en clase, lo que le ayudaba a que apenas tuviera que llevarse deberes fuera del colegio. En la Politécnica sí que le tocó clavar codos, pero durante sus años escolares apenas necesitó estudiar en casa.

—Para haber sido mi amigo no parece que se prodigue mucho en elogios hacia mí —respondió él, con sorna.

—¡No te creas! Te tiene mucho cariño.

Fiel a sus principios de no discutir, Alberto prefirió no cuestionar lo que Arantza acababa de decir. Puede que se lo hubiera tenido... algún día muy lejano; pero, desde luego, ahora estaba seguro de que su antiguo amigo habría preferido que él no hubiese regresado a Bilbao.

—¿Más que tú? —bromeó.

Aquella pregunta, nada inocente, la desconcertó, pero no consiguió arredrarla. Mirándole con dulzura a los ojos, con una mano le tomó del brazo y con la otra le acarició la cara.

—¿Sabes, Alberto? Me encanta que estés aquí. Y que vayamos a ver a Aute.

—Que hay nuevo LP... —canturreó él, remedando la letra de *Mira que eres canalla*.

A pesar de todas sus cuitas, a él también le alegraba. Pero porque estaba empezando a desprenderse de su dependencia emocional de aquella chica, o quizás de ese recuerdo adolescente que tanto había idealizado. Y eso que su mirada azul aún le hacía zozobrar. Los recovecos de la memoria son burlones. No obstante, ahora parecía capaz de identificar sus sentimientos, hasta hacía nada confusos. Sentía cariño por Arantza y nostalgia del pasado. Sin embargo, no vibraba con su presencia como le ocurría con Izarbe. Después de lo vivido aquel día en el Muga y, sobre todo, en Las Ruedas, incluso hasta se permitiría ensoñar con que aquella chica de altos vuelos no fuese inalcanzable.

27

Su regreso a las oficinas de IDOM en Deusto distó de ser relajado, por mucho que Marijaia hubiese ardido la noche anterior y aún fuese agosto. La colocación de los pilotes del museo acababa de ser adjudicada a Cimentaciones Abando, una empresa local especializada en proyectos complicados, por lo que se preveía que las obras comenzasen a principios del otoño y había que apremiarse a limar los contratiempos que iban surgiendo.

Inmerso en la vorágine de la oficina, Alberto no se acordó de llamar a Txema Ybarra en horario laboral hasta el jueves de la siguiente semana, solo dos días antes de la fecha de la comida con algunos compañeros de su curso en el colegio.

—BBV, *egun on* —saludó una voz de mujer.

—*Egun on*. Me llamo Alberto Cepeda. Me gustaría hablar con José María Ybarra —solicitó el ingeniero, cerciorándose de haber marcado correctamente. Por un instante, estuvo tentado de anteponer un don al nombre de su antiguo compañero, pero le pareció absurdo hacerlo simplemente porque estuviese hablando con su asistente. Era igual de ridículo que, cuando alguna vez que había comido en un restaurante con algún amigo estirado, este se dirigía al camarero diciéndole: «el señor quiere...» cuando el señor era el propio Alberto. Lo consideraba una manera trasnochada de marcar distancias y de separar clases sociales. Que un amigo le llamara señor delante de un extraño, solo para aparentar distinción, era una soberana estupidez. Desde niño, tenía inculcado que el respeto se ganaba con trabajo y educación. Él mismo había trabajado muchos años en la restauración. Quizás por ello, le gustaba presentarse a los camareros que le atendían por su nombre.

—Un momento, por favor —dijo la asistente con amabilidad.

Al otro lado de la línea, sonó el *ragtime* de la película *El golpe*. Desde luego, que si el tema había sido elegido por Txema tenía un sentido del humor muy retorcido, porque no parecía ser la música de espera más apropiada para un banco. Su antiguo compañero no tardó en atenderle.

—¡Alberto! ¡Qué alegría! No sabía si habrías recibido la convocatoria —le comentó, con voz jovial.

—Hola, Txema. La recibí, *eskerrik asko* —agradeció el ingeniero—. Disculpa por no haberte llamado antes.

—¡Anda ya! ¡Estás a tiempo! Porque te apuntas, ¿no?

—Sí, claro... ¿Sabes si va alguno de mi cuadrilla?

—Solo se lo dije a Iñigo y me dijo que ya tenía apalabrada una salida al monte. Ya lo siento.

—No, no... No pasa nada. Era simple curiosidad.

—Pero conoces a los que vienen. Todos me han preguntado por ti.

—¡Qué bueno! —respondió Alberto, reconfortado por el comentario de Ybarra.

—Pasaremos un día cojonudo. Ya sabes. Una buena jamada, unos tragos, unas cuantas canciones en la sobremesa y, si cuadra, una partida de mus. Contigo seremos veinte.

—¡Fenómeno!

En realidad, a Alberto le agradaba compartir esa comida con sus antiguos compañeros. Tenía que reconocer que sentía curiosidad por estar en un *txoko*, uno de esos coquetos locales que albergaban sedes gastronómicas en las que se reunían los amigos para cocinar ellos mismos lo que alguno compraba en el mercado esa misma mañana y que luego todos pagaban a escote, y en donde estaba prohibida la entrada de mujeres. Tal vez porque, en su fuero interno, necesitaba integrarse en esas costumbres locales a las que, por su juventud, no le había dado tiempo a hacerlo antes de marcharse, a pesar de que algunas pareciesen pasadas de moda, por mucho que se escudaran en el respeto a las tradiciones. Sin embargo, en este caso cabía la dispensa de que se trataba de una reunión de compañeros de su colegio que, en su época, no era mixto.

—Nos vemos pasado mañana, entonces. Nosotros estaremos por allí danzando desde las doce, pero tú puedes ir cuando te apetezca. No desayunes mucho.

—Te haré caso —respondió Alberto, sonriente.

—Sabes dónde es, ¿no?

—Sí, sí. Vivo cerca. Venía la dirección en la invitación. Por cierto, ¿de dónde la sacaste?

—De nuestra base de datos. Nuestro sistema informático es muy avanzado. Pero no se lo digas a nadie —reveló con una divertida malicia.

—¿Tenéis los domicilios de todo el mundo?

—Solo de nuestros clientes. Y tú, como eres un tío listo, tienes una cuenta con nosotros —le explicó el bancario con sorna—. La verdad es que es rara la persona que no haya tenido algún tipo de contacto con nuestra entidad.

—Ya —murmuró Alberto, pensativo—. Oye, sé que no es muy ético lo que te voy a pedir. Si no puedes ayudarme, lo entenderé.

—¡Déjate de bobadas! Deja que adivine. Quieres saber si alguna bella damisela es clienta y te puedo dar su dirección o su número de teléfono.

—Algo así —reconoció Alberto—. Pero no hay asunto de faldas por medio. Es algo más...

—Dime el nombre —le interrumpió.

—Julia Manrique Sardón —contestó esperanzado ante la posibilidad de poder averiguar algo más sobre la identidad de la monja que asistió a Irene Lasa en la cárcel de Saturraran.

—Un segundo... —solicitó Ybarra, al que se le oyó teclear con rapidez al otro lado del teléfono—. ¡Tienes razón! No es un asunto de faldas. Esta señora tiene setenta y ocho años.

—¿Figuran sus datos? —preguntó el joven ingeniero, sin disimular su excitación.

—No consta el número de teléfono. Solo la dirección. Toma nota: calle de Las Cortes, número 18, 1.º derecha.

—¡¿Aquí en Bilbao?!

—Sí, claro.

—¡Mil gracias, Txema!

—De nada, hombre. Si vas a pasarte, hazlo con cuidado. Ya sabes que no es un barrio muy recomendable.

—Lo tengo en cuenta.

—Oye, te dejo. Me esperan para empezar una reunión. Nos vemos el sábado y nos ponemos al día. Me alegra que te hayas apuntado. Un abrazo muy fuerte.

—¡Otro para ti! —se despidió Alberto, con una enorme sonrisa en la boca.

Aunque no solía hacerlo, se escapó unos minutos de la oficina, convencido de que aquel era un momento especial y debía celebrarlo. Hacía diez años que no veía a Txema pero, por el tono de la conversación que acababan de mantener, parecía que hubiesen transcurrido diez días. Y además ahora tenía la posibilidad de localizar a aquella joven monja mercedaria que se marchó de la cárcel de Saturraran justo después de que Irene Lasa hubiese dado a luz. Así que se dirigió en busca de un rato de tranquilidad al Bolivar, uno de esos bares tomateros, como se les llamaba cariñosamente a los naturales de Deusto por sus famosas huertas —desaparecidas en los años setenta por culpa de la contaminación y de la urbanización de aquella antigua anteiglesia—, que aún atesoraba la esencia del pasado. Al doblar la esquina se fijó en la placa que indicaba el nombre de la calle donde se encontraba el bar: Rafaela Ybarra, la célebre benefactora del siglo xix, nieta del patriarca de la relevante dinastía de empresarios y banqueros, beatificada por el papa Juan Pablo II casi una década atrás. Y Alberto no pudo por menos que sonreírse por toparse con una de esas pequeñas casualidades a las que, a pesar de su frecuencia, no terminaba de acostumbrarse, lo cual agradecía porque pensaba que mientras mantuviera esa capacidad de sorprenderse conservaría su juventud.

Sin duda, su amigo Txema pertenecía a aquella familia tan prominente; no en vano, la entidad bancaria en la que trabajaba estaba presidida por alguien con su mismo apellido: Emilio Ybarra. El ingeniero calculó que Txema podía ser chozno o, incluso, tataranieto de Rafaela. Y, sin embargo, en el colegio jamás le había oído jactarse de ello. La genuina fanfarronería local no dejaba de ser inocua y su uso se limitaba al divertimento. En realidad, Alberto desconocía a qué se dedicaban los progenitores de sus compañeros de clase. Y no solo él. Suponía que eso era algo que no le preocupaba a ninguno. Más tarde sabría que se daban casos peculiares, como que el padre de uno de la cuadrilla hubiese sido chófer del de Agus, directivo en una multinacional. Quizás fuese consecuencia de esa hidalguía universal concedida a los vizcaínos siglos atrás, según la cual no se hacían distinciones en cuanto a los derechos entre los habitantes de su territorio. Aunque lo que realmente influía era la correcta educación en unos principios éticos, inculcada en casa y refrendada en el colegio.

Lo cierto es que tampoco les importaba el lugar de procedencia de los compañeros con quienes compartían juegos y aulas, ni si tenían apellidos vascos o castellanos. La única excepción la constituía Txelu, pero porque era hijo de Panizo, uno de los componentes de la legendaria delantera del Athletic de los años cuarenta, que todo aficionado aún mencionaba de memoria: Iriondo, Venancio, Zarra, Panizo y Gainza. Y eso sí que concedía un verdadero estatus, si bien Txelu tampoco presumía de ello.

De hecho, Alberto no conocería la palabra *maqueto*, el modo despectivo con que se referían algunos autóctonos a los inmigrantes procedentes de otras regiones, hasta haberse marchado de allí. Por eso le apenaba que la sociedad vasca hubiese ido perdiendo en los últimos tiempos esa ingenuidad de antaño y se diera una absurda importancia a lo que antes no lo tenía.

Acodado en la barra del Bolivar, disfrutaba de su Cola-Cola rodeado de algunos parroquianos que se resistían a dejar perder la tradición de ir de chiquitos por los bares. Le resultaba curioso haber buscado siempre celebrar a solas la mayoría de sus pequeños logros. Suponía que se trataba de una consecuencia más de su desarraigo y de su recelo a compartir confidencias. Pero, fuera como fuese, disfrutaba de esos momentos. Pasara lo que pasara con su investigación, conocía el paradero de una mujer cuyo rastro se había perdido más de medio siglo atrás. Y eso le hacía sentirse satisfecho.

Estaba deseando tener un par de horas libres, y el arrojo necesario, para acercarse al barrio de San Francisco con el propósito de encontrar a aquella antigua monja y descubrir si tenía algo que decirle sobre la hija robada de Irene Lasa..., la abuela de Izarbe. A pesar del tiempo transcurrido, estaba seguro de que ella lo recordaría, porque hay cosas que nunca se olvidan y que acompañan lo que queda por vivir.

28

A Luisa la Aguardientera se le paró el corazón en el corazón de su pueblo. A la hora del ángelus cayó desplomada bajo los soportales de la plaza Mayor cuando volvía de hacer los recados. En el suelo quedaron desparramados los tomates, pimientos, cebollas y calabacines con los que pensaba preparar un pisto aquella misma mañana septembrina, pocos días después de que sus hijos y sus nietos regresaran a sus lugares de residencia y la dejaran con el alma encogida.

Alberto recibió la noticia en la oficina de la voz de su madre y se encerró en los aseos a llorar con desconsuelo. Atrás quedaban sus refranes, sus guisos, sus abrazos e incluso esos divertidos refunfuños que él heredaría, más de protesta por lo bajinis que de queja, junto a unas viejas fotos y su cuchara de madera. Ahora tendría que aprender a llevarla dentro y perpetuarla en sus quehaceres cotidianos.

En aquellos momentos envidió a los católicos. Debía de reconfortar creer en la existencia de otra vida más allá de la terrenal, imaginar que un coro de ángeles se encargaría de acomodar a su abuela entre nubes de algodón mientras ella les preguntaba si allí podría ver las telenovelas que tanto le gustaban desde que se aficionara escuchando los seriales en la radio. La recordaba yendo aguda, como ella decía, en sus tareas domésticas para llegar a tiempo de seguir las desventuras de aquella muchachita que tuvo que dejar su Santander natal para trabajar de asistenta en Madrid en *Simplemente María*. Pero no, él no creía en Dios, por lo que dudaba que ya la tuviera en su gloria o que fuera a descansar en paz. Para él morirse no era descansar, sino desaparecer. Su educación le obligaba a morderse la lengua cuando alguien se refería a algún fallecido con un «Allá donde esté», un «Seguro que te está viendo» o un «Te cuida desde el cielo». Y aunque se esforzaba por respetar las creencias ajenas, por dentro le dominaba el desasosiego, porque estimaba que aquellas patrañas solo servían para consolar a personas que necesitaban aferrarse a una ilusión para evitarles la frustración de la nada.

Conduciendo de regreso a Bilbao, después de acudir al funeral para estar al lado de su madre, Alberto pensaba que jamás sería capaz de cubrir los vacíos de la ausencia. A lo más que podía aspirar era a acostumbrarse a vivir con ellos. Y a tratar de cuidar en lo posible la cicatriz de sus raíces heridas para siempre.

29

La pequeña puebla de pescadores ya existía en los arenales de la margen izquierda de la ría desde épocas inmemoriales. Con la fundación de la villa, en los estertores del siglo XIII, se convertiría en un arrabal conocido como Allende la Puente, por estar situado al otro lado del de San Antón, paso obligado para el comercio entre Vizcaya y Castilla. Más adelante, a partir de la centuria ilustrada, a este lugar se le llamaría Bilbao la Vieja para distinguirla de la nueva Bilbao, que crecía próspera en la orilla contraria, mientras que el vetusto asentamiento albergaría a gentes humildes que sobrevivían trabajando en oficios de baja estofa, no siempre lícitos, incluidos los más antiguos del mundo.

El incremento de la explotación minera bajo el colindante coto de Miribilla, a mediados del siglo XIX, provocó el aumento de la población obrera, con la consiguiente necesidad de urbanizar las áreas cercanas; así nacería el barrio de San Francisco, cuyas arterias principales eran la calle que llevaba su mismo nombre, construida sobre el antiguo camino real, y la de Las Cortes, que discurría por arriba en paralelo, bautizada así en honor a las cortes constituyentes de 1869, las primeras elegidas por sufragio universal masculino. En tanto los bajos de la calle San Francisco fueron ocupados principalmente por locales comerciales, en los de Las Cortes se concentraba la vida nocturna bilbaína en torno a clubes de alterne, cafés cantantes y cabarés, a los que acudían hombres de toda condición deslumbrados por los destellos de las luces de neón y por el encanto de las artistas que actuaban, muchas de ellas transgrediendo los cánones de una sociedad mojigata, escandalizada por una prostitución que nunca había dejado de ejercerse en esos lares proscritos, alrededor de los cuales pululaban rufianes, palanganeras, camareros, policías, lavanderas, músicos, parteras, floristas, cigarreras, jugadores, limpiabotas, loteros, peristas..., que conformaban un libertino microcosmos cercenado por las minas, las vías del tren y la ría en el mismo centro geográfico de la ciudad.

Este barrio, apodado la Palanca, que viviría sus mayores momentos de glamur en la década de los treinta y, posteriormente, en los años cincuenta y sesenta del siglo xx, se iría degradando a medida que desaparecía la bonanza económica y cambiaba el público que acudía a los burdeles, antes frecuentados por grupos de amigos jaraneros y más tarde por hombres solitarios que buscaban desfogarse en aquel ambiente sórdido. La llegada a galope de la heroína en los ochenta terminaría por convertirlo en un lugar poco recomendable, y las chicas llegadas del sur y de Cantabria, que antes trabajaban para ganar un dinero fácil, se vieron sustituidas por otras que se alquilaban por una simple dosis de droga que poder inyectarse.

Poco a poco se cerraron casi todos los locales de variedades: El Gato Negro, Maxim's, Villa Rosa, Oasis, Cañaveral, La Laguna, Tropical, Los Cuatro Hermanos, Bikini, Palanca 34, Los Globos, Novedades, Bolero, Moulin Rouge, El Tirol... Y los que sobrevivieron se transformaron en prostíbulos decadentes, poblados de sombras de lo que antaño fueron. Uno de ellos era el Poker, donde Alberto se asomó a primera hora de la tarde de aquel segundo sábado de septiembre de una manera tan candorosa que provocó las risas de dos muchachas mulatas que estaban sentadas, con los ojos puestos en la puerta abierta de la calle a la espera de algún cliente intempestivo, frente a una enorme barra que se extendía a lo largo del local.

—¿Te has perdido, cariño? —le preguntó una de ellas, después de levantarse y acercársele de un modo insinuante, echando el pecho hacia delante para mostrarle su vertiginoso escote.

—Hola... Solo quería preguntaros si me podéis ayudar —contestó tímido.

—¡Seguro que sí, guapo! —exclamó la joven, jugando a recorrer con sus dedos el rostro demudado de Alberto y detenerlos en sus labios.

Al darse cuenta de que tal vez no hubiese enfocado bien su respuesta, trató de reconducir la situación con rapidez.

—Verás, es que he llamado al primer piso del portal de al lado y no me ha contestado nadie. Venía a ver a Julia —explicó, refiriéndose a la antigua monja solo por su nombre de pila para hacer ver que la conocía.

Ahora fue la chica la que cambió el gesto, evidenciando su decepción al saber que aquel muchacho apocado no requeriría sus favores.

—¿Y por qué crees que nosotras podemos decirte algo? —preguntó empleando un tono deliberadamente arisco.

—Porque seguro que es una buena vecina —conjeturó Alberto, aparentando serenidad—. Y porque le hará ilusión verme después de tanto tiempo. Espero que esté bien. Hace mucho que no sé de ella.

La muchacha frunció el ceño como si no terminase de creer lo que aquel tipo sonriente le contaba. Pero, tras unos segundos en los que pareció escudriñarle los pensamientos, optó por debilitar su recelo.

—Salió hace un rato. Estará al llegar. No suele faltar mucho de casa.

—Ya imagino, a los recados, a misa y poco más —se atrevió a elucubrar él, para terminar de ganarse la confianza de la chica—. ¿Cómo te llamas?

—Jeanette —afirmó, empleando su alias de guerra.

—Yo soy Alberto —contestó el ingeniero, ofreciendo su mano a la muchacha, que la estrechó entre sorprendida y divertida.

—¿De verdad que no quieres que juguemos un ratito?

Lo cierto es que no era muy ducho en ese tipo de situaciones porque, salvo la juerga de Tijuana, en la que se limitó a ser un mero espectador, carecía de pericia a la hora de tratar con chicas que buscaban su dinero. Y así pensaba seguir. La experiencia de

México, lejos de dejarle un grato recuerdo, había reafirmado su aborrecimiento por los hombres que compraban los servicios sexuales de mujeres obligadas a ello. Al mirar los ojos vivarachos de Jeanette, Alberto consideró que rechazarla podía menoscabar su autoestima, que ya se imaginó bastante maltrecha. Y, a la vez, se sintió impotente por no saber ayudarla.

—Eres muy bonita, pero yo no... —balbució—. ¿Puedo tomar una Coca-Cola?

La muchacha suspiró y entró detrás de la barra para servirla, mientras él dejaba un billete de dos mil pesetas sobre el mostrador.

—¿No tienes algo más pequeño?

—Quédate con el cambio —dijo él, en un ridículo intento de aplacar su conciencia.

—Pues muchas gracias, caballerito. Si cambias de opinión, ya sabes dónde me tienes —se ofreció de nuevo, con la mirada puesta en la puerta—. Acaba de pasar Julia, por cierto.

A pesar de girarse con rapidez, Alberto no llegó a verla. Así que se bebió el refresco casi de un trago.

—El agradecido soy yo —se despidió. Antes de irse, aún le tomó los dedos y los besó a la altura de sus falanges, provocando la risa turbada de la muchacha, estupefacta por aquel gesto halagador a la antigua usanza.

Segundos más tarde, sonaba el timbre del primer piso del portal de al lado.

—¿Sí? —Se oyó una voz rota de mujer, distorsionada por un portero automático que no funcionaba demasiado bien.

—Buenas tardes. Preguntaba por doña Julia Manrique.

—¿Y quién es?

—Verá, señora... Quería hablarle de Saturraran —reveló, considerando que sobraban los remilgos si pretendía conseguir alguna información.

Los segundos transcurridos desde su respuesta hasta que se abrió aquella puerta destartalada le resultaron eternos. Sin embargo, allí estaba, subiendo nervioso los peldaños de madera, que crujían a su paso. En el descansillo le esperaba una señora de pelo corto cuyo aspecto le sorprendió. Jamás se hubiese imaginado encontrarse en aquel barrio a una mujer alta de modales distinguidos, vestida con pantalones, corbata y chaleco.

—Hola, así que me buscabas —saludó ella, ofreciéndole la mano—. Pasa, anda.

—Gracias, Julia.

En aquellos momentos, Alberto se sentía fuera de lugar y del tiempo, como si se viese obligado a protagonizar una película sin tener las más mínimas dotes de actor. A pesar de lo que pudiera parecer desde fuera, el piso, a la altura de su propietaria, atesoraba cierta clase, con estancias limpias y cuidadas, decoradas con un incuestionable buen gusto. Mirando con disimulo a su alrededor, siguió a la antigua mercedaria hasta un saloncito, presidido por la imagen del Nazareno que procesionaba cada Lunes Santo desde la Quinta Parroquia, y recorría la calle de Las Cortes provocando una paradójica explosión de religiosidad entre las gentes más libertinas. En la pared opuesta a la fachada de la casa descansaba una estantería repleta de libros, en la que Alberto advirtió al menos uno de Irene Lasa, junto a unas cuantas fotos en las que se veía a Julia con una mujer rubia más joven que ella.

—Siéntate, por favor. Tú me dirás —dijo la dueña de la casa, señalando uno de los dos sillones que se encontraban frente a una televisión encendida sin volumen.

—Bueno... Me alegro de haberla encontrado.

—¿Qué quieres saber de Saturraran? —se interesó ella, sin rodeos.

—Usted estuvo allí, ¿verdad?

La mujer suspiró sin dejar de mostrar una sonrisa pétrea que le confería tanta distancia como ternura.

—Hace mucho tiempo, sí. Es algo de lo que no he hablado con nadie, así que me encantaría que me contaras cómo lo has sabido.

Aunque le fastidiase faltar a la verdad, Alberto consideró que tampoco era justo dejar en evidencia a Coral, por mucho que dudara de que Julia la conociera.

—Por una presa.

—¡Si apenas estuve unos meses! ¿Cómo puede acordarse nadie de mí? —Su pregunta albergaba más sorpresa que escepticismo.

—Fue testigo de un parto que usted atendió. El primero que hubo en el penal.

De repente, se le dulcificó el rostro, a pesar de que ya no sonriese, como si hubiese estado esperando ese instante durante toda su vida para recobrar la paz.

—¿Qué sabes de eso?

—Entonces, es cierto, ¿no?

—Sí..., es cierto. Yo ya era matrona. Asistí allí a una única chica. Irene se llamaba. Nunca supe su apellido, y bien que me arrepentí de marcharme de aquel maldito lugar sin saberlo. Colgué los hábitos al poco de aquello y me vine a atender a las muchachas necesitadas del barrio.

—Se marchó porque no le gustaba lo que veía.

—Digamos que supuso un desengaño. Entendía que Dios no estaría demasiado contento con lo que pasaba allí, pero yo era demasiado joven para enfrentarme a mi superiora y preferí irme. Siempre dudé de haber hecho lo correcto. En el fondo, fui una cobarde.

—No creo que las chicas de la Palanca opinen lo mismo.

—Ni te imaginas el cariño que llevan dentro.

—Imagino que en justa correspondencia al que usted les da.

—Siempre estaré en deuda con ellas. Estas chicas me han ayudado a reconciliarme conmigo misma.

—¿Por lo que ocurrió en Saturraran?

—¿Te refieres a algo en particular?

—A aquel parto. La niña no murió, ¿verdad?

A Julia se le inundaron los ojos de lágrimas. Sin embargo, no se le quebró la voz.

—No, no murió. Se la llevaron.

—Fue cosa de la superiora, imagino.

—Se la entregó a una familia del régimen franquista —reconoció ella.

—Y usted no supo a quién, claro.

—No lo supe entonces. Pero pude ver a los..., a

los nuevos padres. La cara de felicidad de aquella señora con el bebé en sus brazos y el gesto altivo de su marido.

—¿Qué quiere decir con lo de «entonces»? ¿Que luego averiguó quiénes eran? —preguntó Alberto, excitado.

—Nunca lo investigué. Tampoco hubiese sabido cómo hacerlo. Lo vi a él por pura casualidad. Hubo una redada en el Gallo de Oro... No sé qué nombre tendrá ahora. La cosa es que como hacía esquina con las calles Santa María y Pelota, la policía entraba por una puerta y a algunos les daba tiempo a salir corriendo por la otra. Una de las chicas que escaparon vino a decirme que, con el susto, una amiga había roto aguas en el propio local. Y allí que me planté con mis bártulos. Total que, aunque hubiesen pasado un montón de años, lo reconocí enseguida. Con más kilos y menos pelo, pero con el mismo aire de suficiencia. Era un jefe de la secreta. Luego supe que lo de la secreta, en su caso, era una bobada porque le conocía todo el mundillo. Puedes preguntarle a la Otxoa.

—¿El del... La del bar de la calle Lersundi?

—Sí, ya sabrás que se hizo muy popular en la segunda Aste Nagusia, por cantar *Libérate*, que se convirtió en un himno gay. Pero antes, bien que lo sufrió, porque acabó más de una vez en la comisaría. Pablo Arias se llamaba aquel policía. Claro que al hombre no le quedaba más remedio que perseguir a los homosexuales y a las chicas —explicó, sin mencionar nunca la palabra prostituta, ante la atenta mirada de Alberto— por la Ley sobre Peligrosidad y Rehabilitación Social, ya sabes. Al parecer recibía los chivatazos de una tal Olga, la dueña de El Quijote, un bar de la calle Nueva. Y, de vez en cuando, yo creo que tenía que hacer un poco el paripé y pasar por alguno de los bares de ambiente del Casco Viejo para llevarse a unos cuantos a los calabozos. Por aquí apenas daban la lata. No interesaba molestar a la clientela de postín. Imagínate el escándalo si hubiesen detenido a los empresarios, futbolistas o políticos que venían. Por eso había más permisividad.

—¿En qué año vio a Pablo Arias?

—En el 73.

—Para entonces su hija... Bueno, la de Irene, ya tendría treinta y cinco años —calculó Alberto.

—Sí... Me picó la curiosidad y un día me fui a la comisaría de Gordóniz y estuve allí hasta que le vi salir. Se dirigió andando hacia su casa. Vivía muy cerca. En la alameda de San Mamés, al lado de la plaza de Indautxu. Anduve rondando su domicilio algunos días, sin suerte.

—¿Qué esperaba? ¿Encontrar a la hija de Irene y contarle la verdad?

—No pensaba en lo que haría. Hasta que un domingo por la mañana llegó con su marido y dos niñas.

—¿¡Vio a Izarbe!?

—Izarbe... Sí, recordaba perfectamente su nombre. Sin embargo, la bautizaron con el nombre de María. Oí a su marido llamarla así.

—¿Y cómo supo que era ella?

—Bueno... Le vi tocar al timbre y me hice la encontradiza. Le conté que conocí de joven a su madre y que me había parecido reconocerla, aunque no la veía desde que era niña. Además, tenía un sorprendente parecido con Irene. Hasta me invitó a subir, pero tuve que excusarme con que tenía prisa.

—Bueno... No mintió. La vio nacer.

—No me gusta hacerlo. Parecerá una bobada, pero me reconfortó hablarle. La chica era sumamente agradable. Y ya que estaba metida en faena, le pregunté que dónde vivía y a qué se dedicaba. Antes de despedirme, le aparté un poco el pelo con la excusa de alabar sus pendientes. Quería cerciorarme de que tenía la mancha en la oreja con la que nació.

—¡Se acordaba de su antojo!

—No se me ha borrado nunca de la memoria la imagen de aquel bebé ni los llantos desesperados de su madre cuando se la quitaron. Porque ella no se creyó que la niña estaba muerta —admitió la mujer, sin pensar demasiado—. Pero ¿cómo sabes tú lo de la mancha?

—Me lo contó la nieta de Irene.

Julia volvió a llorar. Esta vez con lágrimas de esperanza.

—No puedo creerme que saliera viva de aquella celda de castigo, aunque yo le rogué a Dios para que así fuera. Pensé que la dejarían morir allí. Por eso me marché. No quise verlo. No tuve oportunidad de decirle lo que había pasado con la niña —relató con la voz entrecortada—. Y tampoco creo que le hubiese servido de mucho.

—¿Ha seguido la pista de la hija de Irene?

—Sí, sí. Se trasladó hace un par de años al piso

de sus padres... Bueno, ya sabes, al de Pablo Arias y su mujer, después de que muriera ella. Él lo había hecho un poco antes.

Escuchando emocionado a aquella mujer, Alberto imaginó que esa historia simplemente era una más de las muchas que ella conocía. Por los años que llevaba en el barrio y su dedicación a atender a las prostitutas, estaba seguro de que Julia había sido confidente de un sinfín de vidas rotas. Supuso que ella misma tendría sus propios fantasmas.

—Entonces, cuando busque a Izarbe, debo preguntar por María Arias.

—No exactamente —respondió Julia, con cierto aire misterioso.

Acto seguido, sin decir nada, se incorporó para dirigirse a su pequeña biblioteca. Por un momento, Alberto creyó que elegiría el volumen de Irene Lasa que había visto al entrar. Sin embargo, no tenía sentido. Si alguna de sus novelas se encontraba allí debía de ser porque Julia era lectora. Casi acariciándolo, cogió un libro y se lo dio a Alberto. Ni el título ni la autora, María Abasolo, le dijeron nada en un primer momento. Pero, al abrirlo y fijarse en la solapa, descubrió el retrato en color de una bella mujer de mediana edad que se comía la cámara con sus preciosos ojos grises.

—¡Es Izarbe! —prorrumpió, perplejo, sin disimular su excitación, levantándose de un salto del sillón—. ¡Es Izarbe!

—Así es, firma con el apellido materno.

—¡Es escritora, como su madre!

—¿Qué quieres decir?

—¡Mire! —le indicó, entregándole el libro de Irene Lasa.

—¡Oh, Dios mío! ¿Cómo es posible? ¡Es un milagro! —exclamó, al ver su fotografía.

—No quiero llevarle la contraria. Más bien parece cosa de la genética. Tengo la creencia de que algunos talentos se heredan —dijo Alberto, que se encontraba completamente aturdido, al igual que Julia.

—¡Imagino que las pondrás en contacto! —acertó a decir la partera—. Si es así, por favor, ven a contármelo.

—Le doy mi palabra —respondió el joven ingeniero mientras devolvía el libro a su sitio, con cuidado de no mover ninguno de los marcos que se encontraban en la estantería—. Es muy guapa —afirmó, refiriéndose a la mujer rubia que sonreía en las fotos.

—Sí que lo era —suspiró Julia, entristecida—. Murió en el 88.

—Lo lamento. Parecía muy joven —apuntó, contrariado por su metedura de pata.

—Maldita droga. No supe cuidarla.

—No diga eso. Estoy convencido de que sí lo hizo.

—Bueno, espero que Dios la tenga en su gloria, a pesar de todo. Yo rezo por ella a menudo. Prométeme que volverás para contarme. Mira, te dejo una tarjeta de visita —comentó Julia, rebuscando en uno de los cajones de los bajos de la estantería—. Por si quieres llamarme.

—Se lo prometo, Julia —garantizó el joven, echando un vistazo a la tarjeta—. No venía el número de teléfono en la guía.

—Sigue a nombre de Mónica —desveló, dejando caer la mirada de nuevo sobre una de las fotos—. No he tenido fuerzas para cambiarlo.

—Entiendo.

—No me has contado cómo has dado conmigo.

—Sabía su nombre. Y hoy en día la informática va a toda velocidad. Un amigo la encontró en la base de datos de su empresa —resumió, buscando eludir las explicaciones.

—Pues me alegro sinceramente.

—Más me alegro yo de haberla conocido. Y no solo por lo que me ha ayudado.

—Nos hemos ayudado mutuamente, Alberto. Y la próxima vez que hablemos, por favor, tutéame.

Ya en la puerta, ambos se fundieron en un sentido abrazo. Al salir a la calle, Alberto Cepeda respiró muy hondo y caminó deprisa en dirección al puente de San Antón. Se sentía confuso y extrañamente feliz. Fue entonces cuando comenzaron a asaltarle algunas incógnitas que hasta entonces no se había planteado. ¿Tenía derecho a inmiscuirse en vidas ajenas de aquella manera? Sabía de la tristeza de Irene Lasa e Ignacio Segurola por su hija perdida, pero ¿acaso ella quería ser encontrada? Tal vez debía preguntárselo antes. En el fondo, se engañaba, porque se sentía más cercano a la familia de su jefe y, por mucho que se la cuestionara, conocía de antemano su decisión. No había llegado hasta allí para guardar el secreto. ¿Qué tenía que hacer ahora?

¿A quién le comunicaría su hallazgo? Su corazón le pedía contárselo a Izarbe, aunque para localizarla tuviera que recurrir a Xurxo y a Laura. Sin embargo, no se negaba que temía su reacción. Además, podría darse el caso de que su jefe no lo comprendiera; por un lado, por sentirse ninguneado; por otro, porque se daría cuenta del interés que sentía por su hija. Y, no obstante, lo más justo parecía que fueran Irene e Ignacio los primeros en enterarse. Al fin y al cabo, eran ellos quienes llevaban buscando a su bebé toda la vida.

30

Si bien, en ocasiones, se había dejado llevar por algún ímpetu efímero, tenía un carácter bastante reflexivo, lo cual le llevaba a contemplar todas las variables de sus decisiones, por lo que podía ocurrir que cambiara de opinión en repetidas ocasiones antes de tomarlas. Por eso procuraba guardarse para sí sus pensamientos, no fuera a ser que se pusiera en duda su equilibrio mental. Su madre, conocedora silente de su manera de ser, le llamaba cariñosamente en privado Don Espíritu de la Contradicción desde su época de adolescente, en la que las veces que se ofuscaba se limitaba a encerrarse a escuchar música en su cuarto, no sin antes dar algún portazo reivindicativo que evidenciara su enfado con el mundo y consigo mismo. Claro que él solía defenderse con el argumento de que se consideraba unamuniano, lo que explicaba que los peros, los aunques o los sin embargos estuviesen siempre presentes en sus razonamientos.

Con el tiempo aprendería a identificar sus mecanismos de protección cuando algo le trastocaba. Dormir, leer o perder su mirada en el mar eran unos métodos tan simples como eficaces. Refugiarse en los sueños, en la imaginación o en la serenidad de la naturaleza le solazaba el ánimo y le ayudaba a desprenderse de rémoras emocionales. De ahí que después de salir del piso de Julia Manrique pospusiese su impulso inicial de telefonear a Ignacio Segurola y optase por meditar lo que haría. A grandes dudas, grandes remedios. Así que aquella noche concluyó la lectura de *El club Dumas*, la novela que reposaba durante la última semana en la mesita de su habitación, se acostó pronto y, al día siguiente, condujo hasta Oriñón, un pueblecito cántabro que le transportaba a su niñez, ya que algunos domingos soleados de primavera su padre los llevaba a capturar berberechos removiendo la arena intermareal de la playa, tras haber sufrido la obligada caravana en las rampas del puerto de Saltacaballo.

Frente al Cantábrico, en uno de los lugares felices de su infancia, Alberto se dejó acompañar por su memoria, que transitaba caprichosa por sus añoranzas y avivaba sus anhelos. Alguna lágrima indómita llegó a escaparse al evocar a su abuela, justo donde él se encontraba, remangándose la falda mientras reía nerviosa ante la llegada de las olas inocentes que morían en la playa.

Regresó a Bilbao con la brisa meciendo sus ideas. Una de ellas pasaba por llamar a Ignacio Segurola con el propósito de aceptar aquella invitación pendiente para comer en su casa y eso fue lo que hizo a última hora de esa misma tarde. El abuelo de Izarbe se mostró encantado y le emplazó en su domicilio de los jardines de Albia para el domingo siguiente.

Hasta allí acudió Alberto, amparado en su paraguas, con un lazo azul prendido en su camisa y un pequeño paquete bajo el brazo, después de intentar pensar lo menos posible. Para evadirse después de una semana intensa de trabajo que le ayudó a abstraerse, se había acercado el día anterior a su villa natal para presenciar la primera jornada de la Bandera de Portugalete, la popular regata de traineras que ese año ganaron con suficiencia los remeros pasaitarras de San Pedro, sin que las embarcaciones vizcaínas de Kaiku y de Sotera pudieran plantarles cara siquiera. Le apenó que el Club de Remo San Nicolás no hubiera podido competir ese año con la Jarrillera, la trainera portugaluja. Sin embargo, la mayor decepción se la llevó al ver el solar del emblemático hotel de la localidad reducido a cenizas tras un misterioso incendio acaecido cuando él se encontraba en California. Y, aunque Arantza ya le había advertido de ello el día del concierto de Aute, le resultó desolador comprobar que no quedaba ni el más mínimo vestigio de sus recuerdos.

Ignacio Segurola le recibió con una sonrisa franca y una palmada en la espalda.

—Estás en tu casa —le comentó, sin quitarle la mano del hombro, en parte para orientarle por el pasillo que vertebraba la señorial vivienda, lleno de fotografías antiguas.

Ambos se dirigieron a la cocina, donde Irene se afanaba con destreza. Al ver a su invitado, le abrazó con cariño de abuela y Alberto no pudo por menos que estremecerse de pura melancolía, pero también del nerviosismo que le invadía. Acto seguido, Ignacio preparó vermú en un vaso, que entregó al joven ingeniero con el ruego de que los esperara, no más de diez minutos, en un amplio salón con unas preciosas vistas a los jardines, donde estaba dispuesta la vajilla para tres comensales en una elegante mesa de nogal.

El muchacho aprovechó para depositar el paquete encima de una mesita auxiliar en la que reposaba una preciosa piedra azulada de mármol con el nombre de Irene escrito, colocada al lado de un sillón situado junto a una coqueta galería acristalada sobre la que repicaba el agua de la lluvia que caía con fuerza, anticipando el otoño que se encontraba a punto de llegar.

—Es hipnótico, ¿verdad? —le dijo Irene, con voz dulce—. La de horas que me habré pasado yo ahí leyendo mientras llovía.

—Es un lugar mágico —reconoció Alberto.

—Espero que te gusten las judías pintas —intervino Ignacio, que entraba por la puerta con una cazuela en las manos—. Y de segundo tendremos bacalao a la vizcaína.

—¡Madre mía! Voy a explotar —bromeó el muchacho.

—¡Anda, anda! Pero si no has empezado. No pareces tú de los que comen con la vista —le reprendió Irene, divertida.

La comida discurrió distendida. El lazo azul que llevaba Alberto fue motivo de conversación y dio lugar a que Ignacio sintiese la muerte en Andoain, ese jueves, de un guardia civil retirado a manos de ETA, aunque fue Irene la que se mostró más contundente cuando se razonó sobre la conveniencia de que la familia de Julio Iglesias Zamora pagara el rescate solicitado para ser liberado y acerca de las quejas de su portavoz por las dificultades que les ponía la Ertzaintza para contactar con los secuestradores.

—No podemos ceder a la extorsión ni al terror de esos que quieren apropiarse del término *abertzale*. ¡Qué sabrán ellos! *Abertzales* somos nosotros, que tuvimos que sufrir la represión franquista por amar a nuestra tierra, a nuestras raíces, a nuestras señas de identidad. Mira, ¿ves esto? —le preguntó a Alberto, señalando la cicatriz de su mejilla—. Me lo hicieron en la cárcel. Mi espejo me recuerda cada mañana que no viva arrodillada. Tantos años esperando el final de la dictadura y ahora ellos se han convertido en los nuevos dictadores —se lamentó, con una energía que sorprendió al muchacho—. ¿Que no les gusta ser españoles? A nosotros tampoco nos entusiasma. Los franquistas nos invadieron con la misma bandera que ahora cuelga de los edificios públicos. Con otro escudo, pero con idénticos colores. ¿Cómo vamos a sentirnos identificados con ella? No obstante, ni eso ni nada les da derecho a usar la violencia como hicieron los otros en el pasado.

Con el cariño del amor maduro, Ignacio acarició la mano de su esposa.

—No lo pasamos bien en la guerra —explicó—. Si salimos adelante fue gracias a un buen amigo, el antiguo dueño de esta vivienda. Le habrás visto en alguna de las fotos del pasillo.

—No me he fijado —confesó Alberto.

—Me empleó en sus empresas cuando volví del

exilio. A mí me hubiese gustado haber seguido ejerciendo mi labor de periodista, pero los nacionalistas ya no existíamos. Bien que se encargaron de aniquilarnos y de silenciarnos. Irene sí que pudo volver a su trabajo en la librería Verdes. Al morir, Kepa nos dejó parte de su casa.

—Fue nuestro ángel de la guarda —suspiró Irene.

—Yo creo que lo sigue siendo —corroboró su esposo.

Acallado por la prudencia, Alberto no quiso revelar que conocía algunos de los detalles de la herencia por boca del lenguaraz sobrino del difunto. Aunque también le retraía saber que llegaba el momento de enfrentarse al verdadero motivo de su visita. Quizás por ello echó un vistazo a su reloj, por más que la hora no le resultaba relevante.

—¿Tienes prisa? —le preguntó Irene al percatarse del gesto.

—No, no, en absoluto. Ha sido un acto reflejo.

—Imagino que irás a San Mamés esta tarde, ¿no? Que el Barça de Cruyff no viene todos los días. Y esta temporada la hemos empezado de lujo. Qué maravilla lo de tu paisano. Le hizo un *hat trick* al Albacete en el primer partido de liga y esta semana le metió dos golazos a Las Palmas en la copa. ¡Y con diecinueve años!

—Julen Guerrero es un fenómeno —confirmó Alberto, convencido—. Sí que tenía pensado ir. Pero hay tiempo. El partido empieza a las siete.

—Yo lo veré en Canal +. Estoy muy mayor para ir al campo.

—¡Bobadas! Lo que le pasa es que se ha vuelto un vago —le refutó Irene, haciéndole una carantoña.

Alberto aprovechó el momento para levantarse en busca del paquete que había traído y entregárselo a Irene, que jugó a adivinar su regalo antes de abrirlo.

—¡Oh! *Eskerrik asko*. No tenías que haberte molestado. Es un libro, ¿verdad? ¿Te gusta leer? —comentó, dicharachera, quitándose las gafas para compensar la presbicia con la miopía y poder ver mejor de cerca.

—No soy un lector voraz, pero leo a diario antes de acostarme —respondió él—. Lo que no te perdono es que no me dijeras quién eras cuando nos conocimos. Tuve que enterarme por Izarbe. Conozco tus novelas desde que estaba en la universidad.

—¿De verdad? ¡Pero si yo no soy famosa! —replicó Irene, rasgando con cuidado el envoltorio, ante la mirada complaciente de su marido—. Famoso es Vargas Llosa. Se rumorea en el mundillo que va a ser el ganador del Premio Planeta de este año.

—Me gusta mucho también, aunque reconozco que yo soy más de García Márquez. *El amor en los tiempos del cólera* es mi novela favorita —parloteó, intentando anudar el manojo de nervios que se desparramaba por su estómago.

Al descubrir la cubierta del libro, Irene hizo un mohín que Alberto no supo interpretar.

—María Abasolo —dijo Irene—. No he leído nada suyo. No es que tenga prejuicios, pero es que viene de una familia que...

—Que no es de nuestro agrado —intervino Ignacio, como si quisiera evitarle el mal trago a su esposa—. Hubo una época en que su padre no era muy popular, que digamos, entre los homosexuales. Y nuestro ángel de la guarda lo era. Alguna vez se escapó de sus redadas por los pelos.

Alberto apenas podía tragar saliva.

—Nos hemos saludado en algún acto literario y poco más —concluyó ella.

—¿Han coincidido alguna vez? —Alberto se arrepintió enseguida de haber traslucido su perplejidad.

—Solo yo. A Ignacio le suelo dispensar de esos saraos.

—Es su trabajo. No quiero interrumpir —refunfuñó el aludido.

—¿Por qué me lo preguntas? —se interesó Irene.

—No, por nada. Simple curiosidad. Supuse que tendrían más trato —mintió.

—Pues la verdad es que no. Aunque basta que sea un regalo para que le eche un vistazo, que ya va siendo hora.

Sin quitarle el libro de las manos a su anfitriona, Alberto lo abrió para mostrar la solapa.

—Vi su fotografía en el escaparate de la librería Cámara y me llamó la atención su parecido contigo. Por eso creí que incluso podíais ser familia —atisbó a decir, por fin, quitándose un peso de encima.

Enmudecido por la elucubración del muchacho, Ignacio se colocó las gafas para escudriñar el rostro sonriente de María Abasolo ante el gesto sorprendido de su esposa. Se trataba de un retrato de estudio en el que la escritora aparecía con el pelo hacia atrás, mostrando un cuello terso en el que se adivinaba una mancha de color canela bajo la oreja. Tras unos instantes de asombro, ambos se intercambiaron preguntas con la mirada. Con el dedo tembloroso, él indicó el año de nacimiento que figuraba en la biografía, bajo la foto, mientras sus ojos se inundaban de lágrimas.

—No puede ser —balbució la escritora, procurando contener la emoción.

—Es ella, Irene. Es ella. Lo sé. Es nuestra niña. Se parece tanto a ti... —le susurró.

Sin poder decirse nada más, embargados por un llanto desconsolado, ambos se abrazaron con una ternura infinita.

31

Con los ojos empañados de congoja, se retiró discretamente a la cocina para respetar la intimidad del abrazo más bello que jamás había visto. Hubiese preferido marcharse de la casa con el fin de no sentirse un intruso, pero no lo consideró elegante. Debía asumir las consecuencias de sus actos retando a su cobardía. El plan urdido acababa de salir según lo imaginado; sin embargo, allí finalizaba. Lo que sucediera a partir de ese momento sería una incógnita que se escapaba a sus cálculos.

La espera se le hizo interminable. Después de unos minutos de silencio, le pareció escuchar que sus dueños mantenían una pequeña charla en el salón, aunque su pésima agudeza auditiva le impidió discernir lo que decían sus voces ahogadas por la emoción.

Irene e Ignacio entraron en la cocina sin soltarse, acaso para ayudarse mutuamente a mantener el equilibrio. Ella se enjugaba las lágrimas con un pañuelo, él con sus dedos temblorosos.

—Lo sabías, ¿verdad? No ha sido casualidad que trajeras ese libro —le preguntó Ignacio, empleando un tono amable, sin atisbo alguno de reproche.

—Sí —reconoció Alberto, cabizbajo.

—Mejor, así no tenemos que explicarte nada —comentó el dueño de la casa—. Además, no habrías hecho esto sin tener la certeza de que es ella, lo cual nos tranquiliza... hasta cierto punto.

—Llevamos toda la vida buscándola —apuntó Irene, dejándose auxiliar por su marido para sentarse junto a la mesa de la cocina—. Siempre hemos evitado hacernos falsas ilusiones cada vez que dábamos con alguna pista sobre su paradero, pero ahora...

No pudo continuar hablando porque se le quebró la voz. Mientras su marido procuraba mantener la compostura sin dejar de acariciarle el pelo, ella apoyó los codos para cubrirse el rostro y cerrar los ojos, acaso para abandonarse a los recuerdos tristes de su memoria.

Fue entonces cuando Alberto se detuvo a valorar el verdadero alcance de sus actos. Y, por un instante, se le pasó por la cabeza la posibilidad de haberse equivocado. Al fin y al cabo, carecía de pruebas, y no tenía más que el testimonio de una vieja partera del barrio más olvidado de Bilbao. Se arrepintió de no haber intentado hablar con María Abasolo. No ya solo por averiguar si conocía algún dato de sus orígenes, sino también por descubrir si quería encontrarse con sus padres biológicos, en el caso de que supiera que los tenía. Pero ya era tarde para lamentaciones. Debía seguir manteniendo esa conversación con la mayor dignidad posible. Ahora no pensaba en lo que opinaría Izarbe cuando se enterara de lo ocurrido. Solo deseaba no haber defraudado a aquella pareja de ancianos, abandonada a la fragilidad de su tribulación.

—¿Cómo lo has descubierto? —La voz de Ignacio sonó trémula.

Sabía que estaba perdido de antemano. Decirles la verdad implicaba insinuar su extraña relación con su nieta; y, lo que era peor, dejarla en evidencia por haberle desvelado aquel secreto familiar. Sin embargo, no podía mentir.

—Ha sido todo bastante casual... —Alberto inició su relato hablando despacio, con el propósito de hilvanarlo con delicadeza—. Todo surgió porque le pregunté a Izarbe por el origen de su nombre. Y, claro, no le quedó más remedio que referirse a la niña que... te robaron al nacer en Saturraran —confesó, dirigiéndose a Irene.

—No tenía ni idea de que tuvierais esa confianza —intervino Ignacio, empleando frases cortas que buscaban resquicios de resuello en su garganta.

—Coincidimos en el aeropuerto de Santiago de Compostela en mayo. Y fuimos juntos a un concierto —explicó Alberto con bastante torpeza. Le contrariaba hablar de Izarbe en voz alta porque el simple hecho de mencionar su nombre le provocaba una turbación que delataba su tosco enamoramiento—. Ya os digo que se han dado un montón de casualidades. A mí me sonaba el nombre de Saturraran por un compañero de carrera en Madrid que me contó que su abuela también había estado presa allí.

—¡Ay! ¿Quién? —preguntó Irene, sacando

fuerzas de flaqueza para dejar escapar un tenue hilo de voz.

—Se llama Maruxa. No sé su apellido, conozco los de mi amigo, pero ella es su abuela materna. Vive en Muxía, en Galicia.

—¡La recuerdo!

—Le alegrará saberlo —sonrió Alberto, mendigando complicidad—. Me encargó que te diera un abrazo y que te dijera que le dolió muchísimo lo que te pasó —prosiguió, en un tono calmado que le permitiera atenuar su nerviosismo.

—¿La has visto?

—Sí, aprovechando que estuve allí en mayo. También me contó que conoció a otra chica vasca... Gregoria.

—¡Gregoria Etxebarria! Es la suegra de Juan Mari Atutxa, el consejero de Interior del Gobierno Vasco. Mantenemos buena relación. Estuvo muy pendiente de mí cuando... Bueno, prefiero no acordarme mucho de aquello, aunque le estaré siempre agradecida.

—Maruxa me habló de una monja mercedaria que colgó los hábitos.

—Sor Águeda —suspiró Irene, dominada por el agotamiento, como si su mente regresara a la cautividad de aquella celda de castigo.

—Así es. Aunque su verdadero nombre es Julia Manrique Sardón. Vive en el barrio de San Francisco.

—¿En Bilbao? ¡No me lo puedo creer! —se lamentó Ignacio—. ¡Con lo que la hemos buscado!

—La encontré por casualidad —insistió Alberto.

—¿También has hablado con ella? —preguntó de nuevo Irene, con los ojos brillantes, sin necesidad de pedir detalles.

—Hace poco. Tenía la pena de no haber podido dar contigo. Entre otras cosas porque nunca supo tu apellido. Fue testigo de cómo la superiora le entregaba la niña a una pareja.

Irene rompió a llorar con desconsuelo, incapaz de verbalizar los recuerdos más amargos de su vida.

—Sigue, por favor —rogó Ignacio, aún de pie, retando al temblor de sus rodillas.

—Coincidió que Julia reconoció a ese hombre —explicó Alberto, atribulado—. Me habéis hablado antes de él. Pablo Arias, un policía que participó en una redada en la que ella se vio envuelta en el 73. Confirmó que la niña era... la vuestra, porque hizo por encontrarla y pudo verle la mancha de debajo de la oreja.

—¡Ay, Dios mío! He tenido a mi hija delante y no he sabido reconocerla —se reprochó Irene entre sollozos, dominada por la pena.

—Como si tuvieras tú la culpa... —la trató de consolar su marido, sentándose a su lado—. ¿Sabe ella algo? —le preguntó Ignacio a Alberto mientras su esposa se refugiaba en su hombro.

—No lo sé —confesó en voz baja.

—Vi la esquela de Arias hace tiempo en el periódico. ¿Vive su mujer? —prosiguió Ignacio.

—Julia me aseguró que no.

Por un momento, Irene ahogó el llanto y emitió un suspiro de alivio.

—¿Y ella? ¿Tiene familia? —quiso saber.

—Está casada y tiene dos niñas, según me dijo Julia. Y creo que viven cerca de la plaza de Indautxu. —Alberto escudaba sus respuestas en las declaraciones de la partera, como si pretendiese curarse en salud, pero sabía que la ilusión de aquellos dos ancianos que le miraban con ojos melancólicos estaba en sus manos.

—Mira, *maitea*. Y tú quejándote de que teníamos pocos nietos —comentó ella, empleando una sorna desganada que buscaba suavizar su aflicción.

Ignacio Segurola se mostró pensativo durante unos instantes. En su cabeza se agolpaban imágenes del pasado: los inicios de su noviazgo bajo el tilo del Arenal con aquella joven librera de ojos grises; su despedida camino de Santander después de la toma de la capital vizcaína por las tropas franquistas; el anhelo de sus abrazos, que le ayudaba a mitigar sus miserias en los campos de trabajo franceses; el reencuentro con ella en una Bilbao que le resultaba extraña; la esperanza a la que se aferraban cada vez que alguno de sus amigos hallaba indicios sobre el paradero de la niña y la tristeza que los embargaba cuando luego se quedaban en nada. Terminó por sonreír al imaginar lo que habría disfrutado su viejo amigo, el detective Fernando Zumalde, de haber sabido de la existencia de sor Águeda en el barrio de San Francisco.

—Nos gustaría que te pusieras en contacto con ella y que nos facilitaras el camino para vernos —le solicitó a Alberto—. A estas alturas, supongo que eres la persona más adecuada. No tenemos ni idea de lo que sabe ni de lo que puede pensar de todo esto.

Por supuesto que, si duda de la historia, puedes decirle que no tenemos ningún problema en hacernos las pruebas de paternidad. Y lo que sí te pido es que no le digas una palabra a nadie hasta que no sepamos lo que va a ocurrir. Ni siquiera a mi hijo Fernando.

—Claro —musitó Alberto, sabedor de que no le quedaba otra salida.

Fuera arreciaba la lluvia. En el corazón de Irene amainaba ese sirimiri de tristeza que le humedecía el ánimo desde que le arrebataran a aquella niña con la que estaba a punto de reencontrarse... cincuenta y cinco años después.

32

Ataviada con una elegante gabardina beis cruzada, María Abasolo aguardaba apoyada en su paraguas rojo junto a la estatua del escritor Antonio Trueba la llegada de Irene e Ignacio, que llevaban desde el amanecer observando a través de la cristalera los movimientos de cada transeúnte que cruzaba por los jardines de Albia, como si intuyesen que ella iba a adelantarse a su cita.

Alberto había elegido ese lugar por la serenidad que le transmitía desde siempre, guiado por la única superstición de la que no renegaba. Algo dentro de él le decía que allí nada podría salir mal. O acaso fuese que le agradaba ubicar en ese paraje uno de esos acontecimientos bonitos que no contemplaban los periódicos, pero quedaban grabados en el libro de las historias cotidianas de cada una de las personas que amaban aquella ciudad. Estaba desayunando en el café Iruña cuando la vio pasar cuarenta minutos antes de las diez, la hora convenida, así que terminó de comer su bollo de mantequilla y apuró su taza, deleitándose con los últimos efluvios del café, para salir a la calle con el propósito de observar el encuentro desde el otro lado del parque.

Dadas las circunstancias, Alberto se daba por satisfecho. Tras el partido del Athletic del domingo anterior, había conseguido entrar en el portal del edificio donde residía la escritora para fisgar los nombres en los buzones. Al llegar a casa, comprobó que en la guía telefónica aparecía su marido como titular de la línea. Tras meditar brevemente sobre lo que pensaba decirle, marcó el número. Le envalentonó pensar que tenía una importante misión que cumplir.

En el fondo, María Abasolo llevaba esperando una llamada como esa desde hacía muchos años. Exactamente desde la muerte de su padre, cuando su madre se atrevió a contarle que la habían recogido en la casa de expósitos de Begoña, donde fue entregada al nacer. Claro que aquella confesión vino obligada por las circunstancias, después de que María se enterara por los médicos de que la afección renal de su madre era consecuencia del síndrome de Rokitansky que padecía, por lo que carecía de útero desde su nacimiento. De algún modo, aquella revelación la ayudó a entender esa permanente sensación de sentirse extraña en su propia familia, formada por un padre demasiado autoritario y una madre que sobrevivía a base de analgésicos y ansiolíticos. Sin embargo, tras fallecer esta, ella sintió la necesidad de conocer su pasado y averiguar los motivos de su abandono. Y, aunque trató de investigar en los archivos del centenario centro asistencial, jamás consiguió hallar pista alguna sobre su madre biológica, lo que acentuó aún más su deseo de descubrir el misterio de su propia vida después de haber resuelto infinidad de enigmas inventados en sus novelas. La voz timorata de aquel muchacho la puso alerta enseguida, sabedora de que la ficción siempre se alimentaba de la realidad y de que la única misión del novelista consistía en hacerla verosímil a ojos del lector. De repente, tuvo la sensación de imbuirse en una de esas historias que hasta entonces solo nacían en su imaginación. Por eso, tras un breve recelo inicial casi obligado, no le sorprendió que Alberto le pidiera verla con la intención de contarle algo de su máximo interés personal relacionado con sus orígenes. Le fastidió posponer el encuentro hasta el viernes, por tener que viajar para promocionar su último libro por tierras andaluzas esa semana, durante la que no dejó de elucubrar sobre lo que ese muchacho pretendía contarle. Pero cuando, sentados en el café Iruña, pudo por fin escucharle, no albergó demasiadas dudas sobre la veracidad de su relato y aceptó enseguida una reunión con sus padres biológicos, que debía producirse cuanto antes. Tal vez por su estricta educación, escasa en muestras físicas de afecto, le costaba expresar sus emociones en su día a día y utilizaba sus novelas para exorcizar sus fantasmas interiores a través de unos personajes de sentimientos intensos. Ni siquiera se prodigaba en abrazos a sus hijas, a las que quería con locura. Aun así, estuvo a punto de derrumbarse delante de Alberto. No obstante, su exigente autocontrol consiguió retener las lágrimas hasta su despedida. Unas lágrimas que la acompañaban desde entonces y que habían impregnado su almohada a lo largo de toda la noche. Por suerte, su marido dormía en la habitación de al lado, en espera de que asimilara que su relación estaba rota en mil pedazos y decidiera marcharse cualquier día.

De ahí que hubiese salido de casa muy temprano con sus enormes gafas de sol, a pesar de que las nubes acomodadas en la atmósfera vistiesen de un riguroso gris marengo, para encontrarse con sus verdaderos padres. Supo que eran ellos cuando los vio aparecer treinta minutos antes de la hora acordada, caminando despacio, cogidos de la mano. Fue su pecho quien le advirtió de su presencia porque sintió cómo el llanto le brotaba del corazón. Tuvo que abrir la boca para respirar mientras se dirigía hacia ellos con el paso titubeante de una niña que está aprendiendo a andar. Al identificarla, Irene e Ignacio la esperaron con el alma encogida. Segundos más tarde, María Abasolo se detuvo ante ellos, se quitó las gafas y les sonrió con sus ojos grises anegados por el llanto. Irene la miró unos instantes antes de acariciarle el rostro con sus dedos temblorosos como si quisiera consolarla.

—Izarbe —susurró, con la voz quebrada por la emoción.

Su hija, incapaz de pronunciar una sola palabra, le dio ese abrazo eterno que Irene llevaba anhelando toda su vida mientras el viejo Ignacio Segurola abría su paraguas para protegerlas de las lágrimas vertidas por el cielo de Bilbao.

33

Hay imágenes que perviven en la memoria, que se instalan en el corazón para convertirse en recuerdos indelebles. Las más desagradables tendemos a olvidarlas, pero a veces se nos aparecen a traición en forma de pesadilla o de malos pensamientos. Las más bellas ocupan un lugar de privilegio en el álbum de nuestras vidas. Una puesta de sol, un cuerpo desnudo a contraluz tras ser amado, una sonrisa inesperada... nos regalan breves momentos de bienestar a los que regresamos de manera recurrente cuando necesitamos bocanadas de serenidad. Alberto siempre recordaría esa estampa bajo la lluvia en los jardines de Albia de sollozos callados y abrazos infinitos entre aquella pareja de ancianos y su hija, que él quiso presenciar a distancia.

Y tampoco olvidaría la mirada de Izarbe justo antes de besarla en esa tarde de Aste Nagusia en la que hubiese deseado detener el reloj. Sin embargo, recordar aquella imagen le desconcertaba porque le producía sensaciones encontradas. Se sentía incapaz de saber si era mejor tener algo maravilloso y perderlo que nunca haberlo tenido. Saborear lo inalcanzable en instantes efímeros no solo condiciona nuestros anhelos, sino que nos enseña el camino de la frustración. Como en el fondo esperaba, ella no tardó en telefonearle después de que la noticia del hallazgo de su tía se extendiera entre su familia. Fue una llamada extraña, en la que Izarbe mostró un tono aséptico que impedía atisbar sus sentimientos, emplazándole a tomar algo en su próxima estancia en Bilbao aunque no coincidiera en fin de semana.

Así que allí estaba Alberto, esperándola en el Muga, aquel miércoles de octubre en que ya se había tomado alguna cerveza a mediodía, al aprovechar su descanso de la comida para acercarse al Bolivar para ver el trascendente partido de fútbol de Eire contra España, que se jugaba su clasificación para el campeonato mundial del año siguiente en Estados Unidos. A pesar de ello, apenas había expectación en el bar porque no resultaba popular interesarse en público por las evoluciones de la selección española, entrenada por el vasco Javier Clemente. Claro que Alberto pudo escuchar cómo llegaron hasta la calle los gritos de los numerosos aficionados que festejaron el gol de Caminero y los dos de Julio Salinas en la intimidad de sus domicilios, de modo que ya solo faltaba ganarle a Dinamarca en Sevilla el mes siguiente.

Izarbe entró en el Muga con esa seguridad suya que tanto inquietaba a Alberto mientras sonaba *Smells like teen spirit* de Nirvana. Al verle, ella le abrazó durante un tiempo que se extendió más allá de lo razonable. Si ya le costaba controlar la zozobra solo con mirarla, el contacto físico le desarbolaba. Cuando se separaron, Juankar ya les había servido un par de cervezas sin esperar a que ellos las pidieran.

—Te veo muy guapo —le dijo, risueña, brindando al aire antes de dar el primer trago.

—Se agradece. Nunca lo fui. Si acaso, resultón —respondió, en tono socarrón.

—De hombres entiendo yo. Tienes pinta de que ganarás a medida que vayas cumpliendo años. Verás como te sigan saliendo canas tan pronto. No va a haber morenita que se te resista.

Alberto no supo interpretar el comentario de Izarbe. Dudaba de si ella no lo consideraba atractivo por su bisoñez o solamente bromeaba con su aspecto.

—¿Crees que me estoy haciendo viejo?

—¡Tú naciste viejo! —bromeó ella, divertida—. De otro modo no se entiende que hayas sido tan cotilla, husmeando en mi familia.

—¡Zas! Mucho habías tardado. Imagino que por eso querías verme. Después de lo que hablamos la última vez, no pensé que fueras a llamarme.

—¿Sabes, Alberto? En condiciones normales te hubiese mandado a la mierda por haberte metido donde no te llaman, pero has tenido la habilidad o la potra de dar con mi tía y de hacer felices a mis *aitites*, así que no me queda más remedio que estarte agradecida. ¡Manda narices! Por no decir otra cosa.

—Supongo que te debo una disculpa —le respondió él, sin disimular el sarcasmo.

—¿Por qué coño lo hiciste?

—Ya les dije a tus abuelos que fue todo bastante casual. Tuve la oportunidad de ayudarlos y lo hice.

—Ya —comentó ella, escéptica—. Y, de paso, tenías un motivo para no perder el contacto conmigo.

—Yo no...

—¡Confiesa, joder! Que de tan prudente que eres, a veces pareces memo —le espetó, en un tono que delataba su contrariedad consigo misma.

—Dicho así, no seré yo quien te quite la razón —contestó Alberto, procurando ocultar su desilusión.

—Bueno, aunque me des la razón de los tontos, tal y como están las cosas, supongo que podemos vernos más.

—Dijiste que preferías no hacerlo.

—Porque no quería que me gustaras más de la cuenta.

—A lo mejor es que te enamoraste de mí.

—Esa es una afirmación muy atrevida, Alberto.

—No lo niegas.

—Creo que podemos ser amigos —respondió ella, buscando evadirse.

—Pues yo creo que no, Izarbe. Tú ya me gustas más de la cuenta, como dices tú. Y no estoy seguro de que verte me haga bien.

—Estás insinuando que...

—No estoy insinuando nada. Te estoy pidiendo que no me llames más. O, mejor dicho, que si algún día lo haces, que sea para vernos... pero no como amigos.

—Vaya... Si es eso lo que quieres... Tú mismo.

Alberto no contestó. Con gesto resignado, puso el dinero en el mostrador para pagar las consumiciones en el momento en que sonaba *How soon is now?*

de The Smiths. Luego la miró unos breves instantes, con menos miedo que nunca, mientras le apartaba el pelo de la cara para acariciarle brevemente la mejilla y ahogarse en sus preciosos ojos grises por última vez.

34

Las autoridades vascas no podían disimular su ilusión por el comienzo de las obras del nuevo museo, en el que tenían depositadas gran parte de sus expectativas para la revitalización de la villa. Tratar de que Bilbao resurgiera de sus cenizas industriales gracias a un proyecto cultural, por muy ambicioso que este fuese, resultaba una apuesta muy arriesgada. Sin embargo, no cabían demasiadas alternativas en aquellos momentos de crisis, y los políticos locales necesitaban creer a Thomas Krens, el director de la Fundación Solomon R. Guggenheim, cuando ponía a Nueva York como ejemplo de ciudad donde la cultura representaba el negocio más importante en su exposición ante un selecto grupo de invitados aquella mañana del 22 de octubre de 1993 en la que lucía un sol perezoso, que se negaba a calentar la explanada donde *dantzaris* y *neskatillas* se encargaban de darle un ambiente festivo al evento.

De fondo, llegaba el murmullo de algunos trabajadores que querían aprovechar la repercusión del acto para reivindicar los pagos atrasados por parte de sus empresas y el de una decena de representantes de asociaciones vecinales que denunciaba en una pancarta el dispendio de aquella brutal inversión con dinero de las arcas públicas, bastante depauperadas. Los manifestantes no pudieron acercarse a la enorme carpa instalada para la ocasión gracias a las medidas de seguridad tomadas por la Ertzaintza.

Fueron algunos de los oradores de los discursos de rigor, felicitándose por la magnitud del proyecto y sus implicaciones internacionales, quienes se encargaron de participar en la colocación de la primera piedra, aunque en realidad fuese una arqueta en la que se introdujeron los periódicos del día, unas cuantas monedas y un documento que daba fe del acontecimiento. El lendakari Ardanza se mostraba tan entusiasmado que echó más paletadas de cemento de lo que dictaba el protocolo de aquel acto simbólico, sin importarle que la bufanda le colgara por encima del abrigo.

—Se ha venido arriba. Como alguien no le quite la pala construye él solo el museo —le murmuró Fernando Segurola a Alberto, obligándolo a disimular la risa. Era evidente que se encontraba de buen humor, en parte gracias a que sabía que la familia de su amigo Julio Iglesias Zamora había conseguido llegar a un acuerdo para pagar su rescate, por lo que su liberación parecía inminente.

Mientras, Gehry disfrutaba taciturno del momento. Ya hacía dos años que había escrito a Krens diciéndole que el proyecto constituía todo un sueño para cualquier diseñador, ya que el lugar destinado al museo de arte moderno se ubicaba en la ribera de una ría con actividad, interseccionado por un gran puente y en conexión con el tejido urbano de una ciudad bastante densa, lo que se acercaba a su idea de paraíso. Máxime cuando consideraba que Bilbao tenía un rudo toque estético. Y allí se encontraba ahora, contándole a todo periodista que se le acercaba que se sentía el arquitecto más afortunado del mundo.

—*This is a perfect dream!* —repetía, como si no se lo terminase de creer.

Sin embargo, mezclada con los reporteros gráficos, una mujer de unos treinta años le miraba fijamente a través del objetivo de su cámara, empeñada en acabar con su sueño. Desde su puesto en la dirección de ETA haría todo lo posible por impedir que el museo Guggenheim viera la luz.

Epílogo

El atentado

13 de octubre de 1997

La construcción exterior del museo Guggenheim había terminado antes del verano, por lo que hacía meses que aquella descomunal escultura arquitectónica podía ser admirada por los paseantes que la merodeaban, aunque algunos aguardaban expectantes a su finalización, ignorando que el aspecto que veían ya era el definitivo. Durante los últimos cuatro años, los bilbaínos habían sido curiosos testigos de su transformación diaria, desde su inquietante armazón curvo hasta su recubrimiento con vidrio, piedra caliza de Huéscar y las casi treinta y tres mil placas de titanio que le conferían su fisonomía rupturista, colocadas una a una por un grupo de escaladores entrenados para engarzarlas. Sin embargo, se preveía que el acondicionamiento interior, la instalación de las obras de arte y los remates de última hora no concluirían hasta la misma fecha de su inauguración, fijada para cinco días más tarde, el 18 de octubre de octubre de 1997.

No fue hasta un año después de la colocación

de la primera piedra cuando el equipo de Frank Gehry descubrió, de manera casual, que una placa de titanio clavada en un poste telefónico del aparcamiento de sus oficinas mutaba de color en función de la luz solar, por lo que entró a formar parte de las muestras que barajaban en la búsqueda del material que habría de recubrir su proyecto. Gehry enseguida se dio cuenta de la reflectancia discreta y cálida del titanio; y de que, con un tratamiento adecuado, constituía la alternativa perfecta para el acero inoxidable, por mimetizarse con la extensa variedad de tonos que adoptaba el cielo de Bilbao. El único inconveniente lo representaba su precio, más del doble que el del acero. Pero también era verdad que se necesitaba solo la mitad de espesor. Por eso incluyeron ambos materiales en el paquete de licitación de la fachada, con tan buena fortuna que el concurso ganado por Balzola S. A. coincidió con la descarga en el mercado por parte de Rusia de un importante excedente de titanio debido a que ya no era tan necesario para su industria bélica tras la desmembración de la URSS, lo cual lo abarató lo suficiente como para que finalmente fuese el material elegido para revestir el icónico museo.

Ya antes de su apertura, el nuevo Guggenheim de Bilbao se consideraba una de las construcciones más relevantes del fin del siglo XX. Philip Johnson, el decano de los arquitectos norteamericanos, llegaría a declarar que se trataba del «edificio más importante de nuestro tiempo». De ahí que su inauguración hubiese despertado tal expectación que se esperaba la presencia de relevantes personalidades internacionales de todos los ámbitos.

El mayor empeño de los responsables de las instituciones vascas consistía en preservar la seguridad de los alrededores del museo, por lo que durante días se estuvo rastreando la zona, desde el centro de Bilbao hasta el monte Artxanda, en previsión de un ataque de ETA; y más después de que la banda terrorista atentara, durante el campeonato mundial de ciclismo que se celebraba en San Sebastián, contra cuatro jóvenes guardias civiles, que salvaron la vida gracias al blindaje del Nissan Patrol en el que viajaban y a la décima de segundo de antelación de la explosión del coche bomba colocado por el comando Donosti, que pretendía captar la atención informativa en vísperas de la reanudación del juicio oral en el Tribunal Supremo contra los dirigentes del partido político Herri Batasuna, acusados de colaborar con ETA en su lucha armada.

Sin duda, uno de los más preocupados por un posible atentado era Juan Ignacio Vidarte, recientemente nombrado director del museo tras su buen hacer como máximo responsable de su construcción e instalación. No obstante, su carácter, forjado por su formación jesuita en el colegio de Indautxu y en la Universidad de Deusto, le ayudaba a reservarse sus temores y a transmitir serenidad. Contaba con que algo malo podía suceder desde que, tres años atrás, recibiera la llamada del consejero de Interior comunicándole que la Ertzaintza había encontrado una carta en la que una dirigente de ETA instaba a uno de sus comandos legales, aún no fichados por las fuerzas de seguridad, a destruir el museo. «Por otra parte, os tengo que comentar que el Guggenheim es nuestro objetivo y os pedimos que empecéis a mirar la forma de tirarlo todo patas arriba. Contestad en la comunicación de noviembre. Para ello se necesitará bastante explosivo y tendremos que organizar una entrega especial», rezaba la misiva. En aquellos registros también apareció una relación con nombres de personas colocadas en el punto de mira de ETA. En esa macabra lista figuraba el propio consejero de Interior, Juan María Atutxa, que descubrió que ya habían tratado de matarlo sin éxito en seis ocasiones, una de ellas en la boda de su hijo en la basílica de Begoña. Al enterarse, su esposa entró en directo en Radio Euskadi para transmitir a los miembros de la banda terrorista que, la próxima vez que lo intentaran, se aseguraran de que ella acompañaba a Juan Mari porque quería morir con él. Por fortuna, la detención de los integrantes del comando evitó que atacasen el museo, si bien se extremaron las medidas de seguridad desde entonces, dentro de lo factible, ya que convertir las obras en un fortín se antojaba imposible, dada su ubicación en un espacio abierto que no se podía delimitar, además de por el trajín de operarios que trabajaban en ellas.

Sin embargo, ETA volvió a intentar atentar contra el Guggenheim.

Poco antes de las cuatro de la tarde de aquel 13 de octubre, un hombre moreno con barba, protegido con un chubasquero azul, se disponía a bajar de una furgoneta blanca tres maceteros que llevaban impresos el escudo del ayuntamiento de Bilbao con el propósito de colocarlos junto a la entrada del museo, cerca de una enorme escultura de quince toneladas, patrocinada por Hugo Boss, tapada con una lona hasta su presentación al público dos días después. Al volante del vehículo se encontraba un tipo rubio vestido con un mono verde, que aguardaba a que su compañero realizase el trabajo.

Cumpliendo con su deber, dos *ertzainas* comprobaron que la matrícula de la furgoneta no estaba en el listado de automóviles autorizados para aparcar tan cerca del museo, por lo que solicitaron por radio información a su base. Pocos segundos después, les confirmaban que la numeración de la placa correspondía a un turismo, así que se acercaron para requerir la documentación de los operarios. Estos, viéndose atrapados, empuñaron sus pistolas y dispararon contra los agentes. Uno cayó abatido, el otro se salvó porque al pistolero se le encasquilló el arma. Mientras los terroristas emprendían a pie una carrera alocada por la calle Iparraguirre, haciendo amago de tirotear a quienes se les acercaban, sembrando el pánico a su paso, el *ertzaina* herido era atendido por su compañero.

—¡No te vayas, Txema! ¡No te vayas! —le suplicaba, consciente de la gravedad de sus heridas, viendo cómo la vida de su amigo se le iba entre los dedos.

En esos momentos, los terroristas eran perseguidos por agentes de la Policía Local y de la Ertzaintza, entre los que se encontraba Leire Segurola, que conducía su moto con habilidad por la alameda Rekalde, sorteando cuantos obstáculos hallaba en su agitado recorrido con el único pensamiento de cortarles el paso en alguno de los cruces. Al llegar a la calle Juan Ajuariaguerra, el que llevaba el chubasquero disparó de nuevo y los pistoleros aprovecharon el momento de confusión para separarse y reanudar su carrera, cada uno en una dirección. Por suerte, esta vez no alcanzó su objetivo, aunque un agente motorizado sufrió un accidente por esquivar las balas.

Cuando el tipo del mono verde dobló la esquina hacia la alameda de Rekalde, Leire Segurola le vio dirigirse hacia la plaza de Federico Moyúa. Entonces se subió a la acera y aceleró hasta alcanzarlo y derribarlo con una patada en el muslo. Sin calibrar las consecuencias de su acción, bajó rápidamente de la moto y se abalanzó sobre él, lo que aprovecharon los policías perseguidores para terminar de reducir al terrorista y esposarlo.

Menos suerte tuvieron los agentes que corrían detrás del otro fugitivo, que fue capaz de llegar hasta la altura de El Revistero en la calle Henao, donde encañonó a los ocupantes de un Fiat Marea color champán, obligándolos a salir del coche. Se trataba de una pareja con una hija pequeña, a la que su madre abrazaba angustiada.

—¡A la niña no! ¡No te lleves a mi niña! —gritaba la mujer, ante la impotencia del marido, que permanecía con los brazos en alto.

—¡Venga! ¡Entra, joder! ¡Rápido! —apremió el pistolero al hombre sin que este pudiera oponerse, ya que solo pensaba en proteger a su familia.

Con la pistola apuntándole en la cabeza, el hombre condujo a toda prisa cruzando el puente de Deusto para llegar a Sarriko. Allí el terrorista optó por liberar al secuestrado y robar otro coche amenazando a su conductor. Pero esta vez huyó en solitario hasta las inmediaciones del hospital de Galdácano, donde se adueñó de un tercer coche con el que emprendió la huida en dirección a la frontera de Francia sin que las fuerzas de seguridad fueran capaces de seguirle la pista.

Mientras, los trabajadores del Guggenheim estaban atrapados, por su propia seguridad, en una de las galerías más protegidas hasta que los artificieros terminaran de peinar el edificio en busca de posibles artefactos. El director del museo quiso acompañar a su equipo, si bien se mostraba meditabundo, con la mirada perdida, como si le entristeciera lo ocurrido después de todo el esfuerzo realizado para llegar hasta allí. Pero no parecía que se tratase del tipo de hombre dispuesto a morir en la orilla, ya que tampoco la noticia le cogía de sorpresa. Alberto Cepeda, al que le habían pillado los disparos dentro del museo, le observaba al tiempo que batallaba con sus propias reflexiones. Una vez más se veía afectado por un atentado, después de que también se hubiera encontrado con un cordón policial en torno al coche del sargento mayor de la Ertzaintza, que acababa de ser tiroteado en el cruce de la calle Tívoli con el Campo del Volantín una fría mañana de noviembre de 1993 en la que el muchacho caminaba, como cada día, hasta su puesto de trabajo. Sin embargo, Alberto estimaba que no se trataba de una casualidad, sino de la consecuencia de una lacra extendida por toda la sociedad vasca de la que nadie se podía sustraer.

Los artificieros tuvieron que retirar la lona que ocultaba una escultura floral de doce metros de alto para rastrearla, dejándola a la vista antes de lo previsto para asombro de los transeúntes, que descubrieron que se trataba de un enorme cachorro de raza West Highland white terrier, cubierto por sesenta mil pensamientos, llamado Puppy y diseñado por Jeff Koons, un cotizado artista estadounidense tildado de *kitsch* por numerosos críticos de arte. La broma obligada por la fanfarronería local nació enseguida, cuando empezó a decirse que un perro así bien se merecía esa caseta, en referencia al museo.

A las puertas del hospital de Basurto, el consejero de Sanidad comparecía consternado ante los medios para informar del estado de salud del *ertzaina*.

—La bala le ha dañado un pulmón y parte del corazón. La herida es casi mortal —comunicó Iñaki Azkuna con pesar.

Por desgracia, los augurios del consejero se cumplieron y Txema Aguirre moriría al día siguiente. Gracias a su celo en el cumplimiento del deber, el *ertzaina* de Zalla consiguió evitar que los etarras colocaran aquellas jardineras de cartón piedra, imitando a hormigón, que escondían doce lanzagranadas de fabricación belga preparadas para lanzar proyectiles antiblindajes, por lo que hubieran perforado el Guggenheim en el caso de que los terroristas las hubieran podido detonar por control remoto desde la cercana gasolinera de Mazarredo, según tenían previsto.

El objetivo de ETA era sabotear la inauguración del museo atentando contra los principales mandatarios que habían confirmado su presencia, entre ellos el rey Juan Carlos I, el presidente del Gobierno español José María Aznar y el lendakari José Antonio Ardanza.

A pesar de la tristeza generalizada por la suerte de Txema Aguirre, no quedaba más remedio que continuar con los actos previstos. «Hay que seguir adelante», manifestaron por separado tanto Vidarte como Krens, aunque este temiera para sus adentros las reacciones de los miembros de su fundación, en su mayoría magnates europeos recelosos ante la palabra *terrorismo*, que no tardaría en ocupar los titulares de la prensa neoyorquina. Sin embargo, lo primero que hizo fue telefonear a su esposa para tranquilizarla, ya que vivía con la angustia de que su marido fuese secuestrado en uno de sus viajes a Bilbao debido a que, en los círculos hispanos de Nueva York, se conocía al País Vasco como la Albania del Cantábrico o el Belfast español.

Entre los reporteros que llegaron antes para cubrir la noticia se encontraba Izarbe Segurola, que hacía un par de meses que había decidido aparcar sus altos vuelos para poner los pies en la tierra y probar fortuna en un periódico regional.

La flor de titanio

En cada visita a Bilbao para observar la evolución del revestimiento del museo, Gehry se pasaba horas observando cómo las placas de titanio reaccionaban ante la luz en función de la climatología, buscando conseguir el tratamiento adecuado para que su edificio, dentro de su originalidad, encajara a la perfección con su entorno, tanto terrestre como aéreo. Al verlo, ensimismado en su silla, Alberto dudaba de si Frank, al que se dirigía por su nombre de pila desde su estancia en California, se sentiría completamente feliz con su creación o, si por el contrario, sufriría el síndrome del eterno insatisfecho, propio de los grandes artistas. A veces, sus pensamientos resultaban una incógnita, porque el famoso arquitecto no se prodigaba en hacer manifestaciones sobre su obra, ya que prefería que fuese esta la que hablase por sí misma. Lo que sí solía comentar en tono irónico era la falsa estabilidad de la piedra, porque se terminaba deteriorando por la polución, en tanto que un tercio de milímetro de titanio suponía una garantía de cien años contra esta, por lo que se hacía necesario replantearse el sentido de la estabilidad.

Con su Guggenheim bilbaíno, Gehry aspiraba a que

el museo tuviese su propio lenguaje corporal, evocase sentimientos y fuese lo más expresivo posible a través de esa sensación de movimiento que había pretendido impregnarle. Aunque lo que realmente le maravillaba a Alberto era aquella flor de titanio que coronaba el atrio, abriéndose hacia el cielo, como si lo quisiera alcanzar.

Las enormes dudas iniciales sobre aquel proyecto se habían disipado al ver el resultado y ya apenas quedaban voces que lo criticaran. Resultaba evidente que se acababa de erigir en el símbolo de la nueva Bilbao, de esa urbe que ya dejaba de ser un patito feo para convertirse en un cisne que nadaba altivo en las aguas de la ría. Mucha culpa de esa transformación la tenía el metro diseñado por Norman Foster, otro de los grandes arquitectos universales, cuya primera línea había sido inaugurada el 11 de noviembre de 1995 a las 11:11 de la mañana, una fecha que pasaría a los anales de la historia de la ciudad. Desde entonces, también se habían convertido en iconos locales los peculiares accesos de acero y cristal al tren subterráneo, bautizados cariñosamente con el nombre de Fosteritos, en honor a su diseñador.

A cambiar la imagen de la villa contribuía decisivamente Bilbao Ría 2000, una compañía sin ánimo de lucro cuyo objetivo consistía en recuperar los antiguos espacios industriales para convertirlos en paseos, parques, galerías de arte al aire libre, nuevos barrios y zonas de negocio, apoyándose en la arquitectura como un elemento clave de aquel largo proceso de renovación urbana a lo largo de la ría, cuyas aguas cada vez se mostraban más oxigenadas como consecuencia del plan de saneamiento que se seguía llevando a cabo tras la reciente puesta en marcha del sifón de Deusto, encargado de conducir las aguas residuales de la Margen Derecha hasta la depuradora de Galindo en Sestao.

A las iniciativas públicas se unieron las de los propietarios de las viviendas abandonadas a los estragos de la contaminación durante demasiados años, que comenzaron a rehabilitar sus edificios para descubrir que detrás de esa capa parduzca que los igualaba se escondían unas fachadas dotadas con la singular belleza de antaño.

Ilusionado con el aspecto que iba cobrando Bilbao, lo que más le agradaba a Alberto era que la plaza de Unamuno había podido recuperar su antiguo aspecto, por lo que llevaba casi dos años en los que podía asomarse a su galería sin tener que presenciar las obras del metro. Y, aunque le pesase su triste final, la reciente demolición del teatro Gayarre le proporcionaba una vista más diáfana. Lástima que estuviese contemplando la propuesta de su empresa de irse a trabajar una temporada a Colombia, ahora que acababan de concluir las obras del museo.

Antes de regresar a su piso de la calle Iturribide, Alberto salió de la oficina con la intención de incorporarse con su cuadrilla a la manifestación convocada en homenaje al *ertzaina* tiroteado junto al Guggenheim. Poco a poco, la sociedad vasca iba levantando la voz contra el terrorismo. Especialmente desde el mes de julio, cuando el secuestro y asesinato de Miguel Ángel Blanco, un joven concejal del Partido Popular en Ermua, despertó la valentía aletargada de los vascos para condenar y reprobar la violencia. De ahí que aquel viernes decenas de miles de personas formaran una impresionante marea humana que comenzaba en la plaza del Sagrado Corazón y terminaba dos kilómetros más adelante, frente al ayuntamiento, encabezada por la viuda del *ertzaina* asesinado y el alcalde de Zalla, su localidad natal. Pero a eso de las nueve, antes de llegar a su destino, Alberto recibió una llamada en su Nokia 1610. Lo tenía desde el año anterior, gracias a que la irrupción de Airtel en el sector de las telecomunicaciones había acabado con el monopolio de MoviLine, la marca analógica de Telefónica. La nueva política comercial de abaratamiento de terminales y tarifas, obligada por la competencia, conllevaría la popularización del uso de los teléfonos móviles.

Aunque le avergonzaba hablar en público, marcó la tecla verde para contestar.

—¿Hola?

—*Kaixo*, Alberto. ¿Cómo estás?

Por un instante, el joven ingeniero trató de adivinar la voz, pero se oía distorsionada y tampoco le ayudaba el jaleo de la calle.

—¿Quién eres?

—Es normal que te hayas olvidado de mí después de tanto tiempo.

—¿Izarbe?

—¡Premio!

Sin que pudiera evitarlo, se le encogió el corazón. En su mente se atropellaron las razones que podían haberla impulsado a llamarlo. Acaso solo quisiese las últimas informaciones sobre el museo para escribir algo en el periódico. Sabía de su nuevo trabajo porque no hacía mucho que su jefe le había mostrado orgulloso el primer artículo firmado por ella. Y, desde entonces, además de *El Correo*, hojeaba también el *Deia* con especial interés.

—¡Qué sorpresa! Imagino que tu padre te habrá dado mi número.

—¡Chico listo! Oye, ¿aún te apetece que nos veamos?

Atribulado, Alberto se preguntaba si Izarbe estaría respetando la petición que le hizo años atrás. Pero no era cuestión de manifestar sus cavilaciones en aquellos momentos. Y tampoco le agradaba que ella creyese que podía manejarlo a su antojo, aunque la verdad es que no la había olvidado.

—Pues no estoy seguro —contestó, y enseguida se arrepintió de su respuesta.

—¿Tienes novia?

—No.

—¿Y entonces?

—¿Tú siempre consigues lo que quieres?

—Habitualmente, sí. —Su voz sonó divertida, sabedora de su victoria—. Esta noche a las once en el Muga. Así celebramos mi cumpleaños, que fue el día 3. Te tengo que dejar, que el alcalde de Zalla va a leer el manifiesto desde el ayuntamiento. *Agur*, Alberto —se despidió, sin dar opción de réplica a su interlocutor, que se limitó a guardar en la memoria de su teléfono el número de Izarbe maldiciéndose de boquilla por su docilidad. Lo cierto era que estaba encantado de volver a verla.

Dos horas después, Izarbe entró en el Muga con absoluta naturalidad, como si no hubiesen transcurrido cuatro años desde su última despedida. Alberto había tenido el tiempo justo para participar en la manifestación y luego pasar por su piso para ducharse y cambiarse de ropa. Para nada le hubiese gustado aparecer con su uniforme de trabajo y optó por vestirse totalmente de negro.

—¡Vaya! ¡Has cambiado de *look*! Y te has dejado el pelo más largo. Mucho mejor así —le dijo al verle, tras darle dos efusivos besos en las mejillas.

—Tú, en cambio, estás igual —le respondió él, procurando que su sonrisa no resultase demasiado bobalicona.

—¡Pero si no he podido ni pasar por casa de mis *aitites*! Menudas pintas llevo para salir un viernes por la noche.

Alberto prefirió no contestarle con lo que se le pasaba por la cabeza para no evidenciar su admiración. Le parecía simplemente la chica más bonita del mundo.

—¡Aupa, pareja! ¿Lo de siempre? —los saludó Juankar, como si les hubiese servido las últimas cervezas tostadas esa misma mañana.

Ellos asintieron con la cabeza sin animarse a replicarle. Juankar escondió una sonrisa alcahueta y pinchó *Una noche sin ti* de Burning mientras Izarbe y Alberto se ponían al día sobre sus asuntos laborales en un local cada vez más lleno de gente variopinta con el propósito común de divertirse.

También ella le contó lo bien que se había integrado María Abasolo con los Segurola Lasa y le volvió a agradecer sus pesquisas, sin que él se animase a confesarle del todo los motivos que le llevaron a interesarse por ellas.

—Todos la llamamos María, salvo mi *aitite* y mi *amama*, claro. Para ellos ya no soy la única Izarbe de la familia. Aunque, en realidad, nunca lo fui —explicó, sonriente.

Apenas se movieron del sitio. Ella estaba sentada en un taburete alto al lado de la pared, junto al mostrador, y no pensaban abandonar aquel pequeño territorio conquistado. Obligado por el ruido, cada vez más intenso, él se le acercaba para hablarle al oído. Y, a medida que avanzaba la noche y se sucedían las cervezas, Alberto se separaba menos después de un intercambio de frases o de un cruce de miradas cada vez más profundas, de modo que se prodigaban los roces al descuido. Sin embargo, no se atrevía a más. Su embriaguez incipiente jugaba con su lucidez. Dudaba si intentar besarla o si antes preguntarle por el motivo de su llamada. Necesitaba saber qué terreno pisaba por esa maldita prudencia suya que le impedía arriesgarse. Izarbe, al contrario, parecía desprendida de cuitas y reía despreocupada sin cesar, en parte por la aparente candidez que él seguía mostrando a pesar de haber cumplido ya los treinta y dos.

—Eres muy mono —le repetía, divertida, ante el gesto contrariado de Alberto, que no sabía cómo interpretar ese ambiguo piropo, lo cual a ella le hacía aún más gracia—. ¡Y muy teatrero!

Quizás Juankar le hubiese leído el pensamiento en aquel día de Aste Nagusia, porque colocó en el tocadiscos un disco de Los Secretos. En el momento en que sonaba *No digas que no*, el dueño del local les sirvió dos nuevas cervezas, como si estuviese empeñado en participar de su banda sonora emocional.

—Estas van por cuenta de la casa —afirmó.

Tras un enésimo brindis «Por nosotros», formulado siempre por la periodista, se hizo un repentino silencio entre los dos. Un destello en los ojos de Izarbe provocó que Alberto le aguantara la mirada mucho más de lo que había sido capaz hasta ese momento. Entonces, la muchacha le quitó la copa para dejarla en la barra, le asió con las dos manos por la cintura, lo atrajo hacia ella y le besó, primero con dulzura y luego con ímpetu, en tanto él se dejaba hacer entre sorprendido y feliz, sin saber muy bien dónde colocar las manos.

—¿Tienes cervezas en casa?

Izarbe no esperó a que él respondiera a su pregunta retórica. Le tomó de la mano y se hicieron paso para salir a la calle. Ella volvió a besarlo en el portal. Subieron la escalera a oscuras entre risas provocadas por algún que otro tropezón. Al entrar en el piso, Alberto hizo amago de acercarse a la cocina en busca de alguna bebida en el frigorífico, pero ella se lo impidió. «Eres bobo», le susurró con ternura, antes de morderle con fuerza la oreja y lamérsela a continuación mientras le desabrochaba la camisa. Con el corazón acelerado, él se atrevió a introducir sus dedos por debajo de su camiseta para acariciarle la cintura.

Se desprendieron con urgencia de la ropa, se besaron y se amaron durante horas, inmersos en una silenciosa molicie, solo alterada por sus jadeos, sus suspiros y los sonidos de su humedad. Primero, con frenesí, intentando sofocar el deseo que se les desparramaba por las sábanas con una entrega sin condiciones; luego, con una pasión sosegada que, no obstante, les impedía interrumpir la ansiosa vorágine a la que los sometían sus cuerpos excitados, sin que un solo poro de su piel resultase indemne en aquella batalla amatoria. Poco a poco, sus besos fueron amansándose y se quedaron dormidos, extenuados, pero sin dejar de intercambiarse el aliento.

Aún no era de día cuando él se despertó sobresaltado, acaso porque sintió la ausencia de Izarbe en su cama. Por un instante, temió que se hubiese marchado. Sin embargo, se tranquilizó enseguida al verla semidesnuda junto a la galería acristalada. No llevaba más que su camisa, totalmente desabrochada, dejando ver su silueta en un contraluz que quedaría impreso en la retina de Alberto para siempre. El runrún inicial de la calle había cesado y ahora únicamente se escuchaban las voces aisladas de algunas cuadrillas que estaban de *gaupasa*, a la espera de que abriera algún garito donde poder desayunar churros.

Ella se giró al sentirse observada.

—¿Qué haces ahí tan pensativa? —le preguntó él, en tono cariñoso.

Sin responderle en el momento, Izarbe regresó a la cama y se acurrucó entre los brazos de su amante como si necesitase procesar sus sentimientos, sin estar segura de hasta dónde podía desnudar su alma, mucho más timorata que su cuerpo. En su mente se mezclaban recuerdos que no parecía dispuesta a revelar. Desde luego, no pensaba contarle a Alberto que rara vez había dormido con nadie, a pesar de haber acumulado hombres en su cama. Y ahora se sentía enamorada de aquel tipo que le acababa de demostrar una sensibilidad y un ardor que ella no esperaba. Justo en el piso donde sus abuelos habían sido felices.

—¿Te acuerdas de que una vez te conté que mantenía varias relaciones? —murmuró, al fin, con lentitud.

—Creo que me acuerdo de todo lo que me has contado —respondió él, acariciándole el pelo.

—Ya no tengo ninguna.

—Bueno... Espero que una sí, por lo menos.

—Idiota —le replicó ella, con dulzura—. Me encanta este piso. Ahora que te vas a Colombia, lo mismo me quedo con él.

—¡Pretendes echarme! —exclamó él, con sorna.

—¡Nah! Te dejo que te quedes, si quieres.

—No estarás insinuando que...

No pudo terminar la frase porque Izarbe se desembarazó unos instantes para mirarle a los ojos.

—Imagino que no tienes esmoquin, claro.

—¿A qué viene eso? —preguntó Alberto, descolocado por el cambio aparente de conversación—. No, no tengo. Nunca me ha hecho falta.

—¿Me acompañarías esta noche a la cena de gala de la inauguración del Guggenheim? Pensaba ir con Laura, pero me llamó ayer diciendo que anda muy agobiada preparando la boda con Xurxo.

Ahora fue Alberto quien se quedó pensativo.

—¿Me estás pidiendo que...?

—¡Uf! Qué trabajito, Alberto, la verdad.

—¿Y el esmoquin?

—Tienes una talla muy común. Nos da tiempo esta mañana a ir a la sastrería donde va mi *aitite* y alquilar uno. ¿Vienes o no?

Alberto pareció dudar unos segundos. En realidad, solo buscaba ordenar sus ideas. Le parecía tan alucinante lo que estaba ocurriendo en las últimas horas que no se atrevía a creerlo. Hacía catorce años que una chica le había empujado a marcharse cuando él pensaba quedarse; y, ahora, otra le incitaba a quedarse cuando estaba a punto de marcharse.

—Me encantaría, Izarbe —acertó a decir, con emoción contenida, besándola con un amor reservado desde hacía demasiado tiempo.

Horas más tarde, atardecía sobre Bilbao.

Pasadas las siete, Alberto salvaba el impresionante cordón de seguridad desplegado en torno al museo, de donde acababan de salir los policías con perros adiestrados en la detección de explosivos, encargados de velar por la seguridad de los asistentes. Al otro lado de las vallas amarillas, más de diez mil personas aguardaban la aparición de los ochocientos invitados a un evento que destilaba más glamur local que internacional. Los primeros en llegar fueron los patronos de la Fundación Solomon R. Guggenheim enfundados en caros esmóquines, de acuerdo con los dictados del protocolo. Se distinguía a las mujeres extranjeras porque llevaban vestidos con falsas transparencias y tejidos con pedrería, en tanto que las vascas apostaban, en su mayoría, por largos atuendos negros o malvas que evidenciaban el carácter local: elegante y austero al mismo tiempo, propio de una ciudad que resultaba «una mezcla de Londres y Barakaldo», tal y como la definía Juan Carlos Eguillor, un dibujante con un genuino sentido del humor que había diseñado el cartel de la primera Aste Nagusia.

Un público entregado a la causa jaleaba cada una de las apariciones, expectante cada vez que alguien descendía de una lujosa berlina. El más aplaudido fue Frank Gehry, que sonreía, agitando su brazo con timidez. La única nota de color corrió a cargo de la esposa del escultor Eduardo Chillida, que llevaba un traje con corpiño azul eléctrico y una falda larga recubierta por escamas y corazones de tonalidades llamativas diseñada por Ágatha Ruiz de la Prada. Entre los hombres, el máximo atrevimiento corrió a cargo del vicelendakari Ibarretxe, que acudió con una pajarita verde, por lo que tuvo que aguantar la sorna indirecta del consejero de Sanidad.

—La pajarita siempre negra, que yo soy más clásico que Pinocho —comentaba Azkuna, jocoso.

Para desilusión de algunos de los espectadores, pocas fueran las celebridades que se dejaron ver ese 18 de octubre de 1997. La más famosa para el gran público era Bianca Jagger, la exmujer del líder de los Rolling Stones, ataviada con un vestido de seda y *chiffon*, aunque quedó eclipsada por la osadía de la empresaria francesa Anne-Claire Taittinger, cuyo sexy atuendo le permitía lucir muslos, escote y espalda, lo cual provocó que se llevara casi más aplausos que el propio Gehry.

Por aquella explanada, convertida en pasarela de circunstancias, también transitaron algunos de los artistas contemporáneos que tendrían el privilegio de ver su obra expuesta en unos instantes. Julian Schnabel, Cristina Iglesias, Richard Serra o Prudencio Irazabal saludaban felices sin que el público los reconociera.

A Alberto le hizo especial ilusión cruzarse con Sydney Pollack, quien le gustaba tanto en su faceta de director de cine como en la de actor. El hecho de que hubiese protagonizado *Maridos y mujeres*, una película de Woody Allen, su cineasta favorito, fue motivo suficiente para que se atreviera a abordarlo para transmitirle su admiración cuando se encontraba cerca de la entrada, donde el director del museo ejercía de anfitrión saludando a los invitados, que eran recibidos con una copa de tinto de Rioja Alavesa de las bodegas Campillo reserva del 91 —lo que constituía un guiño al año en que tuvo lugar el acuerdo inicial para la construcción del Guggenheim en sus propias instalaciones en Laguardia—, servido en botellas que lucían una etiqueta diseñada por el propio Frank Gehry para la ocasión.

Con la copa de vino en la mano, antes de que la cena de gala elaborada por los mejores chefs vascos fuese servida en mesas adornadas con manteles de hilo egipcio y centros de amarilis blancas en la sala Fish, los asombrados visitantes recorrían las tres plantas del edificio contemplando la muestra inaugural, sintiéndose protagonistas del nacimiento de la nueva Bilbao. Ante sus ojos se mostraban las doscientas cuarenta y dos obras que conformaban la exposición, de las cuales ciento ochenta y seis pertenecían a la colección de los Guggenheim en Nueva York y Venecia, cincuenta habían sido adquiridas por el Gobierno Vasco y otras seis se encontraban en préstamo. Entre ellas, un lienzo de lino cubierto de materia, de Miquel Barceló, propiedad del rey Juan Carlos I, cuya presencia se hizo esperar. Pero la que más revuelo causó fue la creada por Damien Hirst, el máximo representante mundial del sensacionalismo artístico, que expuso una enorme urna de plástico transparente que protegía una cama deshecha con revistas pornográficas, botellas de alcohol vacías y ropa tirada en el suelo contemplada por un oso disecado en actitud amenazante, a la que llamó *Last night I dreamt I didn't have a head*.

Pero más allá de lo transgresor, el museo albergaba una muestra representativa que buscaba describir la historia del siglo XX de una manera atrevida, según expresaba el director de la Fundación Solomon R. Guggenheim. A través de las pinturas de los principales representantes del cubismo, el expresionismo alemán, el surrealismo, el constructivismo o el futurismo, se podía ver el modo en que estos movimientos habían roto con los cánones artísticos tradicionales del siglo anterior. Entre ellas figuraban cuadros de Kandinsky, Braque, Miró, Modigliani o Picasso. Sin duda, fue este último quien protagonizó la mayor desilusión de la noche, no por sus tres obras expuestas, magníficas, sino por la ausencia del *Guernica*, a pesar de los ímprobos esfuerzos para traerlo por parte de las autoridades locales y de los responsables de la pinacoteca, quienes llegaron a idear un camión de base plana con un contenedor climatizado y a trazar el itinerario preciso que debería recorrer el vehículo para facilitar el traslado desde Madrid sin poner en riesgo el lienzo, y así convertirlo en la estrella de la inauguración del museo creado por Frank Gehry, que incluso había diseñado una sala especial para albergarlo. Sin embargo, el patronato del Reina Sofía se negó a prestarlo por considerar que cualquier cambio de temperatura o humedad podría causarle daños irreparables, lo que supuso una tremenda decepción para quienes consideraban que la presencia del *Guernica* en Vizcaya no era una mera petición artística, sino una cuestión de justicia histórica.

La propia Irene Lasa recordaba cada día el infausto bombardeo durante la contienda civil española sobre su villa natal, que le cambió la vida para siempre. Una tragedia que inspiraría a Picasso para pintar ese mismo año aquel cuadro, bautizado con el nombre del lugar que sufrió el brutal ataque aéreo, convertido con el tiempo en símbolo de la sinrazón de las guerras.

Eran ya casi las ocho y Alberto esperaba impaciente a que apareciera la familia de Izarbe. Suspiró al verla descender del taxi acompañada de sus padres. En otro, que circulaba detrás, viajaban sus abuelos con María Abasolo. Alberto aguardó nervioso cerca de la puerta del museo a que el grupo cruzara la explanada. Para él, sin duda, Izarbe era la mujer más bella de cuantas había visto pasar esa tarde. Se dirigía firme hacia él, enfundada en un vestido largo de tonos plateados con una larga abertura lateral que mostraba su pierna al caminar. Llevaba el pelo recogido en un moño italiano que resaltaba ese cuello infinito en el que él se acababa de perder.

—Estás preciosa —le susurró, delante de su familia, que le saludó con cariño. Especialmente Irene, que prolongó su sonrisa, agarrada del brazo de su hija, mientras Ignacio Segurola se adelantaba con su hijo y su nuera en busca de la entrada del museo.

Una brizna de orgullo se posó en sus pensamientos sin poder evitar echar la vista atrás. Apenas le brotaban las palabras, pero sí las lágrimas. Unas lágrimas que hasta ese momento desconocía. A su espalda, se erigía aquella majestuosa flor con la piel de plata que se enroscaba en un cielo de ojos grises, como los de esas tres mujeres de generaciones distintas que le miraban con dulzura.

Confidencias del autor

He necesitado escribir ocho novelas para enfrentarme a una historia que siempre estuvo en mi cabeza, antes incluso de plantearme que algún día sería escritor. Así que esta va a ser la primera vez que tenga clara mi respuesta cuando alguien me pregunte cuánto tiempo he tardado en escribir *La ciudad de la piel de plata*: una vida. Una vida compuesta por emociones como las de cualquiera: de tristezas, de alegrías, de fracasos, de instantes de felicidad, de despedidas, de ilusiones, de incertidumbres...

Esta novela cuenta la historia de Alberto tras su regreso a Bilbao, después de haberlo tenido que abandonar diez años atrás, para trabajar en un nuevo proyecto del que nadie podía imaginar la dimensión que alcanzaría. Alberto es un joven que representa a toda una generación de vascos, hijos de emigrantes castellanos, gallegos, leoneses, andaluces, extremeños..., que tuvieron que dejar sus pueblos de origen con lágrimas en los ojos para tratar de conseguir un futuro mejor para su familia. Sirva esta historia, pues, como homenaje a todos ellos.

Con *La ciudad de la piel de plata* cierro mi trilogía

sobre la Bilbao del siglo xx, la verdadera protagonista de mis novelas. En ellas, Bilbao no constituye un mero escenario en el que están ambientadas sino que es la propia esencia de las mismas. De ahí que quisiese narrar sus tres grandes transformaciones del siglo más importante de su historia: la industrial, que convirtió a la pequeña villa en la gran urbe que todos conocemos, la social por culpa de una guerra civil que nadie esperaba y la arquitectónica, que contribuyó a su reinvención.

Muchos han sido los retos a los que he tenido que enfrentarme a lo largo de los últimos años para llevar a cabo mi trabajo, pero también es verdad que he contado con el apoyo del más de centenar de libros que me han servido para documentarme, de las decenas de documentales visionados, de las hemerotecas de *El Correo*, *El País* y el *Deia*, de la propia ciudad que me inspiraba en cada paseo y, sobre todo, del cariño de mis lectores, que me animaban a seguir escribiendo.

Quizás no sea adecuado personificar mis agradecimientos, pero tampoco sería justo no hacerlo, a riesgo de dejarme nombres por el camino. Desde luego, esta historia no hubiese sido la misma sin el concurso de Álvaro Rey, que empezó prestándome su profesión, su música y sus vivencias para crear al personaje de Alberto y que terminó obsequiándome con su amistad. Tengo muy presentes otras charlas que me ayudaron a imaginar situaciones relevantes en la novela: la amarga experiencia de Boni García en su Café Lago el día de las inundaciones, cuya recreación fue posible gracias a testimonios como el de

Jose Mari Amantes y algunos comerciantes del Casco Viejo; los recuerdos de Juankar en su Muga, incluida su banda sonora; o las vivencias de José Antonio Nielfa, la Otxoa, que me condujo por los escenarios en que la noche bilbaína vivió su máximo esplendor y me relató historias oscuras del franquismo sufridas en carne propia.

Capítulo aparte merece el personal del museo Guggenheim de Bilbao, cuya generosidad contribuyó a que pudiera descubrir aspectos que no aparecen en los libros. Ane Miren Anitua, Carola Emparanza y Juan Ignacio Vidarte, director del museo desde su creación, me facilitaron el camino. Por suerte, la historia ya ha reconocido el valor del Guggenheim en la transformación de Bilbao, convirtiéndola en un modelo de ciudad. Su diseño vanguardista y el efecto de su construcción le han llevado a ser considerado como el edificio más importante de nuestra era. Bien valía, pues, que tuviera su propia novela, cuyo germen nació con un libro que cayó en mis manos cuando me estaba documentando para *La ciudad de los ojos grises*: *El efecto Guggenheim*, del periodista Iñaki Esteban, quien casualmente tuvo a bien trasladarme las impresiones de Iñaki Azkuna, entonces alcalde de la villa, que creía que esa primera entrega de la trilogía era «igual de buena» que *Paz en la guerra*, de Unamuno. En 2012 escribí a Esteban felicitándole por su libro, diciéndole que lo leí pensando en una nueva novela. Once años después así ha sido.

Más allá de la propia historia, una novela como esta se compone de palabras, recuerdos y emociones. Se me vienen a la cabeza libros de autores que he admirado desde siempre: Miguel Delibes, Gabriel García Márquez, Javier Marías..., pero también letras de los cantautores con los que me he sentido identificado desde la primera vez que los escuché: Serrat, Sabina o Aute; junto a otras de Enrique Urquijo —de Los Secretos— o de José Alfredo Jiménez. Todas ellas están plagadas de sentimientos y de bellísimas metáforas. De alguna manera, también han influido en mi manera de escribir y de entender la literatura. De ahí mis guiños a lo largo de estas páginas.

A propósito de escribir, en esta novela he optado por emplear los topónimos vascos con su grafía en castellano cuando habla el narrador y con su grafía oficial, en euskera, cuando está insertada en alguno de los diálogos protagonizados por personajes vascos. Se ha tratado de una mera unificación de criterios y de adaptación a la normativa de la Real Academia de la Lengua, a la cual procuro respetar.

A pesar de que los acontecimientos que relato en *La ciudad de la piel de plata* son recientes, considero que se trata de una novela histórica contemporánea, que he escrito para que nadie olvide cómo tuvimos que afrontar aquellos años difíciles en unas calles que eran nuestras, y que no pudimos disfrutar en libertad. No niego que esta historia está inspirada en mi propia vida, pero estoy seguro de que se debe de parecer a tantas otras. Fuimos muchos vascos los que tuvimos que abandonar nuestra querida tierra, en los años ochenta, a causa del terrorismo. Que yo la haya tenido que amar desde la distancia contribuye, sin duda, al carácter evocador con que está escrita esta trilogía.

Quiero agradecer, por supuesto, al equipo editorial de Destino que me haya permitido contar esta historia tal y como yo la tenía concebida. Sus aportaciones han ayudado, sin duda, a mejorarla.

Me resulta preciso acordarme de los que se fueron, de esos seres queridos cuyo aliento y amor perviven en nuestros corazones y a los que echamos de menos cada día. Aunque ya no estén, ahora los llevamos dentro porque siguen vivos en nuestros ademanes, en nuestros pensamientos e incluso en nuestra personalidad, que ellos contribuyeron a forjar.

Quizás por ello no me ha resultado fácil culminar esta trilogía. Cada historia en la que tengo que bucear en mis recuerdos me supone un importante desgaste emocional, pero también es verdad que acarrea la satisfacción de estar creando algo que nace de la más absoluta honestidad.

Espero que mis novelas estén a la altura de lo que Bilbao se merece. Desde luego, han sido escritas con todo el cariño que llevaba dentro. No se me ocurría otro modo de rendirle homenaje a esta maravillosa ciudad.

Otros títulos del autor en Booket: